麒麟之與子同袍

桔子樹◎著

麒麟，頭上有角，角上有肉，設武備而不為害，所以為仁也。

他們是終極武器，最利的劍，鐵血，殺伐，在生死之間徘徊。

他們是死神，浴血修羅，腳跨陰陽兩界，手裏握著的，是別人的生命。

然而仁慈，是死神的執照！

這是一個妖孽的故事，這是一個大妖孽如何調教一群小妖孽的故事。

這是一個戰鬥的故事，這是一個用熱血和青春去書寫激情的故事。

麒麟，代表了我對男人的終極夢想！

注意，本文的某些內容涉及同性愛的成分，但是我很歡迎大家把這篇文當做入門教材。

請相信真正愛情是兩個靈魂之間的彼此吸引。

據JeanGenet說，幹男人的男人是雙倍的男人，當然我覺得這句話基本上是扯蛋，但是同樣的他們也不會是打過折的男人，因為這兩者其實沒有半毛錢的關係。

豈曰無衣，與子同袍，王予興師，修我戈矛，與子同仇。

豈曰無衣，與子同澤，王予興師，修我矛戟，與子偕作。

豈曰無衣，與子同裳，王予興師，修我甲兵，與子偕行。

豈曰無衣，親愛精誠，王予興師，修我弓弩，與子同志。

引子

鬼魂中尉

2002年11月3日凌晨3點17分，東海，陰。

海面的上空覆著厚厚的雲層，朗月稀星全被遮住，海水黑得像墨汁一般，海軍陸戰隊T營三連二排上尉排長陸臻潛伏在衝鋒舟裏，耳邊只有戰友們細細的呼吸聲。

「排長，啥時候開始登陸啊？」一個黑影子壓低了聲音詢問道。

陸臻低頭看錶，淡藍色的燈光在黑暗中一閃而逝，在他的眸中映出一抹異彩。

「還有差不多四十分鐘，大家繼續休息，保持體力，不要太緊張，放鬆點。」陸臻的聲音沉靜而和緩，沒有人聽到他的心底在打鼓，甚至連旁邊的幾個老兵也都忘記了，他們年輕的排長，其實只是個正式入伍不到半年的新兵。

這是他生平的第一場演習！

希望這開局不會太差，陸臻深吸了一口氣，閉上眼睛，讓神經放鬆。

四時整，飄浮在這一片海面上的幾艘衝鋒舟都不約而同地動起來，淡淡的黑影迅疾地在海面上滑行，槳起槳落間看不到一絲水花。

搶灘，他們是保留到最後的一支奇兵，自古以來所有的偷襲都只得一條天理，悄無聲息，馬蹄裹布，口中銜枚。

差不多一個小時以後，陸臻看到陸地隱隱的在遠方顯出輪廓，一聲口令，士兵們從船上滑入水中，開始全速武裝泅渡。四下裏很安靜，只聽到海潮在起伏的聲音，單調的，沉寂的。最後一下用力的劃水，陸臻像一段被海水衝上岸的浮木那樣趴在海灘上，冰冷的海水在身上來來回回，身體已經被浸得冰透了，反而沒有什麼感覺，這樣也好，就算是對方有紅外的探測設備也不會馬上暴露。

老兵們迅速地觀察著岸上的情況，挑選最適宜的天然掩體，海軍陸戰隊的主要工作就是做一個好跳板，只要能在戰線上插入一個釘子，把工事建起來，頂到陸軍登陸，便是勝利。

幾分鐘後，所有的人員都已經上了岸，冰冷濕硬的作戰服裹在身上像生鐵一樣，但是長期訓練過的士兵們彷彿對此完全沒有感覺似的繼續前進，行動仍然敏捷矯健。不必太多的交流，一切像之前訓練的那樣流暢而有序地進行著，沒有敵人，似乎，也沒有發現崗哨。

陸臻心裏鬆了一口氣，他們的運氣不錯，撞上了一塊空白地帶，不知道連裏其他排的兄弟是否也有如此好命，不過這次的偷襲計畫是突然下達的，主力部隊正在幾十公里之外打強攻，藍軍的裝備雖然精銳，但畢竟人數上太吃虧，尤其在經歷了連日來的硬仗之後更是折損嚴重，恐怕已經沒有能力分防這麼長的一條海岸線了。

陸臻正樂觀地估計著形勢，那夜的第一聲槍響，便那樣驟然而突兀地出現了。在火光一閃中，陸臻看到身旁的一個士兵猛地倒了下去，身上騰起了白色的濃煙。

有狙擊手！？

陸臻驀然睜大了眼睛，迅速地臥倒，往礁石群裏滾去，然而那槍聲像機械一樣的均勻而穩定，一槍連著一槍，一槍一個。整片海岸都被濃煙所籠罩了，在這凌晨最黑暗的時分，陸臻的視線完全被阻擋，看不清周遭的環境，忽然間心口一疼，強大的衝擊力帶著他退後了一步，一跤坐倒在地。

原來被空包彈擊中心臟的感覺是這樣的，如此的疼痛而且深刻！

還沒有找到合適掩體的士兵們像待宰的羔羊一樣被輕易地擊倒，而那些動作快了一步撲進礁石群的士兵們竟也無所遁形，子彈從各種詭異刁鑽的角度飛來，只要有一線空隙，一槍斃命。

不過一分多鐘的時間，漫長得像一個世紀，又短得眨眼而過，幾乎完全來不及做什麼反應，也無法下命令，大家憑藉自己的本能努力求生，有經驗的老兵們向著子彈襲來的方向零星地開著槍，可是槍聲響過之後，都不再有機會能開第二槍。

最後，那槍聲像驟然而起時那樣，也驟然而止，轉瞬間，整個海岸又都變得安靜下來，耳邊只餘濤聲陣陣，如果不是眼前嗆人的白煙還沒有消散，陸臻幾乎會懷疑剛剛的那一場屠殺是不是幻覺。

屠殺，是的，那根本就是一場屠殺。

冷血而暴力，讓人感覺像是置身於真實的戰場，鐵血殺伐，膽顫心寒，當一切都還來不及反應之時，已經魂歸離恨天。

在那個瞬間，所有人都被嚇住了，好像真的已經死去，麻木而僵硬地互望著。

終於，有人開始低聲咒罵：「他媽的，活的喘口氣！」

沒人應聲，沒有了，全死光了。

陸臻像是一下子脫了力，仰面躺倒在冰冷的海灘上，這是他的第一次演習，好爛的開局。

天色亮起來，遠處，海天交際那一線，顯出一抹蒼白，士兵們首先緩了過來，班長、班副開始清點人數，集結人員，組織生火烤衣服。

陸臻看著他們在自己眼前走來走去，在空氣中留下虛幻的影，似乎沒人打算停下來對他說上一句什麼，他是一個新兵，他是一個排長，如此尷尬的身分，反而讓人不知該如何對待。陸臻心想，他死得很冤，偷襲是團長定的，登陸點是連長劃的，就連如何登陸都是那些老班長定的，他這次一共帶出來不到十個人，全是老兵，全是士官，他自認沒有足夠的能力去指導他們。他其實什麼都沒有做，就已經被踢出了演習之外。

這就是戰爭嗎？如此殘酷而輕易的就會失敗？輕易到有點莫名其妙！

無線對講機裏傳來沙沙的電流聲，陸臻的精神一凜，可是耳機裏連長的聲音低沉得不像話：「怎麼回事？」

陸臻心痛到無奈：「撞上了一個狙擊手，全死光了。」

「他媽的，就一個狙擊手把你們全滅了？」連長暴怒。

「他埋伏得好，時機很準，我們剛上岸沒有掩護。」這不能算是在找藉口，因為這是客觀的事實，但是陸臻還是覺得臉上發燒，莫名地羞愧。

「算了，回來再說吧，演習結束，天亮了有船接你們回去。」

「結束了？怎麼會？這麼快？」陸臻大吃一驚。

「媽的，所有派出去的全被滅了！哪裏找來的這麼些妖怪，一個個槍法都那麼好……」連長憤怒難平，怒罵著斷了線。

結束了？陸臻悵然若失，茫茫然心裏空了一塊。

演習失敗是共同的恥辱，但士兵畢竟不比軍官，心理上的負擔沒那麼大。既然已經結束了，幾個老兵油子已經開始對著當時放槍的礁石叫罵，另一群「死鬼」則索性直撲過去，打算把那個沒露過面的殺神拎出來瞧瞧是什麼模樣。然而一圈搜索下來，居然連個子彈殼都沒找到，若不是礁石上還殘留著空包彈劃過的痕跡，他們簡直要懷疑剛才的那一場殺戮是否真的發生過。

「靠！見鬼了啊，這是！」有人罵罵咧咧的。

一個老班長忽然露出若有所思的神情：「搞不好，真的撞上鬼了。」

陸臻有點詫異，卻沒興趣聽下去，某種沉悶低落的氣氛讓他覺得彆扭，雖然身上濕冷的作戰服在晨風中生澀得像要扯壞皮膚，他還是離開了火堆一個人沿著海岸線往外走。

天際的灰白已經隱隱地透出血色，無論人們的心情如何，那輪新生的太陽還是會如期而至。

新的一天，以後的每一天。

只是一次失敗而已！

陸臻小聲地對自己說，低著頭踢沙灘上的貝殼：別那麼低落，未來還很長。

「嗨，兄弟，有菸嗎？」一個聲音，懶洋洋地從背後響起來。

陸臻驀然一驚，轉身回去看時，第一眼竟沒找到人。

「我在這兒呢！」一個黑乎乎完全和礁石分不出邊際的人影衝著他揮了揮手，陸臻驚愣地看著此人的完美偽裝，從上到下，沒有一點破綻，唯一可以分辨的部分就只有腳，因為這傢伙把作戰靴脫了扔在旁邊，露出腳上軍綠色的襪子。

陸臻摸了摸口袋裏用防水袋包好的紅中華，這是原本準備等演習勝利了以後分給兄弟們慶祝用的。

「別那麼小氣，有就分我一根。」那人坐在一塊礁石上，一條腿屈起，抱在胸前，另一條腿就這麼晃晃蕩蕩地垂著。手裏的打火機拋上拋下，笑嘻嘻地衝陸臻眨了眨眼睛，那是一雙像黑色曜石一般閃亮而幽深的眼睛，對視時甚至會令人覺得迷眩。

「哦！」陸臻把菸掏出來，抽出一根彈過去。

礁石人伸手接了，嘖嘖稱讚：「小兄弟，你們那邊待遇很不錯嘛！」

「你是敵人？」既然不是自己人，那就只能是敵人了，陸臻努力辨認他的肩章，似乎是個上尉。

「現在不是了，演習不是結束了嗎？」灰藍色的煙霧緩緩上升，籠住那張辨不清神色的臉，他只是很隨意似的坐著，卻有一種奇異的氣氛，那煙霧是一道牆，把人與世隔絕。

「你自己不來一根？」那上尉衝著陸臻揚一揚手。

「我不抽菸。」陸臻搖了搖頭，在他身邊找了個地方坐下。

最遠處，天與海相交的地方，有紅色的火焰在燃燒，沉鬱的金紅色從蒼藍的海面上升起來，將天地都染透。

「你，到底是誰？」陸臻心裏隱隱地有種奇異的預感，如同宿命的召喚。

「我嗎？」那人偏了偏頭，側臉被霞光鏤成一道剪影，然後嘴角微彎，湊到陸臻耳邊輕聲笑道：「我是鬼！」

呃？陸臻不屑，小聲嘀咕：「裝神弄鬼。」

被叫做鬼魂的上尉大笑，不以為意。

太陽已經掙脫了海平面的束縛，越來越熾烈的光芒讓人不得不錯開了眼睛，陸臻偏過頭去看那個自稱是鬼魂的傢伙，滿臉的黑色油彩看不出五官的輪廓，只有一雙眼睛閃閃發光，裏面含了陽光的烈度，像某種寶石。

「好，明白，完畢！」鬼魂上尉忽然低了頭，對著耳麥沉聲答話，伸長手臂把地上的鞋撈起來套上，從礁石上跳下來。

「先走一步了，小兄弟！」上尉拍拍陸臻的臂膀，將指間裏還剩下半截的菸舉起來晃一下咬在嘴裏，笑道：「謝謝你的菸。」

陸臻轉頭看他離開，忽然間視線被定住，他看到了那人背上的那支槍！

QBU-88！

昨夜……剛才……在黎明前最黑暗的時刻……

是他？

陸臻不自覺地伸手摸自己的胸口，被子彈擊中的感覺還在，疼痛而深刻！

天地間，那道黑色的背影與那把修長的槍一起，被曬成藍影，鏤在他的心板上。

幾年後，陸臻知道了這縷孤魂的名字，他叫夏明朗！

只是那個時候他還不知道，其實在他兩相遇的第一個照面，他已經被他，一槍穿心！

「嗨，兄弟，有菸嗎？」

「別那麼小氣，有就分我一根。」

豈曰無衣，與子同袍！

QBU-88：即88式狙擊步槍，中國造，使用5.8公分口徑機槍彈。為無槍托的小口徑步槍，嚴格說來不能算是狙擊槍，屬於軍用精確步槍的範圍，因為比起一般中型口徑的狙擊槍來，它的精確度不算太高。但是份量輕，行攜性好。

第一章 麒麟麒麟

1

2006年4月3日下午3點17分，艦隊基地，晴。

基地的大會議室外面坐了不少人，有些沒有撈到位子坐的則直挺挺地站著，有的緊張，有的放鬆，可是不約而同的，臉上都有些困惑。

陸臻坐在靠窗邊的位置上，興致勃勃地捧著他的PDA就著明媚的春光看小說，站在他身邊的宮海星緊張地敲著他手臂：「副營長，你說這到底是啥事啊？」

陸臻挺依依不捨地移開眼：「啊？我也不知道啊。」

「不知道，您這麼篤定？」宮海星不信。

「小宮同志，」陸臻拍著他後頸，「既來之則安之，啊！不過呢，內部機密啊！」陸臻眼珠子一轉，閃出一點星亮的笑意，勾了勾手指，宮海星俯耳過去，聽到陸臻壓低了嗓子湊在他耳邊說道：「聽說，是軍委直屬下來選人的，簡單來說，就是欽差。」

宮海星道：「選了去幹嘛？」

陸臻用手刀在小宮脖子上比了一下，笑道：「宰來吃。」

宮海星眨巴了一下眼睛，沉默了。

會議室厚重的實木大門被無聲地推開，一個軍官探頭出來：「陸臻？」

「到！」陸臻雙腿一合，啪的一下筆直站立。

「進來，到你了。」

「是！」陸臻不落痕跡地把手裏的東西順到褲袋，邁正步走進去，動作流暢，如流水行雲。

偌大的會議室裏只在邊角上坐了一圈人，神色淡漠和氣，是經風歷雨後的淡漠，是從容不迫的和氣。

陸臻敬完禮被眾人肩膀上那一水兒的星星晃得眼花，凝眸一個個看過去，一顆金星，一個四星，三個三星，還有個坐在最邊上的，肩頭上扛的倒不那麼嚇人，兩星！只是年歲上看起來有點特別，陸臻估摸著，這人頂多也就是個三十出頭。

春日，午後，陽光明潤，漫漫散散地從大窗裏落進來，給背光的影子都染上了一層毛邊。陸臻莫名其妙地多看了他一眼，那人側臉的輪廓，從額頭到下巴的那一條線，似曾相識。

「坐。」中間坐主位的那位少將笑容明煦如春風。

「是！」陸臻直挺挺地坐下去，背脊上像是插了鋼條，鑄死了，不會彎折。

少將又笑了一下：「放鬆點，這是計畫外的任務，組織上想和你聊聊，有個事情呢，想要徵求一下你的意見。當然，你們慢慢聊，我只是陪客。」

陸臻配合地笑出一副標準照，心裏咬著牙細細嘀咕，這銜，這氣場，能視而不見的大概都是瞎子。

「陸臻，」嚴正合上手裏的文件夾，「幾歲了？」

「二十四！」陸臻一個咯噔都沒打就蹦出了自己的年紀，可是視線卻落在嚴正手裏的東西上。

嚴正低頭，了然而笑，把文件夾豎起來：「這是你的檔案，很漂亮。」

「首長過獎了。」陸臻不自覺挺了挺胸。

「我看過你的本科論文，學的是電子對抗。」嚴正說話的聲音變得緩慢，帶著審慎的味道。

「對。」

「可是你的畢業論文是，怎麼說呢？一種戰略。」

「是的！確切地說是一種戰略構想。」陸臻的目光熾熱起來，細小的火星在黑亮的眸底閃耀：「然後我設計了整個系統，還有儀器的雛形，所以，我仍然從我的專業上畢業了。」

嚴正問道：「為什麼你會想到寫這個？」

陸臻抬手：「Discussion裏全有。」

嚴正道：「我是指，為什麼你會有這種想法，要寫出這樣宏觀結構上充滿了軍事學意味的論文？」

陸臻眸光一閃，有些困惑。

嚴正繼續，聲音不疾不徐：「你有沒有想過，你其實並不滿足於你現在的工作，電子營的副營長，陸臻！」

陸臻仍然困惑，卻揚起了嘴角在笑：「首長好，我相信沒有人會完全滿足於自己的現狀，築夢踏實，我們的理想永遠在前方，而同時，做好腳下的事。」

陸臻注意到一直坐在最右邊偏頭看著窗外的那位中校，忽然轉頭看了他一眼，很簡單的一眼，純粹的審視的目光，陸臻卻驀然感到心口發涼，有如身為獵物被子彈穿過的錯覺。犀利的目光有很多種，比如正在提問的上校，嚴苛的目光像手術刀一樣的鋒利，一層層剝皮去骨，像是要從外向裏掃描他的靈魂。可是那個中校卻不一樣，他的目光是直奔著要害而去的，胸前，第三顆鈕釦的左邊，額頭，兩眉之間。

這是一種穿心奪命的犀利！

似曾相識，熟悉的感覺，埋在心底像藏了沾水的豆芽，悄悄地破土。

嚴正與身邊幾個同僚商量了一下，正式發出邀請：「陸臻少校，願意來麒麟基地嗎？這是一個可以讓你更快實現夢想的地方。」

「呃？」陸臻有點走神，可是大腦隨即高速地運轉。

麒麟，這個名字如雷貫耳，可是細究起來，一片空白。這是一個在軍報上找不到，軍務室裏也看不到的名字，只在新老士兵中口耳相傳，像是傳說中的聖地，人們知道它的存在，知道它的榮光，可是光芒太盛掩去了真實的質感。

傳說中的基地，傳說中的部隊，鬼魂一般的……

陸臻眼前驀然一亮，視線不自覺地偏了偏，落到窗邊那位中校的臉上，側臉，從額頭到下巴的那一條折線，完全重合。

「我能拒絕嗎？」陸臻問道。

「當然可以。」嚴正微笑，神色間有淡淡驚訝。

陸臻繼續問：「好，那麼我今後的工作重心是什麼？」

嚴正笑起來：「你來了就知道。」
陸臻伸手指向一邊：「這位中校，是狙擊手嗎？」
夏明朗終於第一次徹底地把注意力轉過來與嚴正對視了一眼，嚴正道：「是的。」
陸臻道：「首長，容我猜測一下，你們是希望我去做技術支援。」
嚴正點頭。
「我想進行動隊。」陸臻頓了頓，又加了一句：「唯一的要求！」
「理由？」夏明朗挑了挑眉毛，笑。
「我的所有軍事技能都是優秀。」
夏明朗隨手翻了翻，笑容很誠懇：「在我看來，相當一般。」
陸臻清了清嗓子：「可是現階段研究工作與實戰脫節，理論架空無法貼近真實的戰場需要，也無法經歷實戰的檢驗，這是研究部門最大的障礙。」
中間坐主位的少將轉頭過去，對著嚴正說了幾句什麼，嚴正沒說話，只是衝著夏明朗攤開手簡簡單單地做了一個手勢。
夏明朗無奈：「好吧！那你就來試試，不過我醜話說在前面，到時候不合格被踢回來，你別嫌丟人。」
「是。」陸臻乾脆俐落地起立敬禮，笑容明亮：「不合格當然要被踢回來，這有什麼可丟人的？！」
少將呵呵地笑了一聲：「不錯不錯，還是你們年輕人有幹勁啊！去吧！」
陸臻腳跟相扣，以標準姿勢轉身，正步走出門外。

嚴正轉頭看夏明朗：「不喜歡？」

「還行吧。」夏明朗瞇起眼：「就是體質差了，不知道撐不撐得住。」

長桌另一頭一個穿海軍常服的上校走過來拍嚴正的肩膀：「嗨嗨，你們這幫子缺德挖牆角的，美死了吧！」

「老祁，別這麼小心眼，大家都是為工作，再說又不是你家的，你心疼什麼？」

老祁明顯不賣帳：「什麼不是我家的？就他，旅長的心肝寶貝，本來說送到艦隊基地來鍛鍊幾年，回去要挑大樑的。」

嚴正笑容滿面：「好好，兄弟我心裏有數。」

「行了行了，下一個了！老祁回你位子上去。」大校笑呵呵地把人拉回去，示意傳令官繼續叫號，明媚的春光中英姿勃發的軍官們進了又出……

2

麒麟基地，一中隊的二樓小會議室裏，夏明朗押著幾個助理教官們幫他看檔案，一疊一疊的資料袋堆了兩尺高，方進一進門就被嚇到：「隊長，這回來多少人？」

「初訓有一百多個吧！」夏明朗兩條腿架在桌子上，揮了揮手：「慢慢看，總結好優缺點報給我。」

「那隊長您幹嘛？」方進明知故問。

夏明朗耷拉的眼皮抬了一下，特真誠地說道：「我先睡一會兒。」

陳默就坐在方進對面，抬眸看了看他，把筆記本打開調出表格準備打字輸入，鄭楷、方進等人圍著他各自找地方坐了，窸窸窣窣地拆開資料袋來小聲討論。

夏明朗說他要睡一覺，居然，也真的就這麼睡著了，仰著臉睡得很香甜的樣子，方進忙了一會兒覺得這工作著實無聊，骨頭縫裏直癢癢，伸一個懶腰，摸到夏明朗面前去。陳默移開視線掃了他一眼，平直的嘴角柔和了些，方小爺天生一副招貓逗狗的性子，那是死多少回都不會改的。

大家都心照不宣地忙著正事，眼角的餘光卻各個飛起，準備要看好戲，方進的滲透工作進行到離夏明朗還有一尺遠為止，夏明朗驀然間睜開眼睛，黑眼睛裏精光燦亮，沒有半點睡意。

「有事？」夏明朗不動聲色地看著他。

「哦哦……」方進手腕一翻去摸夏明朗的口袋：「隊長有菸沒？」

夏明朗一腳把他踹開：「得了吧！陳默還在呢，你抽什麼菸？都弄完了？」

陳默抬起頭，說道：「隊長，有熟人。」

鄭楷伸手一推，檔案袋從桌面上滑過去，夏明朗看著照片嘀咕：「徐知著？」

鄭楷道：「還記不記得上回你差點讓人給逮了回去？」

夏明朗敲敲頭，眼風如刀給了方進一記，方小侯訕笑往後退：「說起來那次還是小默回去救了您。」

「是啊，長短接合，當初是誰跟我搭來著？」夏明朗困惑，好似想不起來。

「是小的。」方進做狗腿狀。

「不會吧，我那會兒怎麼沒見你呢？」夏明朗疑惑狀。

方進哭喪著臉：「我不是讓他給狙了嘛，那不是演習都快結束了嘛，我去給黑子報仇，他一組兩兒都讓那小子給狙了，我一手拉拔出來的兵，我心疼嘛，我哪知道剛好就撞人家營部上去了呢？你要說這打仗啊，那就是邪乎，咱從演習頭上找到尾就硬是沒找著，不想找了吧，那就撞上了，還把您給圍了……」

夏明朗掄起桌上的檔案袋就砸了過去，風聲赫赫，破舊的牛皮紙袋在半空中四散解體，雪白的紙頁飛旋如刀片。

方進貓身躲了過去，瞠目：「隊長，您內力又見長了啊！」

「撿起來。」夏明朗哼了一聲。

方進埋頭狂撿，嘴裏卻不閒著：「要說啊，那還是咱們家默默厲害，長槍一劃，八百公尺無人區啊……」

「陳默，我記得那次你們兩個打賭，死的給活的洗一個月臭襪子，他洗了嗎？」夏明朗忽然問陳默。

陳默抿著嘴點了一下頭。

方進手腳俐落，說話間已經把頁碼整理好，哈著腰放到了夏明朗面前，夏明朗拍拍他腦門：「下次我也要跟你賭！」

方進一愣，沮喪地退下了。

夏明朗活動完筋骨正湊過去看陳默總結的東西，方進忽然又驚叫：「噫，咱們這兒來了個天才兒童。」

夏明朗沒抬眼，倒是鄭楷接了一聲：「誰？」

「兩本一碩，帶兵兩年，少校副營長，關鍵是……24歲！」方進怪叫。

「怎麼可能？」鄭楷明顯不信，這學歷倒沒什麼可嚇人的，資訊、後勤、總隊中隊裏一堆一堆的碩士，都跟不要錢似的，關鍵是年齡太小。

「他合訓的，對吧，出來就是雙本科，然後保送軍事學碩士，這人主要是念書念得早，」方進掰手指算，「我靠，他這得跳多少級啊！」方進興致勃勃地翻回去看標準照：「不是吧，這小娘們似的長相進行動隊？隊座，你是不是拿錯簡歷了？」

「人家自己想來，你有意見嗎？」夏明朗淡淡掃過去一眼，方進自覺地咬住舌頭，噤聲。

忙乎了一個下午，一百多份檔案總算是理清了，各教官的職責範圍也了然於心，夏明朗為主，方進負責突擊格鬥，陳默負責狙擊，趕上大型訓練任務鄭楷再過來照應一下，分工一如往昔。收工完事後，夏明朗拉著鄭楷頂了校官的頭銜大剌剌地先行一步吃飯去，只留下方進和陳默兩中尉沉默地進行著收尾工作。

方小侯抱著那一大疊的檔案在前面走，嘀咕：「要我說咱隊座現在是越來越懶了，往年的檔案他都自己看來著，現在手一揮就踢給咱們了。」

陳默提著筆記本跟在後面，說道：「我覺得隊長還會再看一遍的。」

「才怪了，他要肯自己看，折騰咱們一下午好玩啊？」方進不信。

「可能他覺得我們也需要看一遍。」

陳默拿了鑰匙開門，把手裏的東西全碼好放在桌子上，一轉眼的工夫，方進就已經在夏明朗桌上順了兩根菸，陳默靜靜地瞧著他，方進嘿嘿一笑，把菸藏進口袋裏：「我出去抽。」

夏明朗吃過晚飯去嚴正辦公室裏串門，順便上交訓練計畫，推開門才看到政委謝嵩陽也坐在裏面，一腳踏進去不好收回，只能硬著頭皮往裏走。

「喲，稀客。」謝政委故作驚訝地左右望了望，又笑了：「不對，這是在他這屋，你不稀。」

「最近工作太忙，太忙……」夏明朗賠著笑。

嚴正微微挑眉，笑出一臉複雜莫測的得意，從抽屜裏摸出一包硬殼中華甩出去，夏明朗眉開眼笑地接了，立馬就拆了一根叼上。

「新人檔案都看了？」嚴正順手幫夏明朗點上菸。

「看了一遍。」

「有什麼想法？」

「沒想法。」

「那個叫陸臻的，無論如何想辦法留下來！」謝嵩陽提醒。

「不是吧政委！不就是一碩士嘛，還軍事學的，您老要這麼稀罕，趕明兒我讓陳默給您考一個去。」夏明朗不滿地嚷嚷。

「就一碩士，軍事學！」嚴正抓起卷宗拍夏明朗的胸口：「你知道他什麼出身嗎？你知道他導師是誰嗎？

你知道他導師的師弟是誰嗎？夏明朗同志，看問題要全面！」

「什麼出身啊，您別嚇我，不對啊，他姓陸又不姓胡。」夏明朗一臉嚴肅的震驚。

嚴正被他這一氣倒笑了，揮揮手，示意謝嵩陽你跟這小子磨牙去吧。

夏明朗看這兩人神情倒真有些慌了：「不會吧，真是太子黨？哪個軍的公子啊，好日子不過跑我們這兒來？太添亂了。」

「太子黨倒不至於，也算是自己本事賺出來的。」謝嵩陽說話和緩字正腔圓，永遠帶著幾分黨委報告的範兒，夏明朗一聽就開始頭痛。

「關鍵是他那個導師厲害，老教授了，國防科大的系主任，桃李滿天下。陸臻那小子不簡單，王教授當年手下大把的博士生，出差卻帶著他一個大學生到處跑。而且像他這種出身這種成績，不考博不留校，鐵了心往一線調，而且現在還直奔著你們行動隊，所以說這孩子……」

夏明朗挑了挑眉毛：「有野心！」

謝嵩陽與嚴正相視一笑，嚴正低喝：「怕啦？」

「怕什麼呀？我就怕人沒野心，有野心才好玩吶！」夏明朗嘻笑，瞳色墨黑，有興趣盎然的神采。這是在漠北戈壁荒灘上長大的男人，此刻眼中映著落日時分火焰般的金光，混合出一種無可形容的飽滿的色彩。

「好！好！！」嚴正舒心地大笑。

入夜，月朗星稀，熄燈號過後，整個基地內部一片寂靜。夏明朗站在窗邊抽完一根菸，看著對面的寢室樓一下子暗下去，回到桌邊開始對應著看檔案。這次來了很多人，各部門都大充血，尤其是他們行動隊。因為選拔的範圍擴大了。

前幾年國際形勢劍拔弩張，上面終於拍板，確定我們需要一個可以在任何時刻都最可靠的存在。麒麟憑著這些年彪炳的戰功從無數強隊中搶到這個機會，這表示這支部隊終於走上了成為共和國最銳利武器的道路。夏明朗記得公文下達那天，除了幾個值班的，大家都喝了很多酒，大隊長，政委，所有的中隊長、支隊長一個個都心潮澎湃激動不已，嚴正按著他的頭頂感慨萬千：你趕上了好時候！

好時候！

夏明朗又叼上一根菸，拿起選訓人員的簡歷慢慢翻看。這是第一次真正意義上的跨軍區、跨軍種的全方位選拔，這幾個月來嚴正帶著他們東挖西撬，幾乎把半個中國的精華盡收一室，每一個人的履歷都堪稱華麗，這些人意味著麒麟的未來，這片土地今後的榮光！夏明朗一個個看過去，不緊不慢，翻到陸臻的時候略頓了一會兒，回想起面試時的畫面。

那是個有理想的孩子，一雙眼睛生機勃勃，挾著一份漂亮得驚人的簡歷，顧盼之間神采飛揚，夏明朗毫不懷疑他對理想的渴望與對希望的執著，只是……

陸臻。

陸，為地；臻，達到完備。

人，從來不是有了理想就能成就未來，做到才是更重要的，腳踏實地，達到完美。

夏明朗微笑，你老爹很會取名字啊！

檔案裏的標準照中陸臻穿著海軍的正裝常服，目光平寂，小小一張方寸之照，也可以看出風發的意氣。

峻傲、乾淨、清瘦、修長……

15歲考大學，20歲畢業，電子對抗工程的雙學士優秀畢業生，學士論文比普通碩士論文更紮實，卻不留校，去一線，一年後保送讀研，再畢業就到了艦隊基地。不太常規的分配經歷代表著不太常規的背景與能力，是個有意思的軍人，懷著顯而易見的不甘於平庸的心，卻一步步都走得穩紮穩打。

夏明朗回想起陸臻當時在會議室說的那句話：築夢踏實！

他輕輕微笑，卻瞇起眼睛在這具身體上打了個叉。

可是，心中不期然又生出一點矛盾的感慨，慢慢地捏成了一句話：陸臻，你他媽可千萬給我撐住了。

1.軍用電子對抗工程：致力於培養從事電子對抗分隊指揮、管理的初級指揮軍官。主要課程為：電路分析基礎、電子線路、數位系統與邏輯設計、信號與系統、隨機過程、電磁場理論基礎、微波技術與電波傳播、紅外技術基礎、通信原理、電子對抗原理與裝備、軍事偽裝技術與戰術、電子對抗分隊訓練法、偽裝防護設備原理與維修、電子對抗分隊戰術、部隊基層管理。

2.合訓：即合訓分流，主要過程為「基礎合訓，專業分流」。這是一種融合工程與技術、指揮與管理的組訓方式。參加「合訓分流」的學員學制為五年，前四年「合訓」主要學習任務是打好科學文化基礎和工程專業基礎，完成高等教育中的本科學歷教育，第五年分流階段根據需要接受相對的軍事職業教育。四年「合訓」結束考核合格，發放工科大學本科畢業證書，授予工學學士學位。第五年「分流」培訓結束時，發放軍事專業畢業證書或結業證書。

3

麒麟基地藏在山裏，盤山公路九曲十八彎的，特別不好走，嚴正為顯誠意，鄭重表示屆時會派出一架直升機到軍分區接。沒想到海軍那邊的老參謀長聞訊眼睛一瞪：「欺負咱們沒有空中力量嗎？」

於是馬上有樣學樣地調了一架運輸機把人直接送達，陸臻臨上飛機前看著參謀長當時的神情就想笑，那叫一個心不甘情不願，又要搭架子擺姿態，活脫脫的嫁女心態，最後還要在嫁妝上下功夫，力求一個風光大嫁。

由於小宮不幸落選，陸臻孤伶伶地落了單，同行的一干人裏就一個是認識的，他當年國防科大的同學魏凡，機械狂人，陸臻比他小兩屆，只看到了一點盛況的尾巴，聽說此牛人向老婆求婚的時候出動了三隻機械狗，全是自己手工製作，是學校機器人大賽的主力幹將，這次調去軍委直屬的某軍工保密機構。

嚴正沒食言，兇悍的武直-10直接在軍用機場上候著，陸臻只來得及向魏凡揮手說聲拜拜，就飛奔著投入武直-10的懷抱。

拜拜嘍，我舊的一切，轉過身，迎接我的新生活，陸臻心潮澎湃！

麒麟，傳說中的聖地，武直的機師相當貼心，在低空帶著他拉了一個大圈。陸臻極目眺望這片土地，在心中想像每個建築的功能，傳說這是唯一可以跨軍區、跨軍種挑人的部隊，傳說中這裏每人每年射出的子彈相當於一個排，傳說這個大隊只有兩個中隊200個戰鬥人員，卻有400人的全面戰術後勤支援，這裏有共和國最精的兵，是整個中華陸軍的單兵頂峰。

陸臻深吸一口氣，感覺心曠神怡！

中午的麒麟基地有一種特別的蔥鬱氣息，遠處的操場上有奔跑的人群，建築物閃著氤氳的光，陸臻感覺到自己的心跳變快了一些，微微興奮，大腦中的多巴胺濃度正在上升，這樣很好，陸臻不打算讓自己平靜下來，他很享受這種感受新鮮的興奮感。

來接人是個少尉，目視身高接近兩公尺，膚色黝黑，膀闊腰圓，像黑塔一般站在車邊，可怕的身高與體積把軍用吉普比得像一個玩具。因為他沒有首先敬禮，於是陸臻也無從回禮，不得已只能抬頭仰視他，努力拉出笑容伸出手，說：「你好！」

少尉乾脆俐落地拋下兩個字：「上車！」

陸臻尷尬地收回手，微微錯愕。

黑面少尉的車技很好，在陸臻困惑的同時一路飛車開到了基地邊緣一個菜園旁邊的破舊大屋裏。房子很大，長方形空蕩蕩的平瓦房，地上鋪了稻草，上面扔了一個個行軍鋪蓋捲兒。一個看起來非常精幹的中尉指了個鋪位給他：「初試的科目在被子裏，外面那個操場你可以用，兩禮拜後初試，GOOD LUCK！祝你好運！順便說一下，爺叫方進，是你們的教官之一。」

這人有雙豹子似的精光閃亮的圓眼睛，眉毛濃黑，個子不高卻強健，四、五月的天氣裏穿著夏天的短袖迷彩，結實的肌肉把袖口繃得緊緊的，一口囂張精脆的京片子像是大刀片子似的硬生生刮得陸臻耳朵痛。他目瞪口呆地看著那傢伙轉身離去，轉身看看四下，好幾十號人大都站在自己的鋪位前面發呆，一個個一頭霧水的模樣，顯然也正搞不清狀況。陸臻頗覺無奈地蹲下身去拆鋪蓋卷，被子裏面有一整套的生活用品，一頁A4紙壓在牙杯下面。等他從頭看到尾，已經顧不上去想其他了。

這是一份考核科目單：包括了25公里的山地越野和10公里武裝泅渡，四種槍械的射擊，直升機空降入水，還有不計其數的障礙跑，更要命的是這張科目單是一個整體，單子上詳細標明了整個路線，試訓人員必須一氣呵成地在規定時間內完成全部科目，而那個規定時間短得簡直就像是一個虛幻的數字。

最近這一個月來，陸臻除了忙著交接班，大部分時間都跟著艦隊基地的特種偵察部隊練體能，可是憑著他那點鮮明的印象，似乎就算是那裏的越野尖子也不敢誇海口說一定能完成這份考核科目。陸臻捏著那一頁紙，一個個地回憶自己的訓練成績，加加減減怎麼都算不出個合格。

耳邊的吵雜聲越來越響，更多的人被踢進來，更多的人發現了這張單子，更多的人在驚愕地抱怨。當最後幾個試訓人員被方進帶進門之後，沸騰的聲浪達到了頂峰，有人開始要求找一個說得上話的主事來解釋清楚，這到底是怎麼一回事。

方進抱著肩站在門口，兇狠的目光緩緩掃過，火狼似的殺氣和壓抑，忽然暴吼了一聲：「吵什麼吵，都給我安靜點！」

殺氣猛悍，這屋子裏待的都是優秀軍人，條件反射式的警覺與緊張，一時倒讓他鎮住安靜了下來。

「我勸你們有那個力氣囉嗦不如早點睡覺，小爺我好心提醒，這恐怕是你們最後一個囫圇覺了。」方進說完，背著手揚長而去。

滿屋子的人都愣了，陸臻聽到大門落鎖，心裏窩火：這他媽叫什麼事？

方進說，那是陸臻他們最後一個囫圇覺，其實那話是錯的，因為就連那一個晚上，他們也沒睡好，9點半熄燈，12點睡得最香的時候一聲尖銳的哨聲把所有人催醒，方進扯著嗓子在外面吼：緊急集合。

陸臻一個機靈從地上跳起來，迷糊了兩秒鐘之後抓起衣服往自己身上套，雖然事出突然，不過能來到這裏的學員都是老部隊的尖子，集合的速度並不慢。起初列隊時因為身高的問題耽誤了一下，不等方進下口令，他們馬上就以一種令人眼花撩亂的速度進行內部調整，不過幾分鐘，十列橫隊從高到矮整整齊齊地排在了門口的空地上。

方進冷冰冰地掃了他們一眼，一轉身用一種能讓所有的學員掉落一地雞皮疙瘩的殷勤嗓音衝著旁邊的一輛陸戰吉普呼喚道：「隊座，隊伍整好了，您下來吧。」

陸臻忍不住喃喃低語：「小人，佞臣，媚上欺下。」

站在他左邊的學員轉頭看他一眼，那雙眼睛相當的漂亮，睫毛濃長乍一看幾乎不像男人所有，而目光卻淬利，在清晨蒼冥色的天幕下灼灼生輝，陸臻看軍裝分辨出這人是陸軍，少尉銜。

五湖四海皆兄弟哎！更何況這年頭只有教官、學員兩個階級，哪還有什麼軍銜的限制，陸臻想也沒想就主動衝他一樂，笑出滿眼明亮的善意。少尉似乎愣了一愣，勾起嘴角，臉頰上顯出一個淺淺的梨渦，沖淡了他所有的精明銳利。

「那個，解釋一下哦。主要是，老子明天要出去開會，一走就得好幾天。就想啊，索性先帶你們跑一趟，熟悉個流程，沒什麼問題吧？」夏明朗半靠在車身上，手裏提著杯子，聲音懶洋洋的，沒有一點軍人的樣子。

沒問題？問題大了，怎麼可以用如此輕慢的態度對待一場嚴肅的選拔？陸臻驚愕不已，眼角的餘光中看到身邊的少尉也露出微微驚訝的神色。

夏明朗抱著杯子犯著睏：「那個什麼，那小測驗還看得懂吧？等會兒把衣服換一下，這兩星期沒人有空管你們，自個兒練練。你們這回人太多了，我只要一半人，剩下的給我滾回去。哎，有一點要提醒你們，被踢回去了別說是被咱們這裏淘汰的，你們還不是正式的學員，還配不上淘汰那二字。」

夏明朗把話說完，擺擺手把車門關上。

陸臻去領作訓服時經過車前，看到某人正躺在後座上睡得無比香甜，懷裏居然還摟了個碩大的毛線抱枕，灰撲撲的一大團毛線真不知道他打哪兒找來的。登時，一股無名怒火就從丹田處直竄上來，生平第一次，陸臻有了想要扁人的衝動。他本來還在思考帶他們跑一圈是怎麼個跑法，等到方進跳進駕駛位發動汽車他才恍然大悟。原來所謂的帶著他們跑一圈，就是指由方進開車拉上已經睡著的夏明朗，帶他們跑一圈！

這這，真，真是……陸臻憋著一口氣在胸腔裏不知道怎麼發洩，做為一位新時代的四有好青年，他平常唯一會罵的髒話就是：媽的！可是眼下這局面怎麼也得罵上一句：操他奶奶的祖宗吧……

陸臻為此猶豫了一會兒，但是很快他就停止了思考，因為……開跑了。

方進的車技再好車子駛入山區之後也免不了顛簸，夏明朗慢吞吞從後座上爬起來，問道：「跑多久了？」

「五、六公里了吧。」

「嗯。」夏明朗把頭探出去，用電子喇叭吼道：「哎，現在開始了啊。」

學員們愣了一陣才反應過來：二十五公里越野，因為之前跑的都不是山路，所以，不算。

可是等他們剛剛緩過勁，夏明朗又握著碼錶把手伸出去：「不好意思啊，剛剛忘記計時了。」

這一齣又一齣的，是人都受不了，頓時，所有人都出離憤怒，還不等他把手收回去，全國各民族各地區各軍種的標罵異彩紛呈地飆了出來，陸臻第一次發現聽人罵娘是這麼痛快的一件事，那叫一個同仇敵愾。

夏明朗把車窗一關，種種或高亢或激昂的叫罵都統統成了蚊子叫。

方進見他又想縮回去繼續睡，忍不住問道：「隊座，您幾夜沒睡了？」

「也沒多久，兩晚上，趕報告，明兒就得用，傷神啊！」夏明朗把發財請到自己身後去墊著，給自己找了個比較舒服的姿勢，兩條腿架到副駕駛的靠背上。準備演習是件很熱情的事，進行演習是個很帶勁的事，可是寫演習評估報告，則是一件比較鬱悶的事。夏明朗是個很有熱情的廚子，他喜歡買菜切配，煎炒蒸炸煮，然後看著人們滿足地拍著肚子，但是他不喜歡洗碗。

要是能有個人專門給他寫演習報告就好了啊，夏明朗仰望車頂，忽然想起一事：「對了，你小子的評估報告什麼時候給我？」

「我不是交了嗎？」方進脖子一縮。

「那不算，那是陳默替你寫的。你們兩兵種不同，視角不一樣，當我傻的啊？」夏明朗腳上一橫，踢向方進的腦袋。

方進縮頭避了過去，都快哭了：「那我交上半節的時候您怎麼不說？」

「我覺得寫得不錯啊！從狙擊手的角度站在滲透人員的立場上看問題，思路很獨特。我喜歡！」

「隊長，你這是故意的。」

夏明朗摸摸耳朵，語重心長地：「方進同志啊，你這可是欺騙領導啊。」

「領導，我演習一回來就光顧著給您安排訓練的事了。」方進轉頭做狗腿樣。

夏明朗語更重心更長：「更為惡劣的是，你居然還將一位黨的好同志硬拉下水，所以，我必須要對你，對陳默同志……」

夏明朗慢吞吞一個字一個字慢慢說，方進終於屈服，垂頭喪氣的：「隊長，我寫，你別罰默默。」

「很好。」夏明朗心滿意足地閉上眼，「三天後交兩份報告給我。」

「為什麼是兩份？」方進驚叫。

「一份是你自己的，一份是你代陳默的。我現在發現這個思路特別有意思，假設你是狙擊手，那你看到的戰局，你對對方的評估是什麼樣子的……很有意思。」夏明朗興致勃勃的：「我打算將來要向全中隊推廣這種思路，讓大家有更多的餘地去思考……」

「隊，隊，隊座……」方進遲疑而惶恐。

夏明朗笑容可掬：「你放心，我不會佔用你的創意，我會告訴大家，這是你方進發明的。」

「隊長！」方進一聲慘叫，差點把車開到山溝裏去。

陸臻在陸戰隊跟訓的時候也跑過50公里的標準負重越野，不過那時候的速度比現在差遠了，現在這批學員都是優中選優的尖子，而且初到這鬼地方人人心裏都憋著一股勁，一個個衝得像豹子似的。陸臻跟剛才在隊列裏認識的那個少尉跑在最末，陸臻是知道自己的實力不敢跑快，而那個少尉則顯然是留了力。

跑步不像是隊列，規矩沒那麼多，兩個人邊跑邊聊了幾句。少尉本名徐知著，38軍的，先當兵在部隊考上軍校，南京國關特偵畢業，軍事技能十分過硬。十公里之後大家的速度都慢了下來，他自己氣喘吁吁那是不用說了，徐知著卻只有一點勞累的跡象，基本和剛剛邁步時一個樣。

徐知著見陸臻的眼睛直往自己身上瞟，笑著拍拍自己胸口：「出來的時候練過，全軍越野第三。」他說這話的時候眉飛色舞，帥得要命。

陸臻頓時就驚訝了，全軍越野第三？他都給自己整了一群什麼樣的隊友啊，可是偏偏這麼優秀的人，那個叫夏明朗的居然還這種態度？陸臻無比憤怒地盯著前方不遠處的吉普車，車子裏的夏明朗剛好把頭探出來，吊兒郎當地拎著喇叭嚷嚷：「哎，老少爺們賞點臉，趕緊的，跑完我好回屋睡去！」

真他娘的！

夏明朗話音還沒落，陸臻就聽到了數聲國罵，對象包括夏明朗和夏明朗祖宗十八代各父系、母系、直系、旁系親屬，不過罵歸罵，速度倒是又快了起來，大家都又開始像不要命似的往前衝。

陸臻是帶過兵的人，訓練的時候最怕的就是出現訓練事故，現在跑這麼瘋，搞不好心臟猝停都有可能，陸臻咬了咬牙衝上去敲夏明朗的車窗。夏明朗慢吞吞把窗子搖下來，笑眯眯聽完他的陳述，在激烈的奔跑中說話，體力消耗非常大，陸臻盡可能簡潔地表達了自己的意思，可是長跑的氣息全亂了套，喉頭一陣火辣辣的痛。

方進開著車，跟陸臻保持均速，夏明朗把手伸出去擦了擦他額角的汗，語聲親切：「累了吧。」

陸臻一時莫名，轉頭看到夏明朗手肘撐在車窗上半側著頭，視線從下往上挑起來，墨色沉沉的眼底閃著明朗的笑。

有一點恍惚，好像多少年前的那個海灘，也是這樣烏沉沉壓在眼底的笑，他問：「嗨，兄弟，有菸嗎？」

「我不累。」陸臻道。

「哦，你不累！」夏明朗伸出手指輕佻地劃過陸臻的下巴：「你不累，你他媽囉嗦什麼？」

「媽的！」陸臻快跑了幾步揪住夏明朗的衣領，怒極吼道：「你是他們的教官，你要控制好，你不能讓他們這樣瘋跑，出了事怎麼辦？你這樣是不符合規則的。」

「哪裏的規則？」夏明朗把自己的衣服拽回來：「你們家那邊小娘們訂的規則吧。」

夏明朗笑得惡劣，方進會意，即時地一腳油門踩下，車沒砸到只嗆了一口煙塵，陸臻揮舞著拳頭衝上去，陸臻揮拳，情緒激動，倒把徐知著頓時重心不穩，踉踉蹌蹌地幾乎要跌倒。徐知著緊趕著跑了幾步把他架住，嚇了一跳。跑到中途，原本衝在前面的兄弟們都漸漸慢了下來，陸臻和徐知著他們並沒有加速，一路還是超了不少人。夏明朗的車停在路邊，陸臻不知道他又要出什麼怪招，經過時心懷警惕地向車門裏張望。陡然看到夏明朗的抱枕「汪」的一聲從車裏竄出來，陸臻這一記被嚇得不輕，啊的一聲慘叫，拔腿狂奔出去好幾步，夏明朗撐著車頭狂笑不止。

陸臻回頭一看真是氣得連肺都快炸了，這哪裏是抱枕，分明是一隻匈牙利牧羊狗，滿頭滿腦的毛線穗子堆在車座上，可不就是個抱枕樣。陸臻本來是不怕狗的，冷不防被嚇得這麼失態，自覺顏面大失，可是這哪兒能怨他啊，誰聽說過特種部隊養毛線狗的？這真是衰人養衰狗，人不地道，狗也混帳。

好不容易撐到最後五公里，陸臻他們幾乎就要接近第一集團軍了。徐知著原本一直跑在陸臻身前半步幫他領跑，忽然退了一步回去非常不好意思地衝他笑一下：「兄弟，我要衝刺了。」

陸臻頓時恍悟，大聲喊道：「跑啊，跑去！別管我，你快點衝。」

徐知著大約是覺得不夠意思，又跑了幾步才甩開他：「你撐住啊。」

「放心吧，哥兒們撐得住。」陸臻衝他揮手：「跑快點啊，拿個第一回來。」

集團軍越野第三的實力畢竟不是說假的，徐知著全力開動，最後五公里跑得幾乎比別人第一個五公里還快，衝進第一陣營裏達了線。夏明朗坐在車裏一個個記成績，他手上有一排成績表，每個人的五公里成績、十公里、二十公里，歷歷在目，跑步是一種很能看出個性的運動。

陸臻跑到最後關頭實在體力不支，雖然不是老末，也算是歸在最後那一撥裏面的，他這會兒算是知道那條衰狗跟著來是幹嘛用的了。那狗是真惡劣，專逮著最後幾名咬屁股，陸臻被牠咬了一口，全身的血管都爆了一圈，小宇宙爆發榨出最後一點體力狂奔過了終點，剛一碰線人就跌了出去，趴在路邊吐得昏天黑地。他們早上出來得早，每人啃了食堂前天夜裏留下的一個冷饅頭就算是早飯。陸臻還沒吐過勁胃裏就空了，連著黃膽吐得精光，趴在地上一陣陣地乾嘔，胃裏像是有一個粗糙的鏟子在用力攪動，引起胃黏膜劇烈的抽痛。

夏明朗牽著他的大狗在東倒西歪的人群中穿來穿去，很是輕鬆地幸災樂禍著：「嘿嘿，你看你們，還沒一隻狗能跑！」

尖兵就是尖兵，即使是累到極限了也有一股子硬氣撐著，一個個都抬起了頭，眼中倔強與憤怒一樣灼熱。

夏明朗卻笑瞇瞇地看著他們，極誠懇的神色中幾乎帶著些柔情的味道，他指著腳邊那隻毛線抱枕狗說：「介紹一下，這是發財，你們別怪牠，牠是一隻特別好的牧羊犬，嗯牧羊犬，牠只是怕你們會脫隊。」

戰士們顯然都氣傻了，因為太茫然反而不知道應該有什麼反應，夏明朗慢條斯理地敲敲手錶，轉身指向身後的湖泊：「同志們啊，時間還在走。」

徐知著第一個反應了過來，他把背包解下來扔到水裏開始武裝泅渡，呼啦一下子，所有人都衝了過去，水面沸騰得像是在煮餃子。

到了水裏，剛剛的情形全掉了個樣。游泳是陸臻的強項，他在高中念書的時候就是體育資優生，自由泳國家二級，蛙泳一級，即使是精疲力竭地划著水也能快過一般人。

倒是徐知著苦頭吃足，他是進了部隊才學會的游泳，還是在平原野戰軍，一年都游不上幾次，後來上軍校時又因為射擊成績太過出色，一白遮了百醜。人總是這樣的，好揚長避短，越是不擅長越想繞開，結果現在成了木桶效應的那塊短板，幸虧體力驚人，拼起來居然還能勉強跟陸臻游到一起去。

這種速度的游泳對陸臻來說就像是休息一樣，游完了第一個五公里連胃都舒服了不少，他也懶得去追先頭部隊，索性浮上浮下地指點起徐知著的泳姿。徐知著特別地過意不去，一直不停地催促陸臻快點游上去，陸臻猜度著早一分鐘上岸，就得早一分鐘看到夏明朗惡劣的臉，他目前胃裏太乾淨，實在沒東西讓他吐，可幹嘔的滋味也太難過了點，索性就磨磨蹭蹭地只是保持著不是末流就算了。

不過登岸之後他倒是沒看到夏明朗，迎面只有一個大型的靶場，陸臻看第一眼就覺得彆扭，徐知著用手指比了比，詫異道：「127公尺？」

陸臻倒是明白了為什麼那張考核單上沒有寫具體的公尺數，而且他強烈地預感到當下一次他們再站到這個靶場，靶子的距離也不會再是127公尺。

很有意思，陸臻現在覺得這個鬼地方越來越有意思，每一個細節上都透著詭異。

跳進射擊位，很自然的，槍械全分解，拎起槍就打的這種好事在這裏是遇不到的，陸臻飛快地拿起零件開始拼裝槍械，可是才拼了兩塊就察覺出不對，他面前的這一堆破爛裏起碼藏著四種槍的零件，但是恐怕只有一支是可以拼齊的。

陸臻只能先把手上的工作停下，分門別類地理出零件，不過，他還算是醒悟得早的，有人拼到一半才發現自己手上的這支槍缺東西根本拼不齊。槍械拼裝完成，瞄具這種細節陸臻是根本連想也不想了，直接開始調試，果然，偏得那叫一個十萬八千里。

夏明朗啊，夏明朗……陸臻在心裏感慨，區區一次打靶都能埋下這麼多陷阱，心機這麼重，人活著累不累？

不過，你的槍法就是這樣練出來的嗎？

陸臻眯起眼，十發子彈激射出去，正中靶心。

子彈打完，陸臻跟著前面的指示牌從側門跑回了基地，大操場上布滿了各式各樣的土堆和陷阱，陸臻到這節骨眼上根本也沒什麼知覺了，不過是逢山開路遇水搭橋，見溝就跳，見牆就爬。陸臻眼睜睜看著跑在他前面那個人從四公尺高的吊索上脫手，重重地砸到地面的泥水裏，半天爬不起來，根本沒人來管他，醫務兵站在離開他們十幾公尺遠的地方，自顧自地聊著天。

「怎麼會這樣？」陸臻喃喃自語，這完全不是他想像的樣子。

徐知著從前面折回來拉他：「跑啊，無論如何，先到終點再說。」

到了終點會有什麼？

什麼都沒有，世界的盡頭是冷酷仙境。

1. 匈牙利牧羊犬：即可蒙犬，英文名 Komondor。體型巨大，熱愛工作，在沒有主人任何的命令情況下也會非常認真負責地放牧羊群！成年的可蒙犬披毛為持久的、結實的繩索狀，觸摸的感覺像是氈製的。

2. 訓練與體能要求：主要參考SAS英國特別空勤團與一些中國特種大隊的體能要求指標，那個全流程的體能測試是把各種批標拼起來的結果，不代表現實中真的一定有部隊在這麼做。而兩段式的受訓方式，即第一階段為期兩週的基礎考核，旨在測試學員的原始水準，第二階段為期更長的培訓考核，旨在測試學員的學習能力，來自於委內瑞拉「獵人學校」，當然考核科目要輕鬆了很多。

3. 38軍：第38集團軍，部署在北京軍區，保衛首都。重裝機械化部隊，軍部在保定，就是彭德懷誇過的萬歲軍。

4. 南京國關特偵：全名為南京國際關係學院偵察與特種作戰指揮專業，中國唯一的特戰專業。

4

陸臻原本以為夏明朗會在終點等著，繼續發揮他漫不經心的毒舌功力，把他們從裏到外地損一遍，但是沒有，終點處只有一個看著就已經很不耐煩的方進和幾個陌生的基地人員，以及一大群好像爛菜葉子一樣被揉碎了所有脊樑骨的學員們。陸臻挪到他們中間倒下，每一分肌肉都在叫囂著它們的痛楚。

又等了近半個小時，終於把所有的人員都收攏集合，方進連訓話都懶得，簡單揮揮手，讓那幾個士兵帶著他們去洗澡、吃飯。陸臻經過他身邊的時候實在是忍不住，還是問了一句：「教官呢？他幹什麼去了？」

方進轉頭看他一眼：「他等得不耐煩，回去睡覺了。」

方進這腔調說得十分挑釁，但陸臻沒接他的話，沉默無言地走開了。

原來不達到一定水準，是連被他冷嘲熱諷的資格都沒有的。陸臻，現在看清楚了吧，原來不走到一定的高度，人家都不屑罵你。

經過一個上午的劇烈折騰，學員們拖泥帶水地跟著黑子去公共浴室裏洗澡，肥皂和毛巾都是公用的，堆在長條凳子上一人拿一條，陸臻脫光了衣服往裏面走，有種很怪異的感覺。

臉色兇狠的黑子站在門口吼著：「洗澡十分鐘，時間到了就斷水，自己小心點。」

陸臻看到徐知著走在他身前笑容詭異，便湊過去問，徐知著伸手一指：「你覺得這個像什麼？」

陸臻往前看，全是些光著膀子的大男人，膚色各異，陸臻疑惑：「像什麼？」

「養豬場。」徐知著道。

陸臻一口氣笑岔，咳了半分鐘，不過，倒真還挺像的。

等出來的時候陸臻才發現剛才穿髒的作訓服都不見了，凳子上堆著一大堆乾淨衣服，自己挑合適的尺碼去穿。

「噫，這地方還幫咱們洗衣服啊？」陸臻身邊的一個學員滿臉的莫名其妙居然還有點驚喜。

「機械化管理，」陸臻冷笑，「還蠻現代的。」

那人顯然不明白陸臻在氣什麼，平白無故撞槍眼當了炮灰，臉上便有點不好看，可是考慮到陸臻的軍銜傲人，想要反駁又有點畏縮的意思。陸臻吃不消那種眼神，無奈地搖搖頭說：「我真羨慕你的單純。」

徐知著轉過身也是一張鬱悶的苦瓜臉，看了他幾秒鐘，道：「我也很羨慕你的單純。」

食堂的伙食很不錯，高蛋白、高熱量，當然人餓瘋的時候連根草都是美味，不過套餐只有兩種，而且要求全部吃完，只能添不能剩下，陸臻親眼看著黑子像餵豬似的逼迫一個學員吃茄子，忽然慶幸自己從小就是不挑食的好孩子，這是多麼的明智。

飯吃到一半，夏明朗沒精打采地走進來，方進已經幫他要了一桌的菜，三瓶啤酒開在桌上，泛著誘人的泡沫。那邊辛苦吃茄子的學員還在跟自己幾十年來的習慣做鬥爭，夏明朗走過小聲說了一句什麼，便看到那個學員一拍桌子跳了起來。

夏明朗聲音一高：「軍人以服從命令為天職，我還沒讓你吃豬食呢，吵什麼吵。」

那個學員咬牙切齒：「你這是故意針對我們。」

「我就是，怎麼了？不想待就別待，打電話回去給你們老領導。」夏明朗戳著他胸口：「就說是因為這裏有人讓你吃茄子，妨礙了你偉大的自由。」

這場小變故吸引了大家的注意力，消息很快地傳開，據說是夏明朗得知此人厭惡茄子之後，下令以後每頓飯都給他煮一份茄子，而且要清水白煮，原汁原味。

徐知著吐出一口氣，慶幸：「還好我不吃的東西他們不知道。」

「你不吃什麼？」

「俺們家鄉那邊的特產，折耳根。」

陸臻忽然笑容詭異，指著他的身後：「你小聲點。」

徐知著嚇了一跳，連忙回頭去看，還好，背後空無一人，陸臻頓時樂不可支，哈哈大笑。笑到一半的卻猛地透心一涼，他下意識就去找夏明朗，夏明朗坐在屋角的小桌邊偏著頭看他，審慎的目光，一槍見血的銳利度。陸臻慢慢止住笑，努力平靜地與他對視。

「哎，哎。」徐知著在桌子下面拉他。

陸臻低下頭。

「你別惹他，這人不好對付。」徐知著壓著嗓子低聲道。

「你怕他？」

徐知著沉默了一會兒，把飯全扒到自己嘴裏，慢慢咽下去，才點頭：「他們很強！」

陸臻有點恍然：「你之前也碰到過他？」

「對，他們是職業友軍，打仗說外語，地圖全是北約格式，這幫人可以模仿美俄的作戰風格，如果真讓他們豁開來打……」徐知著頓了頓，有點不好意思：「當年他們一個中隊，加半個炮團和一個飛行支隊，滅了我們整個混編師，我就是讓他給狙掉的，所以我才來這裏。不是跟你吹，我在我們軍也算是出挑的，可是現在你看，這裏我連什麼都不算。」

陸臻百味交集：「不瞞你說，兄弟我第一次演習也是折在他手裏的。」

徐知著吃驚地看著他，一槍斃命，一秒鐘之前只聽到風過林梢，一秒鐘之後死神已經挾著風穿過胸膛，那種無可抵擋的殺傷力原來不只是他一人體驗過。

陸臻搖頭，往事不堪回首。

可是，陸臻皺起眉頭：「這裏，不應該是這樣啊。」

「那你覺得應該是什麼樣？」

「反正就不應該是這樣……」陸臻話說到一半，集合的哨音已經吹響了。

這地方應該是什麼樣，他不知道，反正就不應該是這樣的，可以製造最大的磨難，然而，不能無視戰士的尊嚴。

吃完飯回去，陸臻在精神和肉體的雙重壓力之下倒在了自己的鋪蓋上，當然似乎沒人說現在可以休息了，可是自然的，也沒人說現在不能休息。

他們是一群被放養的豬。

一個穿著基地作訓服的中尉捧著一疊小冊子無聲無息地走進來，走過每個人身邊的時候把手裏的東西扔出去一本，陸臻在半空中撈住它，翻開一頁，草草一掃，呼的一下坐了起來。事實上所有人拿到這份東西之後都是與陸臻一樣的反應，隨意翻開，然後，驚訝。

這是一份他們今天上午訓練的成績表，EXCEL排序打出，條理分明，那上面包括了每個人從25公里越野跑開始各時段的平均速度，還有打靶的耗時、環數，以及障礙跑時各種突發情況的備註。

陸臻抬起頭向四下看，所有人臉上都有點驚訝慌亂的神色，原來在大家都不知道的時刻，有一雙眼睛，記錄著他們的一言一行。

這太可怕了。

像這樣的暗中觀察，有如芒刺在背，寒氣從背脊竄上去，冷冰冰地撩撥著心口。

陳默留了一台軍用筆記本在門口，頁面打開，調出他想要的部分在最前面便悄無聲息地離開，像來的時候一樣毫無痕跡。馬上就有好奇的學員湊過去看，螢幕上顯出的視窗是一張表格，各種訓練專案被細化分割，每個人只需要在自己的名字後面打勾就可以確定自己的訓練計畫。

這份表格通常在熄燈前被收走，第二天早上整隊的時候，學員們被分成四組：障礙，泅渡，越野，射擊。

他們必須全力以赴，在規定時間內達到大綱所要求的體能指標，夏明朗懶洋洋地坐在獵豹的前臉上對他們說：體能不過關，什麼都白搭！

從此，陸臻的生活被徹底地體制化，洗澡時間十分鐘，定時定點，套餐永遠只有兩種，A和B的選擇，連犯人都不如，正像徐知著說的，像豬，一群生活在生產線上的豬。

可是一切的訓練計畫都得由自己決定，你想出工出力還是出工不出力都隨你，甚至只要你有種，大可以什麼都不要勾就在豬圈裏睡大覺，絕對沒有任何人來管你。

他們來自於部隊，服從是天性，一個命令一個動作，上傳下達，這就是軍人。

他們習慣於承受壓力，目的明確，方向可靠，於是勇往直前。

他們很少有機會完全控制自己，而且，只對自己負責。

沒有壓力，沒有命令，無人指點，一片茫然。

夏明朗說，這兩個禮拜沒人有空來管你們，自個兒練練，他只要一半人！

陸臻在暗夜裏看著天花板，夏明朗漫不經心的淡漠態度徹底激怒了他，不能再這樣下去，兩個星期，十四天，他得用到盡。他不能就這樣被踢回去，如果連最基本的參與都沒有，如果他都沒資格加入這裏，那麼，他甚至都沒有權利對夏明朗做任何評判！

這樣的話，他的憤怒將永遠無法開脫。

陸臻感覺到他的心裏壓著一團火，這是他長這麼大從來沒有過的激烈的火，他一向都是平和的，或者說這個世界上還沒有出現什麼讓他失去平靜的東西，這是第一次。

夏明朗，我跟你槓上了。

深夜，夏明朗被煙霧所籠罩，眼前的辦公桌上有一大疊的檔案，是這些日子以來學員們的訓練計畫與完成情況。經過了最初的幾天迷茫之後，反應更快，自制力更強的一些人已經開始慎重而有計畫地訓練自己的能力，一個個小組自發地形成，不過大多都是以原來老部隊的編制為基礎，於是陸臻與徐知著他們的組合看起來便顯得有點特別。

一個海軍，加幾個野戰偵察員，非常能互補的團隊，至少就最近的報告看來，徐知著他們的游泳速度已經有了很大的提高，但是陸臻本人的體能極限並沒有明顯的突破。當然這也很好理解，徐知著他們是技術問題，從30分到60分的進步總是很快的；而陸臻這方面就純粹是外人幫不上忙的個人死穴，徐知著的體力再好，也沒有能力教會陸臻怎麼才能跑得更快一點，因為這需要長年累月漫長的累積。

於是，這就成了一個一面倒的組合模式。

夏明朗清晰地記得，他說，他只要一半人，所有人都互為對手，他們在競爭。他把菸頭銜在嘴裏，回憶陸臻的臉，年輕的，偶爾會很衝動可是馬上又會恢復平靜與爽朗的臉。他看過他的檔案，完美無缺，一路順遂，這種人從來沒受過什麼挫折，本應該是最容易崩潰的那一群，可是陸臻仍然活得很有精神。

夏明朗有點想不通他的打算，究竟是天生的豁達還是另有所圖，畢竟，他們相交還不深。

他只記得那個白皙瘦弱的小子慢條斯理地站在隊列裏說話，他的聲音不高，但是挑釁；即使在情緒激動的暴怒中仍然有明確的條理，他雙手揪著他的衣領怒吼，他說：你是教官，你要控制好。

有意思，夏明朗聽過無數種怒罵和抱怨，可是陸臻是特別的，他在從根本上質疑他的目的和手段，他在質疑他的訓練能力，他堂而皇之地站在他的角度去思考，從一開始。

有時候夏明朗覺得，似乎就是從那時候起，他對陸臻開始有了某種難言的隱約期待。

陸臻，他從一開始就沒有把自己當成是他的兵。

他，從一開始，就不必是他的兵。

夏明朗有些微的興奮感，他的人生被分為兩段，26歲之前他的人生只為自己，一步步攀上單兵最強的高峰，26歲之後他生活的重點被嚴正硬性地轉移，他開始試著訓練別人，看著他們更高、更快、更強，甚至有一天超越自己。

自然，最初時他也有過異樣的遺憾，可是慢慢地他開始體會到嚴正所謂的樂趣，如果一個任務完成得很漂亮，他已經不再會介意那是不是自己完成的。至於陸臻，金鱗並非池中之物，總有一天會遇到風雲幻化為龍，夏明朗很樂意在他漫長人生的旅途中為他加一把勁，就像是曾經在他的人生中無數幫助過他的人一樣。

陸臻！

夏明朗默唸那兩個字：請不要讓我失望。

當然陸臻一直都沒有讓他失望過，那個青年固執的眼神中有種與兇暴無關的狠勁，理性的執著全部蘊含在他看似溫和的語調裏，在聲音平緩起伏中，他聽出了一種風骨。文人的風骨是這世界上最令人覺得不可思議的東西之一，極為軟弱卻堅韌。

夏明朗回想起那雙眼睛，清亮透明的瞳孔裏燃燒著無盡的怒火，猛烈得幾乎可以燒毀一輛裝甲車。

夏明朗微笑，如果怒火能把你的血全點燃讓你熬過這一關，這似乎，也很不錯。

5

兩週的時間一晃而過，最後的測試裏，學員們被分為了十組，陸臻被夏明朗扔到實力最強的那一組，拼死拼活耗盡了全力衝到最後，只得一個倒數第二。陸臻站在終點線上情緒激動，想鳴槍撕破整個天幕的平靜。即使有所準備，這仍然是他生平未遇的挫敗，就這樣出局，他連對手的邊都沒碰到。

有人在休息，有人慢走放鬆，陸臻就這樣直愣愣地站著，陳默皺起眉朝他走過去：這樣很容易抽筋。

「你……」

「報告教官！」

「你先說。」陳默習慣於先聽對方開口。

「請問下次的選拔時間是什麼時候？」陸臻問道。

陳默想了想：「你不一定會被淘汰，結果還沒有出來。」

陸臻驚訝地睜大了眼睛，事實上他對這個沉默寡言的教官頗有好感，陳默算是這鬼地方裏唯一還算正常的人。

結果並沒有很快地出來，像往常一樣他們被人帶去洗澡、吃飯，一路上有列隊成行的基地正式官兵目不斜視地從他們身邊走過。陸臻有些消沉並且憤怒，這裏的每個人都當他們是透明，而他居然也就真的如此彷彿透明了一樣，什麼都沒有留下就要離開，這是他不可忍受的失敗。

洗澡的時候徐知著專門搶了與陸臻相鄰的隔間，大家都是當兵的人有些失落是共通的，可是正是因為太瞭解，安慰的話便不知道要從哪裏說起，無論說什麼都讓人覺得假。

陸臻見他不停地往自己身上瞄，終於忍不住慢吞吞地說道：「小徐同志啊，哥兒們我知道自己身材好，你也不能老盯著看啊。」

徐知著瞠目，被他鬧了個大紅臉。

「行了，」陸臻伸手過去拍他肩膀，「兄弟，好好幹，明年，等著我。」

「你……」徐知著反應過來：「你還要考？」

「哪裏跌倒的，就在哪裏爬起來。」

「哎，我就是想跟你說這個。」徐知著急了：「我覺得你其實沒必要來這裡，你說，你到這兒來，你圖什麼？你留在海軍那邊，將來進機關升得一定比這兒快，怎麼說那邊人器重你。你就不應該再為這事浪費時間。」

陸臻指指花灑：「時間快到了。」

徐知著無奈，縮回去沖頭上的泡沫。

吃完飯回去，方進已經守在了門邊，一聲哨響：打點行裝，緊急集合。

陸臻抽緊背包繩打上最後一個結，心裏居然還有點酸楚，不過半個月，這段日子已經在他生命裏留下了痕跡，就像是夏明朗，不過兩三個照面，那張臉已經深深地刻進他的腦海裏。

剛才吃飯時徐知著還不停地勸他別犯傻，每個人的路都不一樣，他進入基地那是華山一條道的選擇，這裏有他想要的，所能得到的最好的一切。可是陸臻不一樣，他還有別的道路可以走，那些路一樣的風光耀眼，沒必要一意孤行。

「我說兄弟，是個人都知道要揚長避短，你幹嘛取長補短！」徐知著到最後簡直有點痛心疾首的味道。

陸臻卻微笑，說：「我知道自己要什麼的！」

徐知著是聰明人，聰明而有規劃，目的明確，富於行動力，陸臻毫不懷疑這樣的人會成功，然而也很難向他描述說自己的理想。對現實主義者來說，理想是奢侈而浪費的東西。

陸臻搖了搖頭，把那些片段搖出去，他還年輕，如果真的是浪費他也浪費得起。離開並不可怕，真正可怕的是失敗，在未赴全力之前就承認失敗，退縮並不再回頭，這會成為他人生的污點，很可能，是一生的悔恨。

陸臻主意打定，十分平靜，他甚至已經考慮好了回去怎麼勸政委同意讓他調去陸戰隊裏跟訓。

隊列整齊劃一，夏明朗好似很不情願地被拉出來亮相，嘴裏銜著菸，懶洋洋的沒什麼精神。陳默把成績單交給排首，雪白的紙頁像浪花一樣紛翻鋪開。

陸臻順著查找自己的成績，他排在第76位，這是一個意料之中的結果，可是名字旁邊有個紅勾，這又代表了什麼？？

「勾紅的留下，拿到黃牌的走人。」陳默字字清晰，隊列頓時一片譁然。

「報告！」馬上有人提出質疑：「請問一共有多少人可以留下？」

「57個。」

「那我明明是第43名，可是為什麼得到的是黃牌？」

「43是你體能測試的成績，但你的面試分數不高。」陳默說道。

「你們什麼時候有過面試？」那人終於忍不住大吼。

陳默抿起嘴，比巧言令色他說不過夏明朗，比聲色俱厲他吼不過方進，吵架實在是他所有技能裏最薄弱的一環。他轉過頭，平靜地看著夏明朗，那眼神的大意是，輪到你了。

「一直在面試，只是你不知道。」夏明朗銜著菸，說話的聲音便有點含糊不清：「打勾的站右邊，黃牌在左邊，重新整隊！」

他們是軍隊，令行禁止是化入骨血的服從，即使心中充滿了困惑。

徐知著目瞪口呆地看著陸臻走到自己身邊，陸臻苦笑著衝他勾一下嘴角，莫名其妙地認定所有人的目光都集中在自己身上。與其糊裡糊塗地活，不如站著死，陸臻大聲叫了一下報告。

夏明朗轉過眼來看他，意思是有話快說，有屁快放。

陸臻清了清嗓子有點艱難：「我的體能測試是76位，但是……」

夏明朗打斷他：「因為我高興！」

陸臻預感到他會接收到一個四六不著的回答，但是沒有想到會是如此的四六不著，徐知著拼命勁攢著他的手臂，但其實不必這麼擔心，因為他已經被夏明朗給震驚了。於極限之處最冷靜，這是陸臻最大的優點，當一件事用常理不能說明的時候，他會退回來重新思考。

「您的意思是，這個地方的規則是由您的喜好來決定嗎？」陸臻言語平靜，徐知著有些意外，鬆開了手。

「是。」夏明朗毫不避諱。

「那麼，公平呢？」

「公平？」夏明朗笑起來：「你幾歲了啊，這世界有什麼是公平？當一顆子彈穿透你的時候，你怎麼不去問問它，為什麼選了你，不是別人？」

「我認為這不是理由！我今年二十四歲，另外，我一直相信這世界是公平的，至少我不會像您這樣自甘墮落。」陸臻把軍姿拔到最直，昂首挺胸地站立，像一杆修竹。

夏明朗背著手踱過去，若有所思，戳著陸臻的胸口：「不想留下可以滾，不過，我忽然很好奇，想看看你能怎麼給我一個公平。」

陸臻咬牙，腮邊的咬肌繃起。

夏明朗笑了笑，慢慢走開，上車前回頭掃了一眼：「別以為留下來就萬事大吉了，這才剛剛開始。」

方進帶著一群人向左，陳默帶著一群人往右，就此分道揚鑣。陸臻不敢回頭，他總覺得背後有一些說不清道不明的眼神在看自己，可是剛剛與夏明朗對視的那一瞬間，他下定了決心要堅持，因為那輕易可見的不屑一顧，讓他迫不及待地想讓夏明朗看看什麼叫軍人的尊嚴。

夏明朗爬上車，鄭楷趴在方向盤上悶笑，夏明朗一時鬱悶：「笑什麼笑？」

「得了，別對我兇，想想怎麼哄嚴隊吧！」

「聽這語氣，我怎麼覺得你有點幸災樂禍啊！」夏明朗轉過頭。

「哪能啊！」

夏明朗齜牙：「明早上跟我一起出操。」

鄭楷馬上苦了臉：「不是有方進了嗎？這種事別老拉著我行不行啊，我求你了我這人心軟看不得那堆粉嫩小團子被操，祁隊在的時候就折騰我，我一把老骨頭了，我又不是你，心狠手辣的……」

夏明朗瞪了他一會兒，眉毛耷拉下來：「太傷自尊了。」

鄭楷不理他，徑直把車開到行政大樓：「頭兒還等著你去交報告呢。」

夏明朗悶悶地下車，鄭楷趴在車窗上招呼他：「隊長，晚上有空去我屋裏喝酒啊，老家捎了點花生來。」

夏明朗站在大門口的臺階上轉過身指著鄭楷，笑容有些無奈。

嚴正嚴大人正站在窗邊喝茶，聽到夏明朗溜邊進來交報告，轉身衝他勾了勾手指，夏明朗不敢怠慢，馬上走到他跟前去，嚴正一把按著夏明朗的脖子把他摁到窗玻璃上：「你小子一下給我趕走這麼多人！！」

夏明朗原本稜角分明的臉被擠得扁平，悶聲道：「他們不太合適。」

嚴正鬆開手，怒氣沖沖：「行了，都趕走吧，趕走吧，老子再也不給你去找人了！」

夏明朗哭笑不得：「頭兒，您何必呢？」

「人多煩的！你呀……我就是對你太好了！你看老王，就不像你這麼浪費！」嚴正狠狠地瞪他一眼。

夏明朗連忙把擱窗臺上的茶杯遞過去給他：「頭兒，我這兒和他們又不是同個性質。那什麼，明天就月底了，您先消消氣，要不然回家去，嫂子看著又得擔心了。」

「你就不怕被人記恨！」

「可能嗎？我怎麼對他們啦？您看真要這麼不懂事的，那就更不能要了！您說是不？」

「你給我說句實話，這批人裏，有多少能留下來？」嚴正根本不接他的話。

夏明朗笑嘻嘻的：「咱又不是打群架的，精兵難求啊！」

嚴正無奈地瞪他一眼，拿起桌上的報告一頁頁翻看。

「這個，體能測得不錯啊，為什麼不要？差在哪裏？」嚴正指著一行目錄問道。

夏明朗湊過去看：「獨，紀錄顯示，他所有的訓練都自己進行，不跟任何人一組，而且，他對自己的安排也不好，純粹吃老本。」

嚴正一路看下去，連續又問了幾個，夏明朗一一作答，條理分明。翻到陸臻的時候嚴正倒是愣了一下，笑道：「法外開恩？」

「也不算吧！槍法好，意識和靈活度都是一流的，體能上也還有潛力，我覺得可以再給他個機會。」

嚴正把文件合上拍在夏明朗胸口：「無論如何，把人留下。」

夏明朗不肯接，沉默地對峙。

嚴正盯著他看了一會兒，嘆氣：「如果實在留不下來，踢給我，咱留下他給老王的資訊中隊，反正別便宜了外人。」

夏明朗笑起來：「您還真拿他當個寶。」

嚴正敲了敲桌子鄭重其事地問道：「對於陸臻這個人，你怎麼看？」

「還不錯。」

「他的畢業論文你看了嗎？」

「看了。」

「什麼感覺？」

「硬傷很多，太過幻想，基本沒有實際運用的前景。」就算是知道自家老大對這東西有好感，夏明朗批評的時候也從不客氣，而且他也不相信，那些一眼就可洞穿的缺漏嚴正會看不出來。

「明朗，」嚴正的聲音變緩，語重心長，「知道你的缺點在哪裏嗎？」

夏明朗默然不語。

「你太缺乏想像力。」

「打仗不需要想像力。」夏明朗沉聲道。

「打仗、死人，這麼現實的事情不需要想像力，你說得沒錯。陸臻很幼稚，新人什麼都沒見過什麼都不懂，所以他敢想，可能一百條錯了九十九條，但是中了一條，就是個進步。而你與我，知道得太多，顧慮太多，太多禁錮。尤其是你，明朗，你走得太快了，你還不到三十，我在你這個年紀的時候，根本沒你想得這麼多。」

夏明朗笑道：「頭兒，您擔心我？沒必要吧。」

「我就是覺得沒什麼可以擔心的，所以特別擔心你。」嚴正抬眼看看他，在文件上簽完名：「歸檔吧。」

夏明朗本來是真沒打算去看什麼，可是出了大樓，居然看到鄭楷還在車裏等著，他三步併兩步跳上車，一陣疑惑：「你今天很閒嘛。」

「走吧！」鄭楷發動車子。

夏明朗咕噥了一聲，沒有反對。

「捨不得？」鄭楷把車子停在大門口，沒有過初試的學員們正在這裏等待上車。

夏明朗摸出一根菸叨進嘴裏，低頭笑了笑有點無奈：「其實，都挺好的。」

……惋惜、遺憾，可能都有那麼點，偶爾他也會聽到自己心裏小聲地呼喊：再堅強點，留下來，讓我帶你們去戰場，讓我們共同見證麒麟的未來。可是，這聲音不能被放縱出來，任何人的生命都只有一次，如果是他的兵，如果已經成了他的兵，他一個都不想失去。

所以他只要最好的，或者說，能活下去的。因為除了他，再也沒有誰能在死神面前攔住那些年輕的生命！

「哎，你不下去說點什麼？」鄭楷拿手肘捅他。

「說什麼呀！」夏明朗斜他一眼，「說再多也就是個客氣話。」

鄭楷笑了：「咱把人折騰這麼久又不要了，就算是客氣一下也應該的嘛！」

「下次下次……」夏明朗不耐煩地指揮鄭楷開車。

鄭楷無奈，發動汽車離開。

車開到辦公樓時，夏明朗忽然一拍巴掌說：「得了，反正初試資料都有也別浪費了，咱再花時間總結總結給他們寄過去吧，也讓他們明白自己差在哪兒了，這對以後的成長進步也有幫助，就算是沒白來折騰這麼一回。」

「你呀……」鄭楷忍不住大笑。

「哥，」夏明朗討好地湊過去，「這事就交給您了，您也知道，小弟最近很忙的！」

鄭楷頓時啞了。

為方便理解簡單介紹一下麒麟的整個建制機構設置：
一個總部中隊：大隊長，政委，參謀，機要秘書，行政辦公機構，警衛，勤務員。
一個支援中隊：電子資訊技術，全局通信聯絡。
一個飛行分隊：飛行器支持，支援上統一管理。
兩個行動中隊：一中隊，二中隊
一個後勤支隊：食品，藥品，槍械武器，軍備，車輛運輸，醫院。
建制級別為：大隊（師級，上校/大校）↓中隊（團級，中校/上校）↓支隊（營級，少校/中校）↓分隊（連級，上尉/少校）
全基地軍人職業化，沒有義務兵，最基本的是士官與少尉。
（機構設置部分參考美國海豹突擊隊，建制級別與目前中國現行的制度略有差別，以示區分）

第二章 狹路相逢

生活總在繼續，沒有任何的改變，對陸臻來說，最多也就是從地鋪搬到了高低床，可是一無所有仍然是一無所有。方進把他們扔在樓下就沒有再多管過，於是一行人自己分了寢室，陸臻還殘留著那種沒著沒落的感覺，徐知著拉上他和自己一個寢室。

大家都很疲憊，身與心都是，還有對於未來茫然無知的忐忑。

新的環節有了新的規則，夏明朗恭喜大家有幸參與這次美妙的考核。

試訓的主要內容分為三大塊：體能、對抗技能、作戰理論。這三個領域之內再細分各種具體的專案，考核制度分為兩類，積分與減分兩條線同時進行，完成每一項細科考核都得到相對的積分，而減分制度更多的用於懲罰。

階段性考核，單一領域積分不合格滾，總數不合格還是滾，如果違規，也就是減分超限，那無論你的成績單交得再完美最後還是滾……

防不勝防啊陸臻想，職業籃球百年發展規則也就這樣了，他在想像夏明朗手上那張減分單，心想我可千萬不能五滿畢業。他只覺得從來沒有這麼累過，太累了，累到思維都停住了，累到腦子已經不想動。眼睛裏，只看到一張臉，那張討厭的，永遠帶著三分不耐七分不屑的臉，於是整個人也只有了一種心思，那就是，不能讓他得逞，堅絕不能！

不能讓夏明朗有機會露出他得意的可惡嘴臉，像看一隻蒼蠅似的看著他說：怎麼樣？我猜得沒錯吧？你就是這麼點出息。

不，絕不可以。

所以總要先承受這一切，然後才能有機會告訴夏明朗：你錯了！

這些折磨，是我與你的第一局，我會熬過這一局，為自己賺一個平等對話的機會，然後在第二局，輸的人，就是你！

陸臻惡狠狠地發誓。

自然，夏明朗沒有給他多少時間去思考，不同於初試時放養式的訓練模式，正式培訓期間他們的訓練強度大得讓人喘不過氣。早晚「5個500」：500個伏地挺身，500個仰臥起坐，500個蹲下起立，500個馬步衝拳，500個前後踢腿；每週「3個3次」：3次3000公尺全障礙跑，3次25公里全負重越野，3次10公里武裝泅渡。

偶爾夏明朗會眉開眼笑跑出來說我們支持奧運，搞一個五環套餐，整個套餐包括繞著基地跑五圈，上旁邊的山頭跑五圈，軍事障礙跑五圈，武裝泅渡搶攤來五圈，最後1500公尺行進間移動靶射擊走五圈，基本上　個套餐下來，地上伏著的就全是半死的人了。

而這一切，也都只是不能算在正式的訓練科目中的常規的背景，那些正式的科目則更是讓人眼花撩亂匪夷所思。

陸臻發現自從他到了這個基地開始就沒再打過一次正常的靶，槍械永遠是散的，四零八落，靶位永遠是詭異的。他們會在五公里全力越野跑之後直接被拉上靶場，在心跳220的震顫中喘著氣瞄準。

烈日的午後，抗曝曬訓練，光著膀子站在大太陽底下四小時，連血液都被烤乾，化為空氣。他在模糊的視野中看到夏明朗坐在越野車的陰影裏，雙手抱著保溫杯喝冰鎮綠豆湯，烈日晴空下可以清晰地看到瓶口那絲絲的白氣。

在一整天的高強度體能訓練之後，衣不解帶，全員被拉去教室上課，98型主戰坦克的技術優勢和射擊死角，SG550狙擊步槍的各項參數與使用缺陷……他們要學習的東西太多，北約制式的作戰手勢與地圖描繪，全世界主要槍種的拼裝保養和使用，各軍事強國最近的單兵作戰體系……

烈日炎炎，拖著疲憊的身體坐在悶熱的教室裏，電扇只有一台，是對著教官吹的，汗水在作訓服下面流淌，手濕得幾乎握不住筆。

不敢睡著，陸臻在睏到最厲害的時候會用筆尖扎自己的手指，所有的成績都會折成標準分匯入總分裏，階段性考核，不及格的隨時都會走人，身邊的隊友越來越少，常常在下一週，原本跑在自己身邊的熟悉面孔已經消失再也看不見。

如果說現在的生活與原來有什麼不同，那就是夏明朗這張令人討厭的臉開始頻繁出現，招搖過市做眾人仇恨的靶點。

50公里武裝越野，陸臻早過了極限，腦海中一片空白，剛剛摸到象徵著終點的那輛車就在路邊趴下了，夏明朗看了看，挺親切地湊過去問：「又要吐啦？」

陸臻胃裏翻上來的東西已經到嘴邊了，被他這麼一問，牙一咬，脖子一梗，竟硬生生又給咽下去了，胃液在食道裏翻滾兩趟，燒得喉頭火辣辣地痛。

「慢慢吃，別噎著了！」

你……

陸臻暴怒，趁著胃裏又是一陣翻江倒海的態勢，索性用盡全力衝著夏明朗一口全噴了出來。夏明朗身形一閃，退開一步去，連個星兒都沒沾著。

「喲……都用上生化武器了。」夏明朗搖著頭，慢條斯理地撣撣自己身上的灰，彎下腰去對著某人的耳根輕聲道：「違規了啊。」說著，腳尖一勾，戰靴準確地踹到陸臻的胃上，給那正抽了筋似的在疼痛著的器官上又加了一鞭子，陸臻觸電般地往前一撲，越發吐得摧心撓肝似的。

「吐完把地掃一下啊！別讓老鄉們說咱們這幫當兵的不講衛生。」夏明朗丟下句話，從陸臻頭上跨了過去。

陸臻一面吐，一面狠狠地揪光了地上的草！

「隊長，你那腳給得，狠了點吧！」背著人的地方鄭楷那好人的個性總是忍不住地要發揮一下。

夏明朗用眼角瞄到陸臻還在地上趴著爬不起來：「都這麼久了，還吐，就是心理問題了，索性讓他吐個狠的，這輩子都不想再吐。」

「隊長，我相信他下次再胃抽筋的時候，一定超想吃您的肉。」方進笑嘻嘻插話。

「我說，你小子是不是覺得超懷念啊？」夏明朗斜著眼看他：「老實招了吧，你當年看中我哪塊肉來著？」

「肱二頭肌和前臂伸肌肌群。」

夏明朗也就是隨口一問，沒想到方進竟然直接蹦了兩個專業名詞給他，頓時詫異起來，目光一凜，直直地刺了過去。

「別，別……隊座，實話跟您招了吧，在俺們那屆，您老身上這639塊肌肉，全都有主了，就等一聲分屍令下，哄搶，各歸各位……就那骨頭架子還不帶扔的，還能熬碗熱湯喝……」方進看著夏明朗那一臉的陰笑，邊說邊退，等退出了夏明朗的拳腳範圍，一轉身拔腿就跑：「隊座，我替您去菜園裏看看哈……」

「這幫小兔崽子，回去收拾你們……」夏明朗笑罵，看著方進竄得如雲豹一般迅捷的背影。

就是那一次，陸臻吐到最後幾乎脫水，車門近在咫尺，他一點一點挪過去，卻沒有力氣往上爬，最後還是徐知著把他抱上了車。可是在模糊的視野中，那雙精亮的眼睛仍然清晰可辨，審慎的目光，令陸臻不自覺地警惕。

不能輸，所以要贏，不能哭，於是只能笑。

夏明朗看到陸臻疲憊地彎起嘴角，露出硬生生扯出來的笑容，眼神有點散，但是仍然挑釁。夏明朗轉過身，在陸臻看不到的角度微笑，不錯，這小孩，他喜歡。

陸臻一直不斷地告訴自己要冷靜，即使環境險惡，他也不能丟掉自己做人的原則，要不然，那才是最可恥的失敗，可是很快的，他的眼睛已經不會去看別的東西了，除了靶紙、目標，還有夏明朗！他不知道究竟為什麼他非得盯著夏明朗看，但是他必須從那個人身上得到點什麼——憤怒、不平……所有帶著硝煙味一點就著的東西，他需要燃燒。

那一年陸臻24歲，在他24年的生命中，他一直都是站在隊伍最前排的人，天之驕子，目下無塵。

當然，他不算高傲，他斯文優雅，平易近人；只不過能用「平易近人」這個詞來形容的人本身就有一種特別的優越感。在他二十幾年來有恃無恐的人生中，他一直都受到寵愛，所有人都對他說：你已經很好！從來沒有人像夏明朗那樣漠然地看著他，搖頭：你真不怎麼樣！

陸臻當然是平和的，但是那種屬於陸臻式的平和從來都不是與世無爭，他骨子裏有桀驁的進取心，他的平和，更多的源自於他的寬容，他可以對上無畏懼對下不藐視，那並不代表他能夠忍受被輕忽。

然而，這個地方這個人，像一個黑洞那樣讓人看不透，他們挾著一種博大精深的高傲冷漠地掠過他，這讓陸臻有種挑戰未知的興奮感。

是的，讓我看看你們究竟有什麼！！

後來，事隔多年之後，陸臻覺得自己有點丟人，當時也不過就是被狠削了一場，居然就這麼記憶深刻了。這人哪，有時候就是犯賤的，捧著你的從來記不住，偏要一刀插進你胸口的那個，才記得深，因為痛。

似乎沒有人知道夏明朗在想什麼，他的行為不合常理，然而自得其樂。還有那些副官們，個個身懷絕技，卻也是一水兒的惡人，陸臻一開始覺得陳默是好同志，可是後來才發現不說話的狗最會咬人，陳默有種隱忍的狠勁，說一不二。

半夜三更的，陸臻趁著昏睡前最後的一絲清醒和徐知著一起詆毀教官，夏明朗是暴君，鄭楷是兇相，方進是佞臣，陳默就是酷吏，一整版不帶水的宮殺惡劇，足以讓全班人馬穿越到遙遠的古代去顛覆一個王朝。

陸臻狠狠然說得唾沫橫飛，徐知著被他的想像力震到，笑得捶床，引得臨床高聲提醒：明天又是體能測驗日！

徐知著和陸臻兩個齊聲哀號，翻個身迅速地睡著。

五滿畢業：籃球規則中，一名球員犯規共5次（NBA規定為6次）必須離開球場，不得再進行比賽。專業術語把這個叫做畢業。

2

第二天果然有個好日子，天高雲淡。

站在停機坪上，直升機機翼帶出的旋風颳得作訓服嘩嘩作響，陸臻只記得今天有越野跑，不明白好好的要出動直升機做什麼。

夏明朗笑容可掬地站在隊列前面招了招手：「今天啊，別說咱們大隊不照顧你們，25公里武裝越野，看到沒，直升機帶著你們過去，這級別夠高了吧！」

級別？

陸臻用餘光瞄了一下左右，很好，大家都在用一種看人間禍害的眼神在看著夏明朗，沒有人被他的花言巧語所欺騙。

夏明朗有點受傷，帶著一行人登機。

武裝直升機拔起後斜飛，很快地，就飛到了一方碧波之上。

「來來，大家起立了啊！」夏明朗站在武直的機艙門口，艙內一群垂頭喪氣的圓白菜幫子警惕地擠作一堆。

夏明朗拍拍手：「有沒有在海軍陸戰隊待過的，來一個。」

陸臻向兩邊看，沒人出列，只好上前幾步走到夏明朗身邊，夏明朗親親熱熱地一手攬了他的肩，指著腳下的水面說道：「兄弟，幫忙瞧瞧，現在離水面大概多高了？」

「不到二十公尺。」陸臻仔細目測了一下。

「師傅，才不到二十公尺！」夏明朗聲音一高：「手上有拿活別盡藏著，也亮出來讓這幫爛菜葉子長長眼。」

直升機駕駛員沒吭聲，猛地拉了個大角度仰角再俯衝，眼看著要撞到水面去了才拉平，滑開沒多遠，又是一個急停。陸臻險象環生地站在機艙門口，腳下卻像生了釘子似的，倒是一點也沒動。

「來，再讓這師傅估計一下，現在多高了。」

陸臻探頭出去：「十公尺左右。」

「不錯，不錯！」夏明朗把人翻了個面正對著自己，讚許似的拍了拍陸臻的肩，然後橫肘一擊，直接往他胸口打過去。陸臻背後半步就是艙門，根本退無可退，情急之下只能彎腰往後倒，以躲開攻擊，上半身仰得幾乎與地面平行。

「柔韌性挺好啊！」夏明朗笑了笑，不等陸臻重心回復，抬腿就在陸臻膝蓋上踹了一腳，陸臻便揮舞著雙手從艙門口倒了下去。

夏明朗跟著探出頭去，看到陸臻在半空中翻過360度，把身體繃成了一條直線似的垂直入了水。

嗯，基本功不錯。夏明朗滿意了，轉回頭，只看到一張張爛菜葉子都緊貼著機艙壁，眼中警惕的寒光愈盛，便詫異道：「還愣著幹什麼，自己跳啊，還等著我一個個來踹嗎？」

這……

眾菜鳥們謹慎地互視了一眼，頓時彈起身來，爭先恐後地竄出了機艙門。

陸臻先下去了，可憐徐知著天生有點畏水，晚了一步沒跟上大流，跟一個同為陸軍也畏水的哥兒們僵在了門口，腳有點軟。

「二位？」夏明朗詫異，還真有敬酒不吃要吃罰酒的？

「報告！」徐知著忽然大叫。

「別報告了！」夏明朗笑得詭譎，他親切的拍拍徐知著的臉頰說：「我認識你，國關的高材生啊！怎麼？我懂了，這麼點高度不夠看是吧？」

徐知著倒抽一口冷氣，不敢反駁。

夏明朗一手攬了一人的肩膀：「師傅，再給我加三公尺。」

直升機機頭一昂，斜斜地飛了一個角度，螺旋槳帶出的氣流把水面攪得像沸騰了一般，水花四濺。夏明朗感慨似的嘆了口氣：「多美好的景色啊……便宜你們了。」說著，一腳一個，把這兩人筆直地踢出了機艙。

「你小子，就不怕那兩小子嗆死了，把你告上軍法處。」一直沉默不語的駕駛員同志終於忍不住開了口。

「有我在……還能淹死他們兩個？」夏明朗活動了一下脖子，拉一下筋，縱身一躍，用一種教科書般的標準姿勢入了水。

陸臻入水時還是有些被砸到了，腦子裏暈乎乎的一路狂飆，沿著直線游上了岸，清空耳朵裏的水，站了一會兒才發現不對勁，徐知著是剛剛學會的游泳，像這樣從十幾公尺的高處跳下去，角度稍有差池，入水時直接就會被拍暈。

陸臻伸長了脖子在岸上左右看，後面陸續有學員游上岸來，可是就是怎麼著都找不到徐知著，陸臻越想越怕，索性卸了裝備脫掉作訓服一個猛子又栽回了水裏。全器械武裝在身陸臻當然也能游，可是到了救人的時候自然越快越好。

此時此刻，夏明朗正拎了兩團人形在水裏掙扎。

作繭自縛了，夏明朗苦笑，這兩人，一個還能有點神志自己划划水，徐知著直接被拍暈，夏明朗是潛下去才把他撈起來的。看來揠苗助長的心理真是要不得啊，夏明朗一手架住一個，只能用腳划著水，緩慢前進。

陸臻全速向前，翻滾的白浪在他身後留下一條線，夏明朗看著他遠遠地過來，手臂有力地划著水，激起浪花四濺，腦子裏不由然地就印出了四個字：浪裏白條。像魚兒一般靈活，陸臻在夏明朗面前轉身，自然而然地把徐知著接過去抱到胸前。陸臻救人的泳姿非常標準，仰泳，手臂從徐知著的腋下穿過去，手掌墊到他下顎上，保證不會嗆水。

夏明朗看著陸臻的兩條長腿在水下有力地划動，平靜的水流被剪切開，產生前進的動力，終於，第一次地，他對這具身體有了一點信心。

全速地游往，又帶了一個人游回，陸臻筋疲力盡地趴在岸上喘氣，其實游到一半的時候徐知著已經醒過來了，但是胸口悶痛，使不上勁，現在看到陸臻累得癱成一團，心裏更覺得過意不去。

夏明朗把人拎上岸，甩了甩頭上的水站到陸臻跟前：「擅自脫掉器械，扣三分。」

徐知著嚇得目瞪口呆，跳起來吼：「你怎麼能這樣？」

夏明朗上前一步逼住他：「我怎麼了？」

徐知著喉頭滾了滾，嘶聲道：「他，他這是為了救我。」

「哦。」夏明朗挑眉氣定神閒地看著他：「你需要他救嗎？」

徐知著一時哽住，愣愣地看進夏明朗的眼底，平靜無波的純黑色眸子，像一口深潭那樣，沒有一點光彩，於是看不出一點情緒。

陸臻趴在地上拉徐知著的褲管：「算了，沒意義。」

徐知著低頭看過去，陸臻剛好仰起了臉，笑容淡淡暖暖。

夏明朗冷眼旁觀，他在等待徐知著的選擇，這是最省心的一個學員，從不做無謂的反抗，全力以赴，成績卓著。可能就是像嚴正所說的，正是因為沒有什麼可擔心的，反而更擔心，他太圓了，光溜溜的像一個蛋，好像不需要任何人，也不被任何人需要。

徐知著咽了一口唾沫，慢慢抬起頭：「我需要，教官，沒他我就死了，所以您扣我分吧。」

「好，技術動作完成不過關，扣五分。」夏明朗敲敲腦袋：「我記下了。」

「那他呢？」徐知著追問。

「你扣分，不是他不扣分的理由。」夏明朗笑道。

「你……」徐知著漲紅了臉。

陸臻從地上爬起來，擋在徐知著與夏明朗之間：「行了，兄弟我心領了，跟這種人沒什麼好計較。」

「他這也……是我連累你了。」徐知著沮喪之極。

「什麼連累不連累，不就是那幾分嘛，被扣分我就不救你了？咱們做咱們應該做的事，管他娘的。」陸臻正對著徐知著說話，聲音卻特別大。

夏明朗轉身往路邊走，方進已經開了車追到，正停在路邊等著，他知道陸臻最後那句話一定咬牙切齒，說完之後絕對會再拋半個眼風過來瞪他。所以夏明朗死撐著就是不回頭，任憑那道灼熱的目光把自己的後背燒穿一個洞。

「炸毛了！」方進看到夏明朗嘴角抽搐，笑得十分歡實。

夏明朗橫肘撞開他，坐上駕駛位。

方進繞過去坐上車，笑嘻嘻地追問：「隊長你到底幹嘛了？把那小野貓激得嗷嗷叫。」

夏明朗哭笑不得：「小野貓？」

「你看他那臉！生起氣來全是鼓的，那眼睛瞪得溜兒圓，多像個貓啊！」方進放肆無忌地亂指。

夏明朗伸手去掐方進那圓鼓鼓的包子臉：「我怎麼覺得你比他更像呢……」

方進哀號：「隊長，我怎麼著也是一白虎吧……」

夏明朗心滿意足地收了手，從後視鏡裏看到陸臻已經穿戴完畢，站到大部隊裏在車子後面集合。離得遠，那張憤怒的臉看起來小小的，不過指甲蓋大，五官模糊，卻能明明白白地看到一雙眼睛，清潤而銳利，火光閃閃地逼視而來。

好像真的炸毛了，夏明朗笑得很有興致，你會怎麼辦呢？

這是一場戰爭，陸臻心想，他的胸口已經被戰鬥的豪情所填滿，以致根本看不到徐知著的無奈與憂慮。

正義是站在他這一邊的不是嗎？

陸臻的心裏很坦然，並且堅定，他深信他與夏明朗之前總要爆發出一場決戰，只是讓他沒有預料到的是，那麼快。

3

那是一個陽光明媚的日子，陽光燦爛得幾乎可以把地面照出白光來，當然同樣燦爛的還有夏明朗臉上的笑容，而與之相對應的，便是菜幫子們緊張而陰鬱的表情。

「昨天，讓大家好好休息了一下，沒有緊急集合，也沒有50公里越野，為什麼呢？就是為了讓大家養點體力，來好好陪我玩個遊戲。」夏明朗站在一架重型機槍的後面，大聲地向他面前的菜鳥訓話：「遊戲的內容很簡單，就是個400公尺越障，一路爬過那些個鐵絲網（電網）、牆墩子（4公尺）、泥巴溝（深2公尺）、七橫八豎的樹樁什麼的，順帶炸掉四個火力點、兩排流動靶，最後，把那個小土房子給我轟了你們就過關啦！」

「簡單吧！」夏明朗笑得十分誠懇：「一次過關的人，今天就可以休息了，輕輕鬆鬆把今天要賺的分數賺著，就能去食堂領份好菜，算我請。」

鄭楷的眉頭動了動，心想沒聽說今天食堂有準備什麼啊，他詫異地看了夏明朗一眼，見看不出什麼苗頭來，便只能去看方進，方進衝他狡猾地眨了眨眼睛。

只可惜如此誘人的條件，眾人沒有一個面露喜色，夏明朗挺無奈地嘆口氣：「好吧，現在來說說不過關的懲罰。」

一聽到懲罰二字，所有破爛蔬菜們的眼睛都亮了起來。

夏明朗拍拍手裏的機槍：「從現在開始，我就是你們的敵人，是你們完成任務的阻攔者，我這把槍會隨時追著你們，中槍的部位則喪失運動能力。鄭楷會幫你們判斷什麼時候你就算是個死人了，所有被打死的，扣兩分，500個伏地挺身、300個仰臥起坐，然後參加下一輪。直到你跑完全程，或者，直到你徹底被扣成負分。」

「報告！」陸臻出列。

「說！」夏明朗滿臉的不耐煩：「就你話最多。」

「您所在的機槍位算不算可以炸毀的火力點之一？」

夏明朗愣了愣，有些愕然：「哈，挺有想法啊，回答是，不算！」

「報告！為什麼？這不符合實際情況。」陸臻不依不饒。

「不為什麼，因為我高興！」夏明朗笑瞇瞇的：「不過，我可以給你個特權，來打我，如果你有這本事。」

「是！」陸臻後退一步，回到隊列。

「你應該明白這世上沒有免費的午餐，我可以給你這個機會，如果無法完成，我要扣你十分。」

「是！」陸臻咬牙，額頭上暴出青筋。

夏明朗藏在墨鏡背後的眼睛微微瞇了起來。

事實上，當遊戲開始後的情況是：當別人跑的時候，夏明朗的子彈就像鞭子一樣跟在他們身後掃蕩，空包彈打在地面上，激得塵土飛揚，只要稍稍慢了一步，便會被一槍打在腿上，夏明朗再順手送他們一槍，送上西天去。

可是等陸臻開始跑的時候，第一次，夏明朗直接在起跑點上送他上了西天。

陸臻悲憤震怒的眼睛在陽光下灼灼生輝，夏明朗遠遠地向他揮一下手，迷彩遮陽帽被他折得像個禮帽那樣拿在手上，在空中劃出華麗的弧線，他鞠躬致謝，動作優雅，像個十足的無賴。

第二次，陸臻直接從起跑點上竄了出去，一刻不停地在奔跑中變幻身形，同時舉槍回擊。

靠一把突擊步槍對抗一名機槍手，這樣的較量並不是一個不可能的任務。然而，此刻的局面卻有些太不公平了，陸臻從平地上起跑，沒有隱蔽，沒有屏障，夏明朗躲藏在工事中，角度絕佳。

當然更重要的問題是：此刻拿著機槍的人，是夏明朗，而端著步槍的那個，是陸臻。

他完全沒有勝算。

夏明朗沒有太欺負人，幾下點射，送他再入輪迴。

第三次，當陸臻手足發麻地回到起跑點上，夏明朗忽然開始發威，密集地掃射，連續不斷的子彈在陸臻面前豎起一道牆，一道不可穿越的牆，陸臻試了幾次，不能寸進。

「放棄吧！你殺不了我的。」夏明朗的聲音隨著槍聲一起送過來。

「我不！」陸臻怒吼。

「那麼，跑啊！」

「這樣跑，那是送死！」

「那就別浪費我的子彈！」夏明朗槍口一橫，一排子彈擦著陸臻的腳尖砸在地面上，濺起的碎石子幾乎劃到了陸臻的臉上。

「你怕死是嗎？啊？」夏明朗忽然從機槍位跳下來，隨手拔出身上的手槍，一槍抵在陸臻眉心：「你很怕死嗎？」

時間，像是忽然停止了一般，整個訓練場上，三個教官，二十多名學員，在一瞬間凝固了自己的動作，臉上露出驚愕莫名的神色。

「隊長……隊長……你冷靜點……」方進忽然大呼小叫起來，搞得鄭楷的眉毛也一下一下地抽。

「鄭楷！滅了這小子，吵死人。」夏明朗沉聲道。

不等鄭楷動手，方進自己捂牢了嘴，貓到一邊。

「你是不是很怕死？」夏明朗的聲音忽然變得輕柔起來，湊到陸臻耳邊，一個字一個字地吹進他耳朵裏。

「報告！」

居然到了這種時刻還記得叫報告，夏明朗挑了挑眉毛：「說！」

「是人都會怕死！」無論如何，陸臻的聲音都還算得上鎮定。

「可是你是軍人，軍人以保家衛國為己任，當衝鋒號響起，是生是死都要往前衝！」

「報告！即使是軍人，也應該要避免無謂的犧牲。」

「什麼叫無謂的犧牲？告訴我什麼叫無謂的犧牲！你這個怕死的孬兵。」夏明朗的聲音越來越低沉：「你根本不配做一個軍人，跪下來求我，求我放過你，我會考慮不開這一槍。」

夏明朗看到陸臻的眼底有白刃似的光閃了閃，嘴角有一絲笑，是冷笑，帶著嘲諷的意味。

於是他又笑了：「你以為我不敢開槍？」

陸臻沒說話，只是笑意又深了點。

「沒錯，這槍裏裝的不是實彈，不過，這個距離，子彈會從你的頭皮裏咬進去，嵌到你的頭骨裏。不會死，會很痛，你有沒有感受過彈片摩擦頭骨的滋味？我能讓你提前體驗。呵呵，你好像不太相信這槍裏真的有子彈。」夏明朗槍口一偏，一顆空包彈打在泥土上，砸出一個小坑，而只是一眨眼的工夫，槍口已經轉了回來，繼續抵在陸臻的腦門上。

這下子連鄭楷都變了臉色，急道：「隊長……」

「方進！」夏明朗沉聲一斥，方進從背後摸上去，把鄭楷按倒在地。

這下子，整個試訓人員一片譁然，面面相覷，不知所措。

陸臻的額頭上起了一層虛汗，只是咬牙在挺，一聲不吭一動也不動。

「真的不跪？哦？」夏明朗維持著瞄準的位置，退開一步，又退開一步，只是他每退一步，陸臻的臉色就更白了一分。

「賀喜你！你不用死了！」夏明朗笑得十分惡劣：「這個距離剛剛好，我要你一隻眼睛，做為你藐視我的下場，在這麼遠的距離，很像是流彈哦！」

「你敢！」陸臻忽然吼道。

夏明朗沒有說話，笑容漸漸地收斂。

他會開槍！

陸臻忽然有一種奇異的感覺，認定了，他會開槍，這個瘋狂的傢伙，反覆無常的小人、暴君！他一貫以踐踏別人的理想與希望為樂，宣揚著他的強權，他的快感，他的暴力……

然而，沒有等他這一瞬間的恐懼滑過腦海，陸臻看到夏明朗的食指微動，扣動了扳機。

陸臻拼命往後仰倒，但是，來不及了，從他看到開槍到運動神經做出反應，那一瞬間的時間差足夠一枚子彈穿過空氣射進他的身體裏。

來不及了，陸臻在心中絕望地悲鳴！

可是當他重重倒地，眼睛下意識地閉牢，腦中卻忽然閃過一絲詫異：沒有槍聲？

「可惜，沒子彈了！」夏明朗懊惱地看了一眼彈夾，很遺憾似的嘆了一句：「運氣不錯啊，小子，放過你了。」

陸臻目瞪口呆地看著他，忽然像一發炮彈似的從地上彈起來，一記重拳揮向夏明朗。

夏明朗側身避過，一手抓住陸臻的手腕一擰，便把人按倒在地：「就你這麼點三腳小貓的功夫也敢拿出來顯？省省吧。」

陸臻整張臉埋到塵土裏，嗆得咳嗽不止。

夏明朗把陸臻的兩隻手絞在背上，從地上拎了起來，另一隻手卡住了他的脖子。

「知道你今天錯在哪兒了嗎？」夏明朗的聲音低沉，陸臻只覺得一邊耳朵嗡嗡地響，卻還是固執地堅持：

「我沒錯。」

「你沒錯！好，現在，向大家復述今天的任務是什麼？」

「今天的任務是……」陸臻有些莫名其妙，但還是一字不落地復述完了整個障礙越野的內容。

「你完成任務了嗎？」

「沒有！」陸臻幾乎不是在說話，而是在吼。

「為什麼？」

「因為……」陸臻忽然一頓，啞了下來。

「因為你把注意力都放在了別的地方，比如說，挑釁我！」夏明朗把人放開，隨手往前一推。

陸臻踉蹌著退了兩步，憤怒地抬起了眼睛，卻沒有反駁，因為，這是事實，陸臻無法去反駁一個事實。

「你做了一個愚蠢的判斷，在這樣的時間、這樣的地點、這樣的局面下挑釁我，完全沒有勝算的把握，而最重要的是，這跟你今天的任務沒有半點關係，解釋一下你這樣做的理由。」

「報告，因為在實際的戰鬥中敵人的子彈不會只跟在身後。」

「在實際的戰鬥中，你不會一個人去衝這條路，機槍手的位置會由你的戰友去壓制。當你的任務是突擊，你就應該專注於這個任務，在實際的戰鬥中，很可能那幾十秒鐘的機會需要你的同伴用生命去爭取，而你卻在想著你對某一個敵人的個人情緒，把注意力放在與你的任務無關的目標上。」

陸臻覺得有什麼東西穿過那副黑色的鏡片射到他眼睛裏，令他忍不住想要轉過頭，然而另一種驕傲在支撐著他，屬於軍人的驕傲，令他寧願直面也不肯認輸。

「是我的錯！」陸臻忽然道，聲音平靜，字字清晰。

「你沒喊報告。」夏明朗的聲音裏有點懶洋洋的不耐煩。

「報告，我要求放棄擊殺您的任務。」

「哦，認輸了？」

「是。」

「十分，鄭楷，幫他畫掉。」

「另外，你之前失敗了三次，還有六分……」

「報告，我第三次沒有起跑，不能算失敗。」

「哈！」夏明朗笑了：「不錯，反應挺快啊，對，四分，鄭楷啊，畫吧。」

陸臻收拾好自己的槍，準備重新回到起跑點。

「別跑這麼快啊！我話還沒訓完呢。」夏明朗一伸手攔住了人：「這只是你今天最重要的錯誤，現在來談點次要的，我剛才讓你跪下的時候，為什麼不跪？」

陸臻愕然地抬頭，眼中有無法掩飾的震驚。

「撿起來。」夏明朗把手槍扔到他面前，然後指指自己的眉心示意他瞄準。

陸臻一頭霧水，卻還是機械地舉起了槍，眼神卻在一瞬間平添了幾分淬利，手中有槍的感覺畢竟是不一樣的，尤其是當這把槍的槍口正對著此刻你心裏最痛恨的人，即使明知道這槍裏已經沒有子彈。

「架勢挺足嘛。」夏明朗上前一步，貼近槍口，正色道：「記住，管好你的槍，你要殺我。」

然而話音未落，夏明朗的身影忽地一矮，陸臻下意識地開了第一槍，但槍口前已經沒有目標。他沒有撈到機會開第二槍，夏明朗一手抄住了他握槍的手，手指卡到了扳機扣裏，另一隻手橫肘撞上陸臻的胸口。

這只是眼睛一花的工夫，如果有人在這時候眨了一下眼，那一定會詫異，為什麼上一秒鐘槍還在陸臻手裏，下一秒形勢完全倒轉：夏明朗貼在陸臻背後，一手卡住了他的脖子，另一手持槍，槍口抵在他的太陽穴上。

「這招，格鬥課上應該已經教過，如果你剛剛選擇跪下來而不是愚蠢地硬撐，至少還可以拿這個對付我。」夏明朗掰過陸臻的脖子，貼在他耳邊沉聲道，槍口從額角滑下來，貼到耳側，熾熱的氣息和鐵器冰冷的感覺交錯在一起，長久地留下了痕跡，包括夏明朗當時所說的每一個字：「我不知道這世上有多少傻瓜拿槍頂著你的腦袋，會不一槍斃了你，而只是想讓你跪下來給他磕個頭。不過萬一要是走狗屎運碰上了這種傻子，我求你千萬去給他磕這個頭，然後，把槍搶過來。」

夏明朗猛地在陸臻的腿彎裏踹了一腳，陸臻膝頭一痠，支撐不住地跪倒。

「把你的腿彎下去，但是⋯這裏⋯⋯」夏明朗用力戳一下陸臻胸口：「不要屈服！」

「必死者，可殺；必生者，可虜。不怕死是好的，可是我不喜歡找死的蠢貨，收起你的聰明勁和無謂的驕傲，我不需要這些。」

「起來。」夏明朗把人放開，隨便踢了一腳，陸臻只是機械而木然地立正。

夏明朗挑眉看了看他，頭一偏：「回去完成你的任務。」

「是！」陸臻的聲音乾脆的生硬，砸在地面上簡直會有回音。

夏明朗走回機槍點抬頭掃了方進一眼，方進心領神會地竄過來：「隊座，您先去休息，我替您一會兒。」

夏明朗隨手解了武裝帶，輕輕一鞭抽在方進的頭盔上，繞到工事背後去。

剛剛的一場變故敲山震虎，把所有的菜鳥們都給震了，秩序好得不像話，一個個不要命似的狂奔猛衝，陸臻一次性完成了任務，當然方進的槍法不如夏明朗那是一方面，而另一方面更重要的是，屬於陸臻那帳面上也沒幾分了。

這十分扣得，我都為你冤啊！方進撇著嘴，一邊把子彈掃得更急了些。

夏明朗比較喜歡貓著，後背貼在一面確定可以承重並抵擋子彈的牆上，身體介於一種似乎是在休息又隨時可以彈起的狀態。

當最後一名學員以一種相當慘烈的姿態完成了任務，倒在一邊繼續完成他們積攢下來的那成百上千個伏地挺身和仰臥起坐時，鄭楷也得閒溜到夏明朗旁邊去同貓。

夏明朗已經把墨鏡拿了下來，瞇起眼睛看天空刺眼的太陽，陽光從他擋在眼前的手掌的指縫裏漏下來，凝成一片薄薄的光刃，把他的瞳孔切割成兩半，一半是亮的，另一半是純黑。

「明朗，你今天下手夠黑的啊！」鄭楷陪著夏明朗一式一樣地貓著，隨手劃拉地上的土。

「心疼啦？」夏明朗嘻笑。

「那小子不錯，我挺喜歡的，念那麼多書還這麼經操的我第一次見。」

「是不錯，我也挺喜歡的，大隊長欽點的：這茬兵，就算是只能留一個，也得把他給我留下嘍！」夏明朗活靈活現地學著嚴大隊的腔調，忽而口氣一轉：「可是留下了，他的命就在我手上了，總不能看著他去送死吧。還有他那股子清高勁，不挫挫他，隨便亂使，過剛易折，早晚要吃虧。」

「你這話就不對了，我看他一點不清高，一少校混在兵堆裏，他都親近得挺好。」

「廢話！他要真酸成那樣，我還能看上他嗎？他就是太聰明了……」夏明朗有點無奈：「聰明人喜歡相信自己，想太多，腦子容易亂，分不清主次，生死一線，有時候單純點反而好。」

「你小子，你這話算不算感同身受啊？不對……應該怎麼形容來著……」鄭楷努力思索：「切膚之痛……還是心有戚戚然啊……」

「喲，老楷啊，文化人啦，埋汰人都開始用成語啦。」夏明朗笑著一肘揮出去，鄭楷和他對了一招，順勢一個側翻，跳起來撲撲身上的土，笑道：「我回去看菜園了啊。」

「滾吧滾吧！」夏明朗故意惡狠狠地嚷道。

等所有的爛菜葉子都醃得透了，所有的懲罰都做完了，基本上也快到飯點了，夏明朗一手拎著記分冊，大搖大擺地從他的藏身之所走出來。

「不錯，今天大家的分都扣了不少，再這麼下去，過不了幾天，我就可以休息了！列隊，目標食堂，給自己整點食吃，今天晚上好好睡！」夏明朗到最後曖昧地眨了眨眼，那雙黑眼睛裏射出來的光，絕對是不懷好意的，然而拼死拼活了這一天下來，所有人的臉都已成了一副菜色。食堂這兩個字代表了他們此刻的最高夢想和最美幻境，以致於任何別的辱罵、恐嚇都被無視了個乾淨。

夏明朗看到陸臻一直緊繃的臉上也有了一絲的鬆動，忽然笑了，高聲道：「陸臻！」

「到！」陸臻條件反射似的出列。

「你今天打了我一拳，當然啊……沒打著，本來想就這麼算了，可是這樣一來，我這教官的臉就有點掛不住……」夏明朗挺誠懇地看著他，像是真的在與他商量著什麼：「不如這樣吧，扣五分，給我個面子。」

陸臻沒出聲，只是嘴角的咬肌繃起了一條線。

「不想扣分啊……」夏明朗的神色越發的溫柔可親：「也行，誰讓我這人心軟呢，那麼一分十圈，五十圈！給你個機會，把這五分給賺回來，你選哪個？」

「五十圈！」陸臻毫不猶豫的。

「那好，現在就去吧！」夏明朗頭一偏。

陸臻身體一僵，但馬上起步出發，奔向操場而去。

「別那麼急，在跑道邊上先等著我！反正跑再快也趕不上吃飯了。」夏明朗在他背後大吼了一聲，陸臻沒停，反而跑得更快了些。

夏明朗又交代了兩句，便由鄭楷帶隊，把這幫蔫菜葉子給拎走，只是方進押後經過他面前的時候，伸手在脖子上作勢劃拉了幾刀，輕聲笑道：「好歹給人留口氣，別整死了！」

夏明朗作勢欲踢，方進自然竄得像豹子一樣快，一溜煙地往前面去了。

等夏明朗蹓躂到操場的時候，陸臻正在跑道上拉筋做準備活動。

「跑吧，還等什麼呢，跑完，我好去吃飯。」夏明朗在主席臺的邊上坐下，從口袋裏摸了根菸出來，開始抽。

陸臻馬上拔腿開跑，只聽見背後有人在嚷著：「哎，我說，別停啊，什麼時候停了什麼時候算數，就算是爬也給我爬下去。」這話忒狠，像鞭子似的一抽，陸臻又跑得快了些。

金烏落沉，暮色四合，整個基地變安靜了下來，遠處的人們都列著隊往食堂去，操場上只有一個灰黃色的身影在奔跑，枯燥地奔跑著。

夏明朗坐在主席臺的邊沿，一條腿屈膝抱在胸前，另一條腿便這麼晃晃蕩蕩地垂著，陸戰靴早就被拔了下來，扔在一邊。挾菸的手擱在膝蓋上，偶爾抽一口，嫋嫋的藍煙模糊在暮色裏。

這小子倒算是很能跑，二十多圈了，速度不快，但是很穩定。從一開始的50公里越野吐得昏天黑地，到現在，他的體能上升得很快，是個具有堅韌品格的孩子，夏明朗在心裏打著分。

雖然個性略有浮躁，好在內心博大，即使爭強好勝卻也可以在盛怒中控制自己的情緒，勇於發現並改正錯誤。是個難得的具有懷疑精神卻不偏執自我的人。

我想對你更負責一點，看著那道身影在艱難卻堅定地前進，夏明朗臉上有一絲隱約的笑意。

太聰明的人，容易輕率，因為一切成績都得到得太容易，可惜真實的戰場殘酷而平等，子彈不會因為一個人的學歷就繞開路走，用輕率的態度面對生死，越是無畏越會送命。

必死者，可殺；必生者，可虜。

我可以靠我的技術殺掉狂言生死的人，用我的勇氣俘虜貪生怕死之輩，只有珍愛生命並鄭重對待的人才能成為真正的勇士。

這是一隻才剛剛起飛的鷹，夏明朗很高興可以在他人生路上幫他加一把勁。

那會是個值得的孩子。

雖然在那個時刻，夏明朗還不知道，他會有多值得。

故軍將有五危：必死，可殺也；必生，可虜也；忿速，可侮也；廉潔，可辱也；愛民，可煩也。——《孫子兵法》

4

夏明朗自顧自地出了一會兒神，再抬頭卻驚訝地發現操場上沒人了。

「不會吧！」夏明朗心裏嘀咕著，一邊穿了鞋跳下主席臺，繞著操場走了半圈才看到一個髒兮兮的泥猴子正在地上爬。發財跟在他身旁慢慢踱著步子，好奇而困惑地湊過去嗅嗅他，轉頭向夏明朗「汪、汪……」叫了兩聲。夏明朗頓時笑了起來，跑了兩步跑到他們身邊去。

「報告教官，我沒停！」陸臻聽到背後有腳步聲，馬上分辯道。

「挺會抓語病啊！沒事，爬吧！」夏明朗笑嘻嘻地跟在旁邊走，像遛狗似的，發財顯然誤會了眼前的局勢，心花怒放地蹭著夏明朗的小腿撒嬌，又跳過去扯著陸臻的作訓服試圖讓他爬快一點好跟上自己的腳步。

陸臻大概是真的累壞了，如此折騰都沒能讓他爬起來跑，又過了一會兒，夏明朗倒有些不耐煩了，問道：「還有幾圈了？」

「四圈半。」

「哦，」夏明朗伸手看看錶，「我說，再快點行嗎？廚師快下班了，別害我吃不到飯呀！」

陸臻咬了咬牙，雙手用力撐地爬起，踉踉蹌蹌地繼續往前。

「跑快點！」夏明朗跟在他背後，不時地用語言刺激一下，或者找空在屁股上踹一腳，最後那四圈半居然跑得比中間那段還快了些。

陸臻一摸線人就癱了，大字型倒在地上，夏明朗怕他抽筋，不停地在他腿上踢來踢去，罵道：「起來，才跑那麼點路，像話嗎？」

才跑那麼點路？陸臻已經累得沒心思和這惡魔爭論了。是的，50圈是不算什麼，可是再算上今天這一整天的運動量呢？

夏明朗見他呼吸已經平復得差不多了，便一腳把人踢翻了個身，揪著衣領把他從地上拎起來拖著走：「走吧，陪我去吃飯。」

陸臻無力反抗，只好拼命硬撐，用已經軟得像豆腐似的兩條腿來跟上夏明朗的步伐。發財以狗的直覺一眼看出他們這是要去食堂，心懷大悅，樂顛顛地跟在夏明朗身邊。

發財不是軍犬，沒受過什麼專業的軍事訓練，一直放在操場上散養，是麒麟基地群寵級的生物，所以此狗狡猾個性囂張，吃飯必然上桌子，夏天一準蹭空調。夏明朗還沒落座，牠已經輕輕一躍而上，在餐桌上轉了個圈坐下，尾巴搖得嘩嘩的。

於是從上往下，桌上蹲著發財，凳上坐著夏明朗，地上歪著陸臻，沒辦法，太累了，凳子坐不住，還是歪地上舒服點。

基地的伙食一貫很有水準，校官的小灶就更不必說了，夏明朗號稱他累了，湯湯菜菜的點了好幾個，啤酒送過來時他隨手一握，高聲笑道：「陳師傅，不夠冰啊，這溫吞吞的連發財都不要喝啊！對不，發財！」

發財汪汪叫了兩聲。

陳師傅笑罵：「過來換！」

發財歪頭叼起啤酒跳下桌，不一會兒換了更冰的屁顛屁顛地竄回來。夏明朗接過酒瓶用拇指一推輕鬆撬開瓶蓋，往發財嘴裏灌了幾口。

菜很香，饅頭也很香，啤酒的氣味更是把乾渴這種比飢餓更難熬的折磨也勾了出來。陸臻慢慢蜷曲起身體，閉上眼睛忍耐胃部的抽痛，喃喃自語：這豬狗不如的人生！

夏明朗用一個空碗給發財裝骨頭，還不時地討價還價之：紅燒肉太鹹，你不能吃……嗯，排骨好，排骨燉得酥，乖狗來一塊……

陸臻閉上眼睛卻關不了耳朵，心中咬牙切齒：穩住啊，穩住！我還有一包壓縮餅乾在呢，徐知著這人夠機靈應該會記得給我藏個包子啥的，忍過去，忍過去，別讓這混蛋看笑話，回去吃點東西，睡一覺，老子明天繼續和你鬥，我就不信你真能逼死我……

「陸臻，私藏食物，好像不太合規矩，不過念在你初犯，我就不扣你分了。」夏明朗像是知道他在想什麼，悠閒地喝了一口酒，聲音也是一脈悠閒的殘忍。

陸臻驀然瞪大了眼睛。

「陸臻，只要在合理的規則之內，我其實挺欣賞你這種不惜與我鬥智鬥勇的衝勁。我知道你們那屋喜歡在豐年順兩包子回去備著，不過你放心，今天有鄭楷在，你們屋那位，長八隻手也沒辦法給你帶回去一粒米。」

合理規則之內？！

我靠！陸臻簡直想罵娘，去他媽的合理的規則！

「另外，看在你今天這麼辛苦的分上，給你透個風，明天15公里武裝泅渡，我打算在終點處烤一隻兔子，先到先得。對了，你們屋那位游泳技術好點了沒？能達到整體水準吧？你別這麼瞪著我，你沒事，我還不知道嗎？這茬兵就數你最能游了。」夏明朗拎了杯啤酒，居高臨下地看著他，笑容和藹可親到欠扁的地步。

最能游？陸臻都快哭了，以他現在這種身體狀態，明天不在半道上淹死，就已經命很大了。

「小鬼，別拿這種眼神看著我，你這樣會讓我覺得我在虐待你。」夏明朗很無辜似的嘆口氣，轉回頭去繼續吃飯，還拿著雪白的大饅頭逼迫發財啃下，發財身為一隻狗，自然有狗的堅持，迫於夏明朗的淫威啃了一個之後就開始耍滑頭，搖頭擺尾地終於把另一個淡而無味的非肉類食品踢到了桌子底下。

我靠！陸臻的眼睛深深被那一片雪白所刺透，惡狠狠地閉上了眼睛。

夏明朗一臉嚴肅地與發財濕潤而無辜的圓眼睛對視良久，最後嘆氣說：「你看，現在怎麼辦？本來我還可以幫你吃了它，但是現在你想不吃都不行了！」

發財伏下身子嗚嗚叫了兩聲，忽然從桌子上竄下去，叼起大饅頭遞到陸臻跟前，是的……在這樣的危難時刻，發財非常有同類愛地想到剛剛與牠一起被遛的另外一隻「狗」，反正「牠」看起來好像很餓很想吃不是麼？

陸臻一時沒反應過來，不知如何拒絕這份來自非人類生物的友情餽贈，只能目瞪口呆地僵硬著把饅頭接過去。

夏明朗哈哈大笑：「哎……寶貝你真是！不過，陸臻你餓不餓？承蒙牠這麼看得起你，你要覺得餓，就吃了吧。」

你……這刺激大概真的太大了點，陸臻居然一下子就坐了起來，用一雙清亮逼人的眼睛直愣愣地盯住夏明朗，夏明朗被那束目光刺得略縮了一下，心道：嗨，小子，別拿這種眼神看著我，我會內疚的。可是想歸想，說出來的話卻只有更加的欠扁：「怎麼？不餓嗎？」

陸臻咽了口唾沫：「你什麼意思。」

「沒什麼意思，只是覺得浪費不太好。」夏明朗笑嘻嘻的：「你又忘記說報告了，另外，和教官說話要用尊敬的口氣。」

陸臻像是被人打了一悶棍，只是瞪著，一言不發。

「真不吃？」夏明朗低下頭去看陸臻，眼神有一種危險探究的意味，慢慢地靠到他耳邊去說道：「明天，15公里武裝泅渡，你不吃，確定可以游過去嗎？」

一個饅頭，約合50克碳水化合物淨重，約合蛋白質……

陸臻努力想把眼前這個灰撲撲的東西看成某種單純的營養組分。

夏明朗一仰脖，把杯子裏的酒喝盡，嘆口氣，起身便走。

「你錯了！！」陸臻的聲音在他背後響起。

夏明朗詫異地轉過身。

「我知道你想幹什麼，知道你想達到什麼目的，但是方法錯了，不應該是這樣。我能吃下去……」陸臻抓起饅頭塞到嘴裏撕咬，聲音便有些含糊起來：「比這更噁心的東西我都可以吃下去，只要那真的有必要，只要是為了正確的事情，為了希望和理想。」

陸臻目光灼灼地逼視著夏明朗：「我本以為你首先應該是個教官，而不是我們的敵人，你本應該代表那些美好的東西，而你卻以剝奪它們為樂，你讓我失望。」

夏明朗沉默下來，幽黑的眼睛裏，有束細小的光芒略閃了閃。

他說他失望了！

夏明朗一愣，在他的人生中曾經聽過無數嚴重的指控，可是此刻這句簡單的失望卻讓他忽然感覺到不安，他有些衝動地走到陸臻身邊去，彎腰，在他手上那個髒兮兮的饅頭上咬了一大口。咀嚼。細碎的砂塵硌到了牙，嗞嗞作響，夏明朗用力下嚥，把那口混著塵土的饅頭全吞進肚子裏。

陸臻被嚇到了，困惑地問：「您這算是在證明自己嗎？」

「你覺得我在逼著你們放棄？那些你所謂的美好的東西。那是什麼？尊嚴？理想？跟我說這些不覺得酸嗎？你寫小說吶？不，小鬼，如果那些真是你的希望與理想，記住，你的！那就是你生命的意義，賴以為生的根本！那麼重要的東西，你現在說為了我就放棄？你會嗎？你的理想就他媽這麼淺薄？」

陸臻想說不會，可是……

「我只是在剝開一些東西，讓你能看清根本。」夏明朗在陸臻身邊坐下來：「你怕死嗎？」

「當然怕。」

「那麼，在今天之前，你有想像過什麼叫死亡的恐懼嗎？」

陸臻的眸光一閃，沒有說話，倒是低頭又咬了一口饅頭。

「你今天經歷的根本連最低層級的危機都算不上，可是你選擇了什麼？你的判斷正確嗎？」夏明朗微微側過臉去看他，只是一道掠過面前的斜斜視線，陸臻已經感覺心虛，辯解道：「我不是不懂得變通，我只是覺得……」

「覺得這種事不應該由我來做！對嗎？那麼該誰來做呢？有誰會讓你覺得恐懼，卻放你一條生路？」夏明朗微笑：「在你心裏，教官應該是個美好的形象對嗎？代表光明的希望和理想，這軍隊的榮光和溫暖。不，不是這樣的，那只是你一廂情願的想像。我是你的教官，不是你的連長、指導員，更不是個班長。我不會哄著你、寵著你，拉著你往前跑，因為如果選擇了跟我走，這條路的終點不是全軍大比武，而是真實的戰場，到那時，你是真的會死。」

夏明朗轉過頭，直視陸臻的雙眼：「相信我，我不要的人，都是為了他們好。連這麼點挫折都不能承受，卻跟我妄談理想。」

陸臻有些愣愣地看著這雙在一瞬間變得光彩煥然的眼睛，夏明朗沒有繼續說下去，可是那雙黑眼睛裏明明白白地寫著：小子，你還太幼稚！陸臻看著他站起身，筆直地往前走，不知怎麼的就選擇馬上爬起來，跌跌撞撞地跟在他身後。

夏明朗一路把人帶回了菜園子，臨走到門口的時候，陸臻又叫了當天最後一次報告。

夏明朗喝了一聲：「說！」

眼神卻是兇狠地威脅：你小子敢再囉嗦試試。

可是陸臻鄭重而又倔強地迎上了夏明朗的目光，用回了他一貫的、不卑不亢、清晰卻並不響亮的音調：「我仔細想過了，我相信您剛才說的是實話，我也相信您的本意是好的，但我堅持認為您用錯了方法，因為我能理解您，但不代表所有人都能理解。然而一個讓學員失望的教官是沒有價值的，靠憤怒建立起來的隊伍也是沒有戰鬥力的。」

夏明朗雙手背負，跨立，下巴微微地挑起來，似笑非笑的神情，是一個驕傲的姿態。

陸臻感覺到背後有寒氣，切膚徹骨，不過他骨子裏的驕傲足以支撐他把話說完：「可能現在的我在您眼中看來沒有與您平等對話的資格，但是你要明白，你我的等級與身分都只是一種標籤，標籤下面藏著思想，你不應該輕視它，因為它超越一切。」

夏明朗不以為然地掏掏耳朵：「我感覺想法這玩意兒誰都有一個，你的、我的，不是你給它貼個標籤那就無敵了。事實上，就我的想法，我還挺不能理解你有什麼該憤怒的。」

陸臻失笑，笑容柔和，完全的下風，卻有從容的態度。夏明朗不由自主地瞇起眼睛，觀察他。

陸臻說：「的確，我目前的視野有侷限，而您也真的很會說話，並且在一定程度上說服了我，我會重新審視您，還有……您的想法。但是您強大的說服力同時也在矇蔽自己的雙眼，我想說服我、贏過我對您來說應該並不重要，而重要的是怎樣讓事情更好。您太自信了，或者應該說，太強硬，這樣不好。」

夏明朗挑了挑眉毛，神色自若：「說完了？」

「目前為止，是的。」陸臻不自覺戒備警惕。

「哦！」夏明朗轉身揚長而去。

陸臻有種一拳揮空的挫敗感，空蕩蕩的失重，他本以為夏明朗會有反擊，可是直到那抹背影完全消失在視線中他才想通，夏明朗不必對他反擊，因為他無足輕重。

陸臻在夜色中咬緊了牙。

夏明朗大搖大擺地往回走，可是此刻如果有人在他身邊仔細觀察他的神色，便會發現他額角在隱隱暴著青筋。

靠！

夏明朗強忍住一腳狠踹把這小混蛋從一樓踹上五樓的衝動，把步子走得瀟灑流暢。

陰溝裏翻船了！

夏明朗痛心疾首，千年的老狐狸了，一朝竟被這麼個小毛頭破了功？事實上直到轉身那一秒，夏明朗才陡然在今天這傾斜的事態中找回到自己的位置。是的輸贏不重要，即使現在他仍然壓得那小子不得翻身那也不重要。當陸臻站到他的對面發出聲音，當他們開始認真較量與比較，陸臻就已經贏了。

我怎麼會給他這種機會？明明還不到那個時候！夏明朗百思不解。

可是偏偏不知怎麼的，當時看到陸臻冷靜逼視而來的清朗目光，他居然就是忍不住有種衝動要為自己辯白，想要解釋，面對那雙清亮逼人的眼睛，心中有一種複雜的渴望在催促：說服他，讓他懂！

想要證明，證明自己，證明他從不苛刻，證明他從來沒有站到他們的對立面去，沒有，從沒有……

一直以來他的願望都是如此，想要和他們在一起，出生入死，同生共死！

豈曰無衣，與子同袍！

可是怎麼會這樣？他明明是從來不在乎被誤解的，尤其是，被新兵！他一直相信只有真實的槍林彈雨，真實的屍體與鮮血才能教會他們生存的本質，抹去所有虛偽的矯情，而在那之前，他需要錘煉出最堅強的身體去面對。

夏明朗一路思索，忽然身形一停，沉聲喝了一句：「出來吧！都跟了一路了。」

路邊的樹叢裏閃出兩個人影，方進馬上笑嘻嘻地湊過去：「隊座……」

夏明朗看嚴隊那輛越野車正停在路邊，手上一撐坐到前臉上：「方進，過來！……立正！」方進聽著口令站過去，站成一根木樁。

「說吧，跟著我幹嘛呢？」夏明朗一手猛掐方進那張小包子臉，掐得他吱嗷亂叫：「隊座，隊座……這事不怪我啊……我們這不是快吃完了，就看著您遛著狗進來了嘛……這不是楷哥他不放心嘛。」

夏明郎無奈了：「我說，你們兩還真怕我把人給整死了？」

這下子，兩名幹將齊齊笑得僵直，眼神中流露的訊息是：對！很怕！

「隊長，那小野豹子挺可愛的，能留下嗎？我挺待見他的。」方進又纏上去。

夏明朗有點心不在焉：「放心吧，那小子留定了，只是留下來進總部支隊還是進行動隊的分別。」

「我覺得他能撐住。」鄭楷忽然很篤定地說道。

夏明朗笑了笑，心道：是啊，我也這麼覺得。

「那徐知著呢？那小子神了！上回陳默把他的靶紙帶回去給老肖他們看，丫挺的那幫子熊人都說默默學術造假。後來狙擊訓練過來溜了幾天邊，現在個個都在家裏玩命似地練，說是怎麼也不能讓新丁給滅了。」

「徐知著……的確，很好的狙擊手，很可能會比我還好！」夏明朗微微皺起了眉頭，「不過，我對他沒把握。」

「為什麼啊？」

「我不知道他想要什麼，他人太冷，對自己太狠，想法倒很多，我怕他將來會覺得不值。一個人，要是沒點把柄在我手裏捏著，我對他不放心。」夏明朗轉頭，看到方進越來越迷糊的臉，忍不住笑。

「那……那，隊長，我有什麼把柄在你手上？」方進好奇起來。

夏明朗從車上滑下來，理了理軍姿，沉聲喝道：「方進同志！」

「到！」

夏明朗湊過去看他的眼睛：「你想知道。」

「是！」方進昂首挺胸。

夏明朗笑起來，嘴角往上勾，笑容越來越大，方進心中忐忑不安，眉心一點點皺起來，然後，穩穩地聽到他家隊長一本正經的聲音：「我不告訴你。」

啊……隊長！方進無奈地撓頭：你又來了！

徐知著見陸臻久久不歸正在屋裏擔心，一聽到門響就從鋪上跳下來，打照面看到手腳齊全，暫時放下心，冷不防卻聽到陸臻迷迷糊糊地問了一句：「你們有沒有想過，咱們教官可能也是個好人。」

徐知著這一記嚇得不輕，抬頭摸陸臻的額頭：這娃兒莫不是被打傻了。

「哎，哎……」陸臻把他的手拉下來，「我是說真的，其實，他應該也是為咱們好。」

你，這……

徐知著退後一步，皺眉想了一會兒：「那，那個……你是不是得了那什麼斯，斯什麼的……」

「斯德哥爾摩症候群。」陸臻擦汗。

「啊，對對，還是你有知識。」徐知著有點慚愧。

陸臻長吁一口氣，擺擺手，算了，睡覺吧，明天保準又會是一個好日子。

「哎，你餓不？」徐知著在下鋪踢他的床。

陸臻翻身用被子頂住自己的胃：「還好，有吃的沒？」

「沒有了。」徐知著很沮喪。

「沒關係……」陸臻睜大眼睛看窗外已經漆黑如墨的夜，徐知著在下鋪翻身，被窩裏傳出幾聲機杼的輕響，陸臻詫異地唔了一聲。徐知著解釋說今天晚飯後陳默要求他們都帶槍回來睡覺。

陸臻眼前一亮忽然一拍床鋪說：「對啊！」

「啥？」徐知著困頓地搭腔。

「沒什麼！」陸臻咧嘴笑得很開心，明亮的大眼睛在黑暗中閃閃發光。

完了、完了，我果然是傻了！陸臻把臉埋進被子裏，這麼些年的連長哄指導員捧，旅長鍾意政委給臉，我黨我軍那革命浪漫主義溫情小調調真是把你寵傻了啊！陸臻！

還真逮到誰都說理想、說人生、說光明、說希望，你以為這是在寫小說嗎？這些東西都是用話說的嗎？

沒看過豬跑也吃過豬肉，西點軍校的全套訓練教材都在你的電腦裡擱著，你明明都看過了，怎麼能到現在才回神呢？

現在不過就是從中式訓練轉成了美式訓練模式，把努力崇高的引領改成了拼命殘酷的驅趕。

這樣你就受不了嗎？

陸臻？？

就這，你就覺得自己很厲害了嗎？

夏明朗！！

山裏的星光總是特別閃耀，陸臻出神地看著窗外的星空，心中再一次有了豁然開朗的感覺：原來第一局我都不曾輸，原來戰鬥還未分成敗，我當努力奮進！

第三章 雙城對峙

一切才剛剛開始，這句話在最初時夏明朗就說過，可是到現在仍然適用，而且陸臻強烈地感覺到會繼續地適用下去。他萬分慶幸自己此時已經換了心境，否則要是還像剛開始那樣分出大把精力來與夏明朗對抗，那一定就完蛋了。

因為那根本就是個地獄，而且十八層之後還會有十八層，永遠不會到底的地獄。

每一天入睡時都帶著劫後餘生的慶幸，可是第二天的經歷又會讓人覺得原來那都不算什麼。第一個月是打基礎，瘋狂地拉體能，傾瀉式地灌輸知識。陸臻覺得自己像是一隻被人捏住了脖頸的填鴨，拼命張大了嘴，生吞活塞，即使吞得眼睛翻白也不敢放鬆。而一個月之後，這群被塞撐的填鴨被扔到各式各樣稀奇古怪的環境裏去體驗生活。

紙上得來終覺淺，不是嗎？

所以，把人扔到深山裏，自然就能學會怎麼看地圖辨方向，餓上三天，自然能學會怎麼挖野菜吃田鼠，人的承受能力有時候似乎是沒有極限的。偶爾的，陸臻會回憶起當初讓他畏之如虎的初試體能考核，便困惑於就那麼點小陣仗怎麼就讓他吃不好、睡不香，那根本，就像是遊戲似的嘛。

現在的陸臻每天早上起來要跑一個15公里全負重越野，跑回基地後馬不停蹄地就是各式器械與基本功的練習，一遍走完，如果沒什麼意外的話，他們會有5分鐘短暫的美妙時光來吃早飯，而早飯之後就是全新的、讓人無法去想像的神奇的一天。

去掉了憤怒小青年的有色眼鏡，陸臻開始有心情好奇那麼多離奇的訓練方式夏明朗是怎麼想出來的，想出來之後又是怎麼才能做出如此天才不著調的詭異組合。於是他就懷疑起那些訓練計畫其實並不是人類的大腦所制訂下的，它們來自於一些外力，比如說，操場上跟夏明朗玩得很好的那隻名為發財的拖把大狗。

都過去了，曾經的美麗人生，陸臻常常會跟著徐知著一起痛徹心扉地回味起最初試訓時的好日子。

是的，一點也沒錯，好日子。

至少那時候吃飯是管飽的，澡是每天會洗的，睡覺是有六小時充分保證的，嘴巴還是有空去罵罵娘的。

而此時此刻……

站在食堂門口沉聲讀秒的士兵簡直就像是來自地獄的惡卒，拿著筷子好好吃一頓飽飯的幸福人生早已一去不復返，不再有人去糾結茄子或者折耳根之類的傻問題，他們衝進食堂的時候都餓得像狼，吃飯的姿態兇猛得好像三天水米未打牙，每個人都以一種拼死之姿挑最高熱量、最高蛋白的食物塞進腹中，因為誰也不知道吃完了這頓什麼時候吃下頓。陸臻開始習慣用手吃飯，並開始相信身體才是最堅硬的武器。

然而夏明朗常常會忘記帶他們去吃飯，或者好好的就送上一把匕首、一根繩，100公里範圍的山區撒開去，在編號ABCD或者5432的某塊大石頭下面抄幾句好詩回來。

徐知著抄到過「此地無淫三百兩」，陸臻抄到過「藍田玉暖日生煙」，從此認定夏明朗此人的屬性為文盲加流氓。

可是就是那樣苦，陸臻反而不如最初時覺得難受，或者就是這樣，一念天堂，一念地獄，人畢竟還是意識的生物，荒煙萬里與大漠生煙說得是同一種景色，可是一個蕭瑟，一個壯懷激盪，那是人的心境。在那天與夏明朗在食堂正面交鋒之後，陸臻醍醐灌頂，他開始變得冷靜，彷彿觀察者的姿態，方進偶爾被他探究式的審視目光掃到，骨子裏一陣惡寒。

不過這顯然也不能怪方小爺沒種，某人明明已經被他整得死去活來三分像人七分更似鬼，可是偏偏不惱不怒，隨隨便便掃過一眼，三分好奇兩分困惑，三分的不以為然還帶著一點看待實驗品的同情和憐憫。

娘唷，這麼詭異的事是個人都受不了。

就好像這小子的靈肉是脫拆的，他的肉體正在承受折磨而他的眼中一脈從容，昭示著靈魂的閒庭信步。

邪行，太他媽的邪行了！！這算是精神分裂的一種嗎？

「隊長……那個叫陸臻的是不是瘋了……」方進嚇得膽顫，「我覺得他可憐我，大爺的，丫居然可憐我？？」

夏明朗青筋狂暴，心道可憐你算個球，那小子眼角一瞥掃過來，那氣派、那威風……老子還差點錯覺以為是中央首長在視察工作。他媽的訓了好幾年了就沒遇上過這號主，最要命的是陸臻的目光洗禮主要針對他，他夏氏的腦門那才是正面主戰場，方進那純屬側翼誤傷。

「隊長，咱要不要想個法子震震他。」方進揪著夏明朗不放。

「你自己想！」夏明朗冷哼一聲。

夏明朗頂不住，方進就更加傻眼，他原本就是油炸豆腐，金屬色的外殼下面就是顆雪白柔軟的芯。教官組裏唯一撐得住的就只剩下陳默，究其原因倒也很簡單，因為陳默不是人，他百邪不侵。

說到陳默絕對是個奇才，用夏明朗的話講，老天爺造陳默這種人出來就是為了給我輩槍手提供榜樣來膜拜用的。

他的訓練方式跟他做人一樣，平白坦率無花式，然而冷靜悍絕有驚人的穩定與理智，彷彿不知人情。每次開訓都是抱著槍出來一聲不吭地打一通，然後簡明扼要地說完要求就站在旁邊看著，能打中他八成的就能休息，不行的就跑圈，繞著靶場跑一圈，跑完再打，不成再跑。

陸臻最慘的一次在靶場跑完了一個輕裝30公里。

當然，他還不是最慘的。

最慘的那位老兄在實彈訓練的時候怕子彈，彈道離身三公尺就想溜，技術動作全變形，陳默扣了他兩次分覺得這麼扣下去也不是個辦法，於是就想了個辦法，技驚四座的辦法，雖然他自己覺得再正常也不過。

他把那人綁在圓盤靶上，200公尺開外，一槍一槍地勾著邊打出了一個人形。那位仁兄被解救下來時淚涕橫流，全身肌肉震顫括約肌全面罷工。不過奇蹟般的，等他緩過來他就真的不躲了。也是，實彈近身10公分呼嘯著擦過耳畔的滋味都品嚐過，還有什麼東西能嚇到他。

陸臻氣瘋了罵他草菅人命，讓陳默有種把自己綁上去，也讓他打這麼一回。可是陳默很坦然地告訴陸臻，他不去，因為你陸臻沒那個槍法。

那徐知著呢？陸臻記得他當時這麼問過。

徐知著的槍法足以信任。

然而徐知著也不行，陳默看著他的眼睛平平靜靜地說：他的槍法很好，但是我還沒有相信他。

這是徐知著第一次聽到教官組對他的評語，不過他並沒有太在意，甚至在那天的訓練日記裏他都沒有記上過這一筆，因為那時覺得不重要。徐知著的訓練日記裏只有決心和成績，因為夏明朗說過他們的訓練日記是只寫給自己的，徐知著在自己的世界裏並不接受失敗與陰影，只有超越，只有卓越！

徐知著一直都不太能理解陸臻最初的憤怒，在他看來那簡直就像是一個擁有了太多的小孩子遇上一點點不合心意的現實就在亂發情緒，太幼稚，誰告訴你現實一定會如你的想像？你應該迅速地妥協並調整自己。

當然，陸臻有權利憤怒，因為陸臻有權不在乎麒麟，所以他的堅持與強韌才顯得更難能可貴。但是徐知著不能，他在乎，他嚮往，所以他顧不上憤怒，這裏有他所有夢想中的一切，最強的軍人，最精的武器，幾乎目之可及的卓越巔峰像朝聖者眼前金黃色的雪峰之頂那樣寶相莊嚴誘人前進，於是腳下的萬丈冰雪，身前的千里苦寒，都不再可怕。

熬過去、闖過去，一切攀登的代價，為了達到頂鋒所本應該要付出的。

這情懷很神聖，所以有力。

所以他比誰都快，然而那樣的速度讓他忘記去思考攀到山頂要幹什麼？也忘記了鋒線之後就是另一面的下坡，沒有人一直住在山頂……更忘記了人生其實是一條河，或者有起伏，卻永遠也不會有傳說中絕對的頂點。

苦難的日子很漫長，訓練的日子又很短暫，陸臻想，就算沒有愛因斯坦，他現在也能發現相對論。

他們奔跑，從跑道到公路，從山地到沙石場。

他們跳躍，從三公尺的高牆到三層的高樓，從離水面十五公尺的直升機到離地面1500公尺的運輸機，風聲從耳邊呼嘯而過，撕扯身體，帶來眩暈。

他們射擊，從手槍到微衝，從95到SG550，輕機槍、重機槍、榴彈炮、迫擊炮，子彈橫飛火星四濺，每天訓練的彈殼都論麻袋裝，每個人手上都打出了成噸的彈藥。

槍法是練出來的，人也是。

一把槍永遠都不可能足夠準，人也是。

沒有止盡的訓練，沒有止盡的練習，陸臻沒有時間回頭看，稍一停步，就被巨浪挾著走，要嘛跟上，要嘛被拋棄。

不過，這樣的訓練雖然艱苦，卻也肆意張揚，每一天都在挑戰自己的極限，到最後，徹底地豁出去了，反而生出快感來。精神把肉體放開，去疲憊，去痛苦，去承受。

陸臻在高壓水槍下與人廝殺，腳下是泥濘的沼澤，眼前只有白茫茫的水幕，猛然間一拳飛過來，身體猝然一痛，不等大腦做出反應，回手的一拳已經揮出去，就是這麼簡單。極限的疲憊讓身體輕得像羽毛，胸口卻像是被什麼東西充滿了，想要長嘯，想要大笑。他看到夏明朗站在高牆上，手中四濺的水花像是華麗布景，在太陽下閃著熾烈的光芒，那一瞬間的畫面，像一場暴雨，在心裏砸出印跡。

這是一趟旅程，因為苦難而壯闊，陸臻有時覺得他應該慶幸自己參與其中。而一路上的人走人留則成為了最動人的景色，都是鐵骨錚錚的男兒，流血時沒流淚，離開時卻痛哭失聲。陸臻最受不了這場面，雖然相處不久，可是高壓的環境讓他們親密無間，每一個寂寞的背影消失在視野都讓他心頭滴血的痛，皮膚被撕開，像骨肉分離。每次到了這個時候他都會很怨恨，可是夏明朗的眼睛藏在墨鏡背後，誰也看不到。

你是否也會覺得悲傷？

隔著黑色的鏡片，夏明朗看到陸臻在詢問，他沒有任何表情，同時感謝刺眼的日光。沒有人知道有時他會站在自己辦公室的窗邊目送一輛車的離開，心中懷著傷感。那裏面坐著一個真正的軍人，即使他還不夠好，但同樣值得尊敬。

算上初訓，整體訓練期照理說應該為四個月，可是現在完全沒有結束的跡象，陸臻認為自己全身上下已經被打回娘胎裏又重組了一遍，脫胎換骨徹徹底底，唯一堅持不變的只有信念，堅守的姿態，永不放棄的理想與希望。

夏明朗很頭痛，訓過那麼多人，陸臻是最挑釁的一個，他挑釁的方式不是大吼大叫，也不是咬牙切齒，他的問題太複雜，就連認同或者不認同用在他身上都像隔了一層，他太超脫。像方進說的，這小子精神分裂，他的肉體在自己精心設計的訓練中被錘打得堅硬強悍，可是他的靈魂還安然地待在自己的硬殼裏，透過那雙清亮的雙目，從容地審視著這一切。

有時候夏明朗寧願這小子像別人那樣叫出來、吼出來、罵出來，痛哭著絕望或者希望。可是陸臻不會，他的表現令人驚嘆。對旁人而言這是剝皮徹骨的身心磨難，對他卻好像是某種科學工作者的親身體驗，又或者……道成肉身的殉難？

媽的，他以為自己是耶穌嗎？

夏明朗眼前再一次浮現出陸臻帶著探究意味的清亮眉目，忍不住一拳捶過去，力氣大了點，制式預算下的板材桌面完全沒有能力承受這種衝擊，像厚厚的曲奇餅乾那樣裂出一個大洞。

方進和陳默抱著資料前後腳進門，方小爺驚愕地瞪大了眼睛愣在門口：「隊，隊座您這是？」

「他媽的，你小子還真沒說錯，咱這桌子就是豆腐渣，手指頭一戳一個洞！」夏明朗有點哭笑不得。

「我就說吧，隊長。」方進頓時樂了，「您還老是怪我。」

夏明朗鬱悶地看著自己不經事的桌子，抬腿去拔靴套裏的軍刀，陳默已經抽刀走過去幫他切掉裂口尖銳的邊緣毛刺，把夏明朗的手掌拽了出來。還好，沒傷到什麼，只是在手背上扎進去一根木刺，夏明朗用手拔沒留心斷在裏面，從袖子裏抖出小飛鏢在燈下挑得專心致志。

方進小心翼翼地把文件放在桌上，夏明朗抬頭略掃了一眼標題：「出殺招了？」

「啊！」方進鬥志滿滿的。

「行，盡快！」夏明朗吮掉手背上那一點血珠子，從抽屜裏摸出兩百塊錢拿去後勤上填單換桌子，這是嚴正為防公物損壞過於頻繁出的狠招，報修要親自前往而且手續複雜。後勤支隊的老何收到風聲專門過來看他笑話：哎呀呀，難得你老兄也有今天。

夏明朗抱怨說咱們已經窮成這樣了嗎，紙糊的桌子也比這牢靠。老何搖搖手說非也非也，給你們換全實木要毀也是一樣的毀，還不如現在這樣給你們省點錢。

夏明朗垂頭喪氣地扛著一大包板材回去自己修桌子，鐵釘銜在牙間，戴上戰術手套隨便找了一片鐵皮墊著，一拳一拳把釘子砸進木板裏。腳邊放著方進剛剛送來的報告，風吹過幾頁，露出黑體字標題：疼痛耐受力訓練。

早年麒麟基地的疼痛耐受力訓練主要是電擊，小傷害大痛苦，10mA的電流足以讓人生不如死，剝皮瀝骨一般的劇痛焚身，而且相較別的常規刑訓來說後遺症也小得多。不過最近兩年因為方進的意外加入，讓基地醫院有了新靈感，與醫院裏其他搭花樣子的科室不同，麒麟基地醫院融合外科與骨傷科的綜合性戰場傷害科是絕對的人才濟濟，無論是變態程度還是醫術，那都不是尋常人可以想像的。

方進自幼習古武出身，民間武術一向與中醫尤其是中醫骨科針灸密不可分，針灸這玩意兒可以鎮痛當然也能致痛。方進入隊後與骨科的羅則成狼狽為奸共同進步，開發出一套全新的刑訓方案，畢竟電擊如果控制不好也會造成神經系統障礙與體內的電解質紊亂。

疼痛訓練並沒有事先說明，當陸臻他們被帶進醫院大門時還以為要體檢，可是坐下之後才發現不對勁，獨門獨戶的隔音間，焊接在水泥裏的鐵椅，還有專業的繩衣，夏明朗與一個穿白袍的醫生坐在他兩公尺之外，各色儀器與電線歸總到他們面前的電腦終端。

陸臻困惑地略一皺眉又舒展開，好奇地問：「怎麼是這樣的？」

「你以為應該是怎樣的？」夏明朗挑眉，「紅岩還是渣滓洞？」

「那是一個地方。」陸臻失笑。

「不會讓你失望的。」羅則成端著白瓷盤從門外進來，盤子裏零零落落地放著幾個密封的1ml離心管，方進把陸臻的軍褲捲上去，在小腿上下針，感覺麻麻的，卻不太痛。

「這是在幹嘛？」陸臻脫掉上衣，配合羅則成把那件繁瑣的繩衣穿上。

「降低你的痛閾。」

「哦？」

「痛閾，人對傷害性感受的反應是有一定閾值的，只有高於一定值的刺激才會被……」羅則成一邊解釋，一邊有條不紊地把各種感應器的圓膠片貼到陸臻裸露的皮膚上。

「你可以直接說為了提高我的敏感度。」陸臻嘀咕。

「呃……理解能力很好。」羅則成挑了一個試管為陸臻做注射，針尖扎入肉體的刺痛讓陸臻忍不住打顫，羅則成一頓，看著陸臻的眼睛說：「感受度也很好。」

「這又是什麼？」陸臻開始發慌，因為他發現之前他專門為此做出的心理建設很可能是無用的。

「辣椒素！」羅則成手法老道地推針，陸臻只來得及罵出一聲我，連靠字一起堵了在喉頭，整個人都僵了，烈焰焚身，來自身體內部的痛，好像熔岩流過血管。

夏明朗不由自主地打了個顫，面無表情地慢慢抱住自己的肩膀。

「精神重複體驗性自發痛，看來上次他們給你的心理陰影很重！」坐在夏明朗身邊的唐起老兄目不斜視地扔出定論。

夏明朗轉了轉脖子說你他媽閉嘴。

陸臻呼呼地喘著粗氣緩了過來，失散的瞳孔重新找到焦點，羅則成拍著他的臉頰問他感覺怎麼樣，陸臻嘶聲怒罵說感覺好極了。羅則成寬容的笑了笑說：「OK，那我們現在開始。」方進打開針包尋找適合的長度。

「啊？？」陸臻的眼睛都直了。

羅則成捏開陸臻的下巴把牙套放進去：「忘記告訴你，剛剛那針也是用來降低痛閾的，或者說，提高痛敏……」

說話間針尖已經刺破了皮膚，柔韌的細銀絲在方進巧妙的腕力之下流暢地刺入穴位裏，初時只是一點微涼的麻，在全身上下火燒火燎的熱痛中細不可辨，進入到某一個深度之後陸臻的身體忽然像一隻煮熟的蝦那樣繃緊弓了起來。

陸臻拼命掙扎萬分驚愕地看著自己的右腿，那上面什麼都沒有，可是他有筋骨碎裂的錯覺，劇痛像驚雷一樣劈開腦神經，耳中嗡嗡爆響，視野的邊緣開始扭曲變形。特別加製的繩衣利用無數條寬闊的帶子把他牢牢地捆在鐵椅上，陸臻劇烈的掙扎讓椅腳開始搖晃，如果不是整張椅子都焊在鐵板上被澆死在水泥裏，夏明朗真擔心他會連人帶椅地跳起來。

坐在監視位的唐起向方進打了個手勢示意繼續，夏明朗不動聲色地挑了挑眉角，有一針刺痛像電流一樣從太陽穴裏竄過去，勾起他很不美好的回憶。

媽的，這群變態太狠了，比老子還狠！

方進和羅則成商量了幾句，抽出一根長針開始消毒，陸臻赤紅了雙眼瞪住他，帶著牙套的嘴裏惡狠狠地罵著含混不清的髒話，從中文罵到英文，從英文罵到法文再罵回來。方進有些驚訝地看著羅則成說沒想到這小子頂著大姑娘似的小身兒這麼能撐！羅則成嚴肅地糾正他：各種資料都證明女性對痛苦的承受力要好過男性。

再一針下去，陸臻所有的髒話都卡死在喉頭堵住了，肌肉奇異的痙攣讓五臟六腑都產生撕裂的痛感，胃像是已經被揉碎了，融化的胃液像強酸一樣直衝進腦仁裏跟那一連串的字片膠結在一起堵在喉頭。羅則成非常即時地把椅子搖起一個斜角，咬碎的牙套和胃裏殘留的食物一起噴射出來，落進早就準備好的膠袋裏。要是在平時，陸臻一定會豎起中指挑釁說真他媽的有備無患，只是此刻他真的顧不上了，所有的思維能力都已經被生理上的劇痛敲得粉碎。

不過幾分鐘而已，陸臻全身上下已經像個落湯雞那樣濕透了，汗水一滴一滴的從他的額頭上落下去，眼前開始飄浮出不規則的色塊。在迅速吐光了所有的黃膽之後，羅則成又把他正了過來，沒了牙套阻礙，陸臻虛脫地小聲抽氣，嘴唇喃喃地蠕動。羅則成翻開他的眼皮看瞳孔擴散程度，聽到幾聲支離破碎的：「我操你媽！」

「A⁺！」羅則成與唐起對視一眼，脫口而出。方進擦著額角的冷汗露出匪夷所思的表情，再眨眨眼，閃著星光的大眼睛裏已經開始流露出欽佩。夏明朗終於忍不住走到前面去，羅則成擋住他說你有話等會兒再問，他現在連自己姓什麼都不知道。

陸臻混糊嘶啞的慘叫聲忽然停止，幾秒鐘後發出兩個模糊的音節，雖然過度緊張的聲帶把這兩個字打造得四面漏風，夏明朗還是聽清了。

姓陸！

羅則成驚訝地張大了嘴。

「自我催眠，」唐起說，「類似我沒事我沒事，或者這不是我，不是我的身體。是人都這麼做，但有效程度取決於一個人的精神控制力，他很強。A⁺級控制力。」

夏明朗慢慢彎下腰去看陸臻的眼睛，渙散的瞳孔因為映入了他的臉而又凝出精光，陸臻在凝聚精力看著他，有如一直以來的那樣，冷靜克制從容不迫，彷彿超脫的審視。夏明朗忽然有種強烈的衝動想要劈開他的大腦看看裏面到底住著什麼。

「要繼續嗎？」這句話衝口而出連夏明朗自己都嚇了一跳。

陸臻喉頭滾過兩下，罵出三個字：「誰怕誰！」

羅則成來不及阻攔，方進捏住針尾略擰了一下，陸臻的身體猛地彈起來像石雕一樣凝固在空氣裏，這下子不用唐起報警是個人都知道……極限了！

方進連忙起針，夏明朗一刀劃斷了所有的繩結把人抱到旁邊的急救臺上，羅則成開始做心肺按摩，連唐起都衝了過去手持電擊器準備。夏明朗幾乎狼狽地瞪著唐起：「你們不是說這不會對人有實質性傷害嗎？」

「是不會對肢體有實質性傷害，人對痛苦的感覺來自大腦對傷害性感受的反映，外界刺激觸發感受器，由神經傳導透過脊髓傳給中樞。他們只是直接刺激感測器，矇騙大腦製造出像截肢病人的那種假肢痛，所以除了第一環，痛覺通路上的後繼反應一個也不會少，痛覺中樞會指揮人體做抗傷害性反應，肌肉收縮、休克、或者……心臟猝停。」

說話間陸臻已經急促呼吸著醒過來，羅則成捏著準備好的腎上腺素猶豫了一下，又扔回去，滿頭大汗地瞪著唐起罵道：「你他媽拎著這玩意兒站在這裏幹嘛？」

唐起有些無辜：「我就只會用這玩意兒。」

唐起主攻心理科，會用心臟起搏器已經算是好學的好青年。羅則成拽著他的衣領把人甩到旁邊去：「鎮靜劑！」巴比托酸鹽之類的鎮靜劑可以舒緩高度緊張的大腦，同時阻斷神經遞質的傳導，讓大腦盡快地從疼痛狀態中解脫出來。

唐起測算陸臻的生命指數正在估計鎮靜劑的用量，陸臻的呼吸卻陡然尖銳了起來。「呵……呼呼……」沉悶的呼吸聲好像在拉破風箱，胸口劇烈地起伏，臉色迅速地憋紅。

「把檔案袋扔給我！」夏明朗趕在所有人醒悟之前迅速地做出了應對，一個箭步衝過去用手捂住了陸臻的口鼻：「深呼吸！深呼吸，吸氣！」

方進撲到桌邊連著檔案一起把整個牛皮紙袋甩了過去，夏明朗在半空中接住，顧不上裏面的重要文件撒了一地，把撐開的紙袋罩到陸臻臉上，同時在他耳邊大吼：「呼吸，保持呼吸！不要停！」

陸臻在模糊的意識中只覺得全身僵直，肺部堅硬得像澆透了水泥一樣喘不上氣，越是貪婪地吸進甘美的空氣就越是感覺窒息，眼前憋得發黑，可是耳邊一直有個聲音敲打著他的鼓膜：呼吸！

然後，鼻子和嘴都被罩住，隨著自己呼出的濁重氣體被再次吸入，因為過度呼吸所造成的二氧化碳缺乏症狀才慢慢緩解，堅硬的胸腔破開一角，慢慢柔軟，把一點活的氣息送進心臟。

過了好一陣陸臻才停止哮喘，轉動著眼珠努力視物，慢慢把自己撐起來。

「好了好了，小伙子，很快就沒事了！」唐起拿著鎮靜劑走過來試圖充當救世主，陸臻呆滯的視線凝固在針尖上，夏明朗直覺想說不好，陸臻已經迎面一腳踩向唐起的小腹。夏明朗雙臂箍住陸臻的胸口奮力往後仰，兩個人一起滾下急救床，唐起還沒及反應已經在鬼門關上走了一遭，但是被陸臻的腳尖掃中肩膀還是痛得他整張臉皺成了苦瓜。

「鎮靜劑！」夏明朗急得大喊，這小子撲騰得太厲害會拉傷自己。

羅則成和唐起到底是醫生，都被這火爆的場面唬住了不敢動，還是方進拿出戰鬥人員的基本素質把一針藥劑送進了陸臻的靜脈。夏明朗慢慢感覺到身下劇烈的掙扎變得微弱，陸臻開始收縮起四腳像個嬰兒那樣蜷縮起來，他終於鬆了口氣把陸臻又抱回到急救床上，這才發現身上的作訓服已經濕了個透。

唐起脫了一半上衣齜牙咧嘴地讓羅則成檢查傷勢，肩膀上紅了好大一片，很嚴重的軟組織挫傷，好在沒有傷到骨頭。

夏明朗幸災樂禍的看著唐起：「你現在這叫什麼痛？」

唐起從牙縫裏哼出來：「機械性傷害痛……」他一頓，又瞥了一眼光速腫起的皮肉說：「很快會有炎症痛。」

鎮靜劑開始慢慢展示它的安撫效果，陸臻像一隻小貓那樣哼哼著蜷縮成一團，唐起抽冷氣讓羅則成給自己貼膏藥，一邊說：「你現在可以問他點什麼了，應該會說的，溫柔點。」

夏明朗轉了轉眼珠從背後抱住陸臻，伏在他耳邊輕聲問：「餓嗎？」

陸臻愣了一會兒，抽著鼻子點了點頭。

「想吃點什麼？」

「番茄炒蛋……嗯，烤麩，糖醋小排。」

「好的沒問題，我幫你叫。哦，對了，叫餐留誰的名字，你叫什麼？」

「陸臻。」

夏明朗與唐起對視了一眼，低頭看到一頁常規盤問目錄，反正他也沒什麼目的性，就順著一路東拉西扯地把問題一個個問下去，可是問了幾個之後夏明朗慢慢又發現不對了，因為陸臻開始說謊。姓名、年齡是真的，家庭地址是假的，父母的職業是假的，可是籍貫又是真的，半真半假非常巧妙的說謊方式，而假的職業與工作地點還能配套。

唐起感慨說：「看來我們的小朋友事先做了充分的準備。」

夏明朗有些動容，強痛加鎮靜劑安撫，效果絕對比得上專業的吐真劑，在這種狀態下人的主意識模糊進入潛意識接管，潛意識很容易對外界刺激做出如實反應，陸臻沒有受過麻醉品耐受性訓練，居然就可以對自己的潛意識保持控制力，這一點相當了不起。

唐起研究興趣大起，顧不上自己重傷的肩膀想過來親自誘供，穿著白袍的身影剛一進入陸臻的視距範圍，陸臻就拼命往夏明朗懷裏扎，哆嗦著大聲叫起了救命，唐起就索性藉用威懾力逼供。可是還沒問兩句，夏明朗一腳抵到他的腰上把他推離床邊，同時用手掰開了陸臻緊握的拳頭，還好，手裏沒藏著什麼東西，不過這小子顯然已經收縮肌肉準備攻擊了。

唐起嚇出一身冷汗，不死心地揉著肩膀說：「我這裏有吐真劑，要不要用？」

方進看到這裏也反應過來了，心裏剛剛升起的那些，類似，啊，原來這小子也不過如此的念頭又滅了下去。的確，受審時只要能守住秘密，你就算是哭得跪下來磕頭也是你牛。

夏明朗放眼刀殺向唐起：「違規了！」

唐起被殺得當即閉嘴，畢竟每個人都有自己不為人知的尷尬的隱私，刑審訓練對問題目錄和主測者都有嚴格的控制，報批手續也更複雜，像現在這樣順手牽羊的試探已經是擦邊球了，上吐真劑那簡直就是板上釘釘的找死。

當然，陸臻此刻意識單薄完全領不透形勢，倒是身體被制立即引起了他的強烈反抗，可是被鎮靜劑麻木著的神經與痠痛鬆弛的肌肉根本無法對抗夏明朗絕對強悍的禁錮力量，軀體不受控制的恐懼再次席捲了他，陸臻忽然放棄掙扎開始小聲哭泣。與一般的哭喊不同，他哭得毫無聲息，只有大顆的眼淚不停地滾下去，失焦的瞳孔被淚水洗得晶瑩剔透，好像無意識的娃娃，脆弱而美麗。

夏明朗頓時手足無措起來，在這個屋裏哭得再慘、再難看的都見過，淚涕橫流、嘶聲慘叫、哀號告饒的多的是，都是正常反應。在如此可怕的折磨面前，沒有誰能足夠堅強到可以鄙視旁人。可是哭成這樣的……夏明朗低頭看著自己懷裏哭得像個小孩子那樣傷心委屈的陸臻，心中陡然升起一絲久違的罪惡感。

方進嘖嘖說，嘿，隊長你現在看起來簡直像採花大盜在欺凌幼女……啊不是，幼童！

夏明朗揚手一道白鏈飛出去，對方進不用客氣，小飛鏢而已還傷不到他。

「哄哄他，你哄哄他！」唐起與羅則成面面相覷也有些狼狽，這兩個剽悍人物雖然冷血，可是到底還有點殘留的良心受不了去欺凌弱小，好吧，當然，陸臻不弱小。夏明朗滿頭黑線地把那兩隻白衣魔鬼揮開，一手罩到陸臻臉上擋住他所有的視線，小聲哄著：沒事了，沒事了，睡吧……

「嗨，這小子潛意識裏居然很相信你！」唐起大奇。

夏明朗冷冷地瞪著他，心想老子再狠也算是個人，他不信我難道信你們這些鬼？

當所有的外界刺激消失之後，陸臻很快地昏睡了過去，夏明朗按著他的頸動脈試了又試，終於長長地吁出一口氣。唐起在一天之內被陸臻生命威脅兩次，虎睡尤有餘威，拒絕再度接近陸臻，羅則成幫陸臻檢查完身體之後，開了藥劑叫人把他送到隔壁去輸液。

四個人把颱風過境的房間收拾好，羅則成深呼吸了兩次才開門出去叫下一位，不得不說，像這麼高強度的訓練一天只安排五位是明智的。

等夏明朗跟完當天所有的特訓走進休息室，陸臻已經醒了，睜大眼睛出神地看著自己的輸液管，基地醫院專門給他們一人開了一間病房休息，除去後來搏鬥時磕傷的幾塊淤痕，陸臻現在看起來就跟一般感冒了一場沒什麼分別，沒有人能猜到他剛剛經歷了一場地獄之旅。夏明朗心想羅則成那混蛋水準還有的，同時心中感慨這年頭還真是科學進步技術發展，幾個手無縛雞之力的白臉書生靠著兩根針、一點藥就能讓最堅強的戰士生不如死，好在……即便如此，真正堅定的勇士仍然可以守住自己的內心。

夏明朗在床邊站了一會兒，見陸臻目不斜視，挑了挑眉毛轉身要走，陸臻出聲叫住他：「我覺得你們違規了。」

夏明朗這一聽倒躊躇了，心裏猶豫著他是應該橫眉立目地說老子違就違了你咬我，還是嘻皮笑臉地說哪有啊，我這人膽小你別嚇我。

「我覺得你們涉嫌探取個人隱私，請告訴我類似我初戀的女朋友叫什麼名字，是不是很漂亮，現在喜歡什麼樣的女孩子這樣的問題價值何在？」

夏明朗頓時樂了，從口袋裏摸出菸來點上，吐出一口煙霧才笑著說：「為了話家常，聊聊女人說說舊事，搞得像老朋友。對了，你從什麼時候開始警覺的？你剛開始明明很配合。」

「是啊，很配合，莫名其妙的前一分鐘還被人整得水深火熱的，後一分鐘就有人抱著我，問我想吃什麼，我還覺得這人超好。不過……」陸臻的眼睛微瞇笑得有點詭異：「知道為什麼嗎？我最煩有人問我女朋友是誰。因為我從來沒有過女朋友！」

「靠！」夏明朗扶額，「真的？！」

陸臻沒回答，過了一會兒卻問：「後來我哭了？」

「還好，不是哭得最慘的。」

「但是我哭了！」陸臻終於忍不住看向夏明朗。

夏明朗笑道：「你不會哭嗎？」

「不，事實上我常常哭，但是……」

「不用但是，」夏明朗忽然沉下聲線，「私人告訴你一個堅持的祕訣。專注，放棄所有不必要的，只守住根本，你要把自己縮得很小才不容易被擊中。」

「可是，為什麼？為什麼你們一定要這樣，為了看我屈服嗎？」

「不，為了向你證明你能承受。」

陸臻一愣，憤怒漸漸從他的眼中淡去，他的嘴角微翹慢慢露出一個清淺的笑容：「很好，說服力先生，你又一次說服了我。這個理由我能接受，我沒有問題了，你可以走了。」

夏明朗當然是要走的，可是被陸臻這麼一說又僵上了。他頓時就有點怒，心想這到底是什麼鬧鬼的毛病，為什麼他跟這小子就是扯不清這上下級的關係，一不小心又被他當小弟給發落了。夏明朗很是鬱悶，可是為了這麼點雞毛小事發作又實在不符合他的個性。夏明朗當機立斷地抬腳就走，最後踏進徐知著門裏時還帶著一絲怒氣，以致於徐知著看到他明顯地瑟縮了一下。夏明朗心懷大慰，心想對嘛，這才像個正常人的反應，就算是生理性反射，也應該對自己這個剛剛給他吃過苦頭的傢伙表達一點敬畏嘛。

徐知著也是A⁺，而且他比陸臻乖得多，他不挑釁，也就沒有鬧到要急救的地步，而正因為前期沒有鬧很僵，所以擦邊球當然更不會有進展。夏明朗拍拍徐知著的腦袋說，嗯，小伙子還行。夏明朗極少對徐知著表示什麼肯定，徐知著頓時眼睛就亮了，一連串的問題脫口而出，諸如我剛剛的表現如何，大家的表現如何……等等。人總是如此，付出越多則期待越重，也就越想得到結果，這也算是人之常情。可是夏明朗心底卻一驚，陡然發現今天的徐知著似乎有些反常，因為平時他從來不提問。

相較陸臻無處不在的挑釁，他的同寢室友徐知著簡直配合得好像上輩子就在麒麟基地裏待過，沒有問題，從無疑議，甚至連一些故意流露出的刁難他都泰然接受，他幾乎是不引人注意的，除了計算成績的時候。

成績出色！

可是，夏明朗敏銳地抓住了自己心中那絲莫名的情緒陷入了沉思：為什麼，這麼出色的學員，我卻不太喜歡他？

站在教官的立場，夏明朗從來都克制自己對學員的私人情緒，就連陸臻那麼刺兒頭的兵，他也仍可問心無愧說絕無成見，可是徐知著……這種奇怪的警覺戒心算是怎麼回事？

徐知著問完才發覺衝動了，夏明朗已經笑起來，眼神曖昧言詞模糊：「很好啊，很好！」徐知著配合地笑了笑，卻也覺得這就應該是夏明朗的回答。

夏明朗探望完所有的受訓人員回辦公室，還沒出醫院大樓就看到政委謝嵩陽的車在外面停著，腳下一轉條件反射地就開始繞圈。謝嵩陽搖下車窗招呼了一聲，見夏明朗目不斜視地越走越溜邊，哭笑不得地從口袋裏摸出一包菸砸了過去。夏明朗不得已半空中抄住了，恭恭敬敬地給謝嵩陽送了過去，老謝嘆息一聲說你收著吧，這年頭，這地界，太邪了，別家那裏都是小輩給領導敬菸，哪像咱這兒啊，混太慘了，我要跟你說會兒話都得先孝敬你。

夏明朗嘿嘿笑著說哪能啊，那是您心疼我。

謝嵩陽開了副駕駛座的門說上來，夏明朗垂頭鑽了進去，一邊鑽還一邊嚷嚷說我這月的黨費可交了啊！謝嵩陽也不動氣，指著醫院大樓說情況怎麼樣？

疼痛忍耐畢竟是個大課目，又涉嫌一點不那麼光明正大的性質，謝嵩陽身為政委對此表示關心也是正常的。而且這也是初訓結業之前最後一個大課目，就像是一批原鑽如今磨到了最後一面角，老謝再莊重的性子也按捺不住想提前看看火頭。

「還行吧！」夏明朗抽出一根菸來在菸盒上敲了敲。

「怎麼又是還行？我剛剛問過了，兩個A+剩下的全是A，這麼好的戰士你怎麼就一點不興奮？而且放全面了看，那個陸臻是刺兒頭了一點，可是徐知著真是一把好槍啊！前幾年你從黃老二手裏搶到陳默的時候那開心的，差點請全基地人吃晚飯。」

「成熟了嘛！」夏明朗嘻笑。

「是啊，是成熟了！」謝嵩陽感慨：「前些年我和老嚴兩副轡頭就怕拉不住你這匹野馬，現在我們兩個掄鞭子，你要不想動連一步都不挪。你說你什麼時候能跟領導保持點一致性啊，夏明朗同志。」

「我要能總跟領導保持一致，那我不就成領導了嗎。」夏明朗笑得眼角微彎，漆黑的瞳仁閃閃發亮。

謝嵩陽嘆氣，伸手擼著夏明朗的刺硬的頭髮，沒法子，最得意的兵，最長臉的下屬，鬧什麼彆扭都是可愛的，就跟自己兒子一樣。

「我知道你怎麼想的！」謝嵩陽沉聲。

夏明朗詫異地轉過頭。

「你就想趁你跟他們還不熟，趁你還沒上心，能折騰趕著折騰了，能打發的都打發了……別將來有個什麼萬一、一萬的，再讓你傷心。」

「我不是……」

「你這樣不好，明朗。對，我不是你們戰鬥部門出來的，我也不能說我都懂，可是你這樣先在主觀上給他們判上死刑，全讓他們自己爬出來，這樣不利於激發戰士的潛力……」

「我沒。」

「我知道朝輝就這麼走了，你心理上受不了，可是那真不是你的責任……」

「我沒有！政委，真不是這樣。您看那邊……」夏明朗指著窗外一中隊宿舍那個方向，「就我自己那一塊，百八十號人在我心裏住著，我這心就算再大，分到每個人頭上也就那麼丁點了。說句不好聽的，就當我能活一百歲吧，走了一個我分個一兩年惦念著也到頂了。可是我這麼點小傷心算什麼呀。你看啊，我們就說陸臻吧，獨子，那書念的，多好啊，爸媽能不寶貝嗎？就只生這麼一個兒子，您能不當個寶似的？我是怕交代不過去呀！」

謝嵩陽沉默了一會兒，又從襯衫口袋裏摸出一包菸來塞到夏明朗手裏，夏明朗觸手接到是軟的，再一看，鮮紅的中華殼子便笑了：「喲，您最近上檔次啊。」

「少給我貧，你嫂子給我寄的。」謝嵩陽發動車子開去辦公樓。

「嫂子真好。」夏明朗老實不客氣地把菸放進自己口袋裏。

「妒嫉啊？嫉妒自己找一個，到年底就三十了，連個女朋友都沒。你說你，越長越不出息了，剛來那會兒那聲勢，各色小女孩的信像雪片兒似的，搞得我和老嚴直嘀咕，心想這小伙子好是好，可是別在這作風上出問題……現在？難得有封信還是你妹寫的。」

「成熟了成熟了！」夏明朗抱著菸笑得一臉無賴。謝嵩陽拿他沒辦法，在辦公區把人給推了下去。

1.過度呼吸症候群/過度換氣症候群(Hyperventilation syndrome)：指急性焦慮引起的生理、心理反應，發作的時候患者會感到心跳加速、心悸、出汗，因為感覺不到呼吸而加快呼吸，導致二氧化碳不斷被排出而濃度過低，引起次發性的呼吸性鹼中毒等症狀。

2.烤麩：是用帶皮的麥子磨成麥麩麵粉，而後在水中搓揉篩洗而分離出來的麵筋，經發酵蒸熟製成的，呈海綿狀，坊間一般食品店均有售。如著名的海派四喜烤麩。

3

九月，按說是算秋天了，可是天還熱著，秋老虎熱得兇悍，陸臻還在埋頭凝神對抗那彷彿永遠沒有盡頭的訓練，夏明朗忽然冒出來呵呵笑著說一句：行了，結束了，剩下的人就算過關了。

如此輕飄飄的一句話讓陸臻完全沒有真實感覺，他轉頭茫然與徐知著對視從後者眼中也看到了濃濃的疑惑。初訓時有100多號人，開場就刷掉一半，之後陸陸續續有人離開，到最後走出試訓期的，只有區區21個，夏明朗搞了個小小的儀式恭喜大家劃時代的壯舉，因為這是第一次過關人數突破20大關。

過訓的21個學員有12人進入麒麟行動二隊，另外9個劃歸夏明朗名下，陸臻就是那九人之一，雖然相隔只是一道院牆，可是離情別意還是讓大家抱頭痛哭了一陣，好在徐知著與他同個隊，也算是聊以安慰。

最後分離的時候，大家都有些磨蹭，陸臻本以為方進站在旁邊看著會不耐煩，沒想到方小爺兇巴巴地走過來一人一記重拳：「丫挺的，過去了給我骨頭收緊點，別砸了我方進的招牌。」

這話說得粗糙，可是方小爺圓溜溜的眼睛裏亮得有銳光，像是覆了一層水膜，唬得誰都不敢反抗。

宿舍換了大間的，比原來大了一倍有餘，才兩個人住，空間寬敞，書桌、衣櫃俱全，還有獨立的浴室，連陸臻都嘖舌於基地的硬體待遇。分配宿舍的肖准指靠牆的那張空床對他們說：「趕上了，這是咱們中隊目前唯二的兩張有紀念意義的床之一，誰要？」

有紀念意義的意思是，曾經有過某個應該會被豎紀念碑的人曾經睡在過這上面。

「那另外一張呢？」陸臻問。

肖准說：「隊長睡過。」

「我睡！」陸臻斬釘截鐵。

早先被搜走的東西又都原封不動地還了回來，手機、PDA、筆記電腦、PSP一個都不少，空放了這麼久，電池全耗光了。陸臻把宿舍裏所有的接線板都插上了充電。充好電再開機陸臻才發現他名下所有的電子產品從記憶體硬碟到歷史紀錄全讓人給翻了個遍，下手的那位雖然行事乾淨俐落，可是無奈陸臻是這行的祖宗，自編小程式巧妙地記錄了這一切。

陸臻嘆氣，心想還好小生精明強幹，事先把整個電腦硬碟打包刻盤寄回家裏備份，帶過來的本子乾淨純潔真是比陽春白雪還陽春白雪。可嘆的是他幾個月前搗亂這事兒時還心中頗有小愧，只覺得自己小人長戚戚，信不過兄弟戰友君子坦蕩蕩……可是現在？

陸臻撇撇嘴，你不得不說人品這玩意兒是沒有下限的。

搬完了行李領裝備，陸臻與徐知著一行人多人成行地跟著陳默走。陸臻對於領裝備這麼點小事居然要驚動陳默這尊冷面殺神頗為不解，可是進了倉庫之後再走幾步就了悟了，陳默領著他們直奔地下室。陸臻一路往下走，數著臺階輕扣牆上的水泥。陳默頭也不回地說出陸臻心中的懷疑：戰略級防護，可以抵擋中型氫彈。

陸臻一愣，後背竄起一道涼氣。

臺階下到底是戰防級的甬道，陸臻看著牆上冷冷的螢光陡然有了一種血液燃爆的錯覺，他與徐知著對視一眼，彼此從對方眼中看到燃燒的興奮，好像一腳踏出，終於進入了全新的領域。

裝備庫的主管是個中尉，名字叫歐陽斌，陸臻看著他胸前的名牌意識到這是他在麒麟看到的第一個具有真實身分的人，除了那四個雷打不動的教官，之前他遇到的所有人都不知身分。而事實上他們的活動範圍一直被巧妙地控制在某一個區域，即使已經在這裏訓練了四個月，他們對這塊土地仍然一無所知。

陸臻暗暗嘆氣。

要領的裝備很多，七零八碎像小山似的一大堆。

光是PLA作戰服就有四套，沙漠、叢林、城市、雪地以及配套的靴子，還有常服、作訓服、夏季的冬季的。小東西就更多了，指南針、多功能手錶、睡袋、各種各樣長長短短的繩子、藥品、盒子、口哨、空罐了，林林總總，不一而足。一個士官把分配好的小山推到他們面前，逐一講解，有些東西是非制式的，平凡無奇的外表之下有著巧妙的功能。

常規作戰服之外，陸臻還看到一套美軍陸戰隊的叢林迷彩，拿過來一翻才發現居然是仿的，陸臻頓時困惑不解。按理說美軍的單兵常規裝備市面流通，要搞一套不費吹灰之力，陸臻老家的櫃子裏就放著全套美軍軍服，當年一個老朋友回國帶給他的生日禮物。

歐陽斌看陸臻翻來覆去看個不停，笑道：「偶爾會用得著，這玩意兒全球通行，跟AK47同個屬性。」

「可是，仿的？」陸臻翻給歐陽斌看標識。

「是啊，畢竟正品還挺貴的不夠大路貨，這是專門從南邊黑市上收來的。」歐陽斌笑得意味深長，「有時候假的比真貨更真。」

「一切為了實戰。」陸臻小聲說，他是聰明人，一點即透。

一切為了實戰！

這句話在他的老部隊流傳了很多年，從軍長到普通一兵都將此話奉為珍寶供上神壇，可是供上去了，就好像再也拿不下來似的，高高在上。生平第一次，陸臻清晰地感覺到這句話的存在，想不到竟是在一件如此普通的衣服上。

「是的，」歐陽斌笑得很溫和，「不過，在我們這裏，我們更習慣的說法是：這就是實戰。」

陸臻頓時動容。

領完裝備，一行人背著比自己人還大的背包去領槍械，徐知著指著一個穿士官服的中年人對陸臻說：「你看那邊？！」

陸臻定睛看過去，視線凝聚在那人的肩章上，大驚，難道……這就是傳說中的六級士官？？據說六級士官的待遇約等於團級，然而這年頭團長常有而六級士官不常有，反正陸臻從軍這幾年一個都沒見過。

陳默領著他們走過去給老士官遞了包檳榔，恭恭敬敬地叫了一聲段叔。

全場震驚。

後來陸臻才知道此人姓段名澤宜，跟著56槍族一起出生，參與過八一槓的定型，就連嚴大頭看到他都要客客氣氣地叫聲老哥。

段澤宜樂呵呵笑得慈眉善目地拍拍陳默的肩膀，嗔怪：「哎呀，你看你這孩子，抬頭不見低頭見的，還老送我東西，知道我不抽菸……還，嘖嘖。」

孩……孩子？？

堅忍如徐知著，嘴角也抽搐了幾下。

領槍是一個一個來的，問完習慣、喜好再看形捏骨，段澤宜握到陸臻的左手時咦了一聲：「左撇子啊？」

這也能摸出來？

陸臻匪夷所思地點了點頭：「不過我用右手開槍。」

「唔，別浪費了，等著。」段澤宜從後面庫房裏給陸臻拿出來一把黑星92，「這槍我改過，更適合雙手雙能。95步要改雙手動靜太大了，我怕改不好。」

段澤宜手中握著烏黑的兇器笑眯眯有如彌勒，那雙手並不太粗糙，指節細長手掌寬厚，掌紋中浸泅了深色的機油。陸臻忙不迭地點頭道謝。不一會兒，徐知著領了他的裝備向陸臻獻寶，興奮的狂喜：「手工槍管！！」

每個人都有自己的心頭寶，對雪茄客來說Cohiba的限量版是他們的夢想，有人用幾百萬裝音響，有人花幾千萬買飛機，而對一個槍手來說，手工定型的重型精確槍管是至高的夢想。陸臻很能理解徐知著的幸福感。

段澤宜發完槍心情愉快，小朋友們乖巧懂事，一口一聲段叔叫得他心花怒放，樂呵呵地對著陳默說：「小默，回去把你的傢伙什放開來讓他們開開眼！」

陳默略一皺眉，回去還是領著他們去一中隊的槍房開了自己的櫃子，嘩的一聲，陸臻聽到身邊響起激烈的心跳聲。

雖然所有的軍人都免不了拿槍的時刻，卻不是每一個軍人都夠格做槍手，不過顯然陳默是。一道冷光掃過虹膜，輕輕的啐嗒一聲，櫃門洞開，像阿里巴巴的寶藏。那槍櫃裏放著所有陳默名下的武器：AMR2 12.7mm反器械重狙，JS 7.62mm中遠端狙擊步槍，QBU-88小口徑常規狙擊槍，SSG69，巴雷特M82A2，SSG04，……

陳默指著最後兩杆槍說不是我的，然後垂手站到了一旁，雖然陳默沒做任何明顯的禁止，可是到底沒人敢伸手，一雙雙眼睛膠死在槍上，隔著空氣撫摸烏黑的金屬。那把QBU-88和剛剛徐知著那把一樣改過，雖然外形看來沒什麼變化，但是槍管換了材質加重冷鍛成型，兩腳架按在護木上不影響槍管。SSG69陸臻早就見特警隊有人用過，巴雷特也一直聽說有引進，真正讓他驚詫的是SSG04，這槍是SSG69換代版，04年剛剛定型出廠，上市還沒兩年，陸臻從來沒有見過實槍。

胸口有一些極其猛烈的東西在跳動，陸臻深吸了一口氣，忽然覺得是啊，值了……雖然夏明朗的態度惡劣，陳默的眼神很冷，但是這個地方，這群人，他們有權利苛刻地挑選隊友。

陸臻看到徐知著的視線凝聚有如子彈一般死死地盯著陳默旁邊那個槍櫃，那個櫃子上還沒有名字，陸臻知道他是想要在這裏擁有一個名字。

當天晚上整個中隊佔了食堂的場子灌酒歡迎新隊員，夏明朗淡淡一掃就看出來這些新兵蛋子的眼神中已經起了變化，亮家底果然還是有用的。氣氛很歡騰，老隊員在鄭楷老大的帶領之下也頗為熱情洋溢致了辭，可是一轉眼就能看出生疏，新老隊員各自紮著堆聊天喝酒，涇渭分明。

「得了，瞎忙。」夏明朗拉著鄭楷到身邊坐邊，夏明朗不喝酒，玻璃杯裏雪白晶瑩的，那是水。

「還是要讓他們快點融入環境。」鄭楷樂呵呵的。

「怎麼可能，把你扔姨姥姥家還得適應幾天呢！」夏明朗拿筷子吃菜，不自覺在人群裏找了一下陸臻，陸臻正在與徐知著聚一塊兒聊天，可是警覺性非常高，夏明朗視線剛到，他已經回頭用目光追了過來。

夏明朗微微有點窘，把杯子拿起來示意，陸臻不好意思不回禮，可是杯子裏只剩下薄薄的一層底，只能臨時抬手讓人再給續一點，偏偏撞上常濱那小子不開眼，酒要滿，茶要淺，等徐知著反應過來要攔，他已經滿滿灑灑地給陸臻倒了一玻璃杯。夏明朗看得心裏直樂，一仰頭乾盡杯中水，還特意把杯底亮了亮，表示他涓滴不剩。

一時之間整個場子裏都靜了下來，一雙雙眼睛盯緊了陸臻，有人幸災樂禍，有人無可奈何，有人心急如焚。

「哦，那個……當然啊，我現在也不是你的教官了，」夏明朗緩緩開口，「如果陸大才子……」

「哪兒的話！」陸臻平平舉杯，一口氣悶了下去。

「好，爽快！」方小爺跳到桌子上鼓掌，一不小心把桌子下面的酒瓶踢倒，咣當一聲脆響把全部試訓的九名新丁全嚇得跳了起來，一瞬間操好了武器，排出二二三三的戰鬥隊形。

夏明朗愣了一會兒，看著各人手上的碟子、椅子、筷子，徐知著的雙手按桌面上，恐怕只要再有一點風吹草動他能把整張桌子都掀起來砸到自己頭上。

「哎，何必呢，我說過了，以後大家就是兄弟了。」夏明朗的一顆玻璃心被擊碎，極為委屈，眸光纏綿間竟有幾分如泣如訴的脈脈含情，緩緩地掃過那些傷了他的心的士兵們，只可惜如此動人的眼神，連個聲響都沒砸出來。

其實那也沒辦法，誰讓他就從來沒說過真事呢？

方進終於忍不住，拍桌子笑倒，眾位老隊員一個個捧著肚子笑翻在地上打滾，氣氛一下子鬆懈下來，陸臻他們也終於確定這回真的是他們自己反應過激了。

「可是，您知道的，教官！我是不會因此向您道歉的。」陸臻剛要坐回去，冷不防看到夏明朗離席走過來，放鬆的身體又在瞬間繃緊，徐知著看到苗頭不對，連忙又把筷子放下了，站到陸臻身後。

「呵，沒事，沒關係！對了，怎麼還叫我教官呢？多生疏啊，從現在開始我就是你的隊長了。」夏明朗的笑容極為動人，眼睛極黑，燦然生輝。

陸臻心想如果他是第一次見到這人，一定會從那雙眼睛裏看到諸如善良、真誠、純正……等等美好的辭彙。只可惜現實總會把美好的幻象全擊破，陸臻叫了一聲隊長，然後萬分警惕地看著他。

一場尷尬很快過去，氣氛又熱烈了起來，隊員們拍桌子、喝酒、划拳、鬥嘴，喧囂一片。

夏明朗怕陸臻聽不清，又湊近了點，幾乎貼在他耳根上問：「剛剛喝了這麼多酒，沒事吧！」

「沒問題。」陸臻感覺到帶著淡淡菸味的呼吸從自己面前掃過去，微微皺了眉。

「呵！」夏明朗做驚嘆狀：「想不到你的酒量這麼好！」

陸臻一口氣悶下去差不多半斤高粱，臉上白得嚇人，一點血色都不見，只有眼眶裏一絲紅印。

「還好，一般。」陸臻笑得並不生硬，忽然壓低了嗓子問道：「你剛剛喝的那一杯，是23度的吧？」

夏明朗疑惑地眨了一下眼，轉而恍悟，可是卻臉皮很厚地點了點頭：「是啊，今天天氣不錯，不冷不熱的。」

徐知著聽得一頭霧水，困頓地左右掃過兩眼，看到夏明朗和陸臻都在笑，也就只能陪著嘿嘿笑了滿臉。

註：當天氣溫為23度。

4

夏明朗說，你們現在是自己人了，於是自己人就意味著……從今以後要用「我們」的標準來要求你們，於是訓練難度不降反升。

身為一名菜鳥，尤其是一隻驕傲的菜鳥，當你自己都能目之可及地看到自己與別人的巨大差距時，加班加點就成了不二的選擇。從根本上講，軍營是個極為單純、極為勢利的地方，這裏崇尚強者，只憑實力說話，而麒麟基地更是這種風氣的絕對擁護者，所以除了徐知著，其他新丁在合訓的時候根本得不到老隊員的一記正眼，即使陸臻肩上扛著兩槓一星也完全無濟於事。

陸臻本來以為過了初訓夏明朗對他們的態度會好一點，可是後來發現完全如故，而很快的他們在合訓中找到了平衡，因為夏明朗的惡劣有如基本屬性，絕不會因為你是新歡還是舊愛而有半點改變。在某次分組對抗，那個拽得二五八萬的格鬥天才方進因為隱蔽不力，被夏明朗挑出來一槍爆頭之後又補上九槍「鞭屍」……之後，陸臻與徐知著臉如土色地相信——

他們的隊長不是人！

陸臻一直覺得自己身體強健，但是進了麒麟之後成了瘦子娘兒們小身板，方進脫掉作訓服展示自己有如黑豹一般流暢緊實的肌肉，然後輕輕鬆鬆把比自己高半頭的陸臻掀倒在地。陸臻陡然發現自己之前那四個月的地獄生涯有如狗屁，或者真像夏明朗說的，不過是給你們上上發條拉拉體能，有什麼好得意、有什麼好抱怨的？

夏明朗在訓練的間隙歡樂的欣賞陸臻一次次倒地然後一次次爬起，身為高新技術人員陸臻不必有很強的攻擊與火力壓制能力，但是所有的儀器都不會輕，而且技術兵是戰場上的頭號清除對象，所以他必須要有足夠的能力自保。

「蘆柴棒，不經打！」方進瞥一眼倒在地上掙扎的陸臻：「長那麼高有什麼用？所以我瞧不起細高個。」

陸臻怒火攻心，跳起來指著不遠處的陳默說：「他比我還高還瘦！！」

陳默聽到點名扭頭看過來，陸臻後背一涼，完了。

方進大樂，唯恐天下不亂地招手：「來來，默默，跟這小子比劃比劃！」

陸臻全身繃緊，起手勢準備，陳默臉無表情地走過來，陸臻緊張地盯住他，腳下慢慢往後退，陳默忽然抬腿，一腳側踢已經大力踹過來。這招其實沒什麼特別，就是快，猝起發難，毫無徵兆。陸臻側身讓過抬手擋了一下，噌噌震開三步。還沒站穩，陳默擰身又是一腳踢過來。

鞭踢，加了腰部迴旋力，氣勢驚人，陸臻沒有重心做動作避無可避，不得已只能併起雙肘封擋，整個人飛出去三公尺開外，全身的骨頭架子嘩啦啦一節一節響過。

「還打嗎？」這是陳默的聲音。

陸臻趴在地上激烈地猶豫他是應該COS精武英雄跳起來說老子跟你不死不休呢？還是就此裝休克，不要Face好歹還有Body。

「現在打死就白養這麼大了！」夏明朗懶洋洋地插進來。

陸臻咬了咬牙，把自己像煎燒餅似的翻了個身，睜大眼睛只看到夏明朗笑眯眯的黑眼睛與陳默遠去的背影，然而那雙眼睛竟慢慢沉了下來，越來越近，漆黑的瞳孔中有流動的笑意與捉狹的玩味，陸臻後背上所有的寒毛都乍了起來，最後終於忍不住壓低聲音威脅：「你想幹嘛！」

夏明朗一愣，指著他笑得誇張：「搞什麼呀，這表情，就跟我要強了你一樣。」

陸臻的臉色唰的一下就變了，一拍地面就想跳起來，夏明朗連忙按住他：「得得，好說好說，私人告訴你一個秘密，陳默剛來那時比你現在還不如。」

陸臻遲疑不定地盯著夏明朗，不知道自己是不是應該相信他。

「全靠他，」夏明朗指向方進，「所以我勸你，方小侯讓你幹什麼你就幹什麼，穩賺不賠的。」

而方進的決定是——紮馬步！

陸臻本想說我靠，真的假的？這裏是少林寺嗎？方進瞪了他一眼說你重心太高，下盤虛浮，力量不足，腰臀虛空。

前面那些個詞還好，最後那個四字短語直接打擊得陸臻雙眼瞪圓小臉飆紅，無奈，每天一小時高樁馬步衝拳先練著，一組一組又一組，累不說，佔用了別的科目的時間不說，最刻骨的是那種無聊，這些日子恨不能把一秒掰成一分鐘來花，陡然開始無所事事的幹這種枯燥的機械勞動，這感覺真是壓抑得讓人發瘋。萬般無奈之下陸臻只能帶著PSP去紮馬步，聽歌、聽外語，好歹給自己找點事幹。結果越聽越是心浮氣躁，後來讓方進發現了，一巴掌呼了他一跟斗。

方小侯瞪著眼睛吼道：「樁功懂不？？什麼叫樁功？內練精氣神，外練筋骨皮，你要專心！！！」

PSP就此被收繳，陸臻從此只能照著方進說的呼吸法則幹練。

有一次夏明朗路過參觀他，背著槍抱著冰涼的綠豆湯，笑瞇瞇地看著他說：「紮著吶！」

陸臻只能面無表情地乾笑說：「一起嗎？」

不得不承認此妖在這地界上人脈過硬，上食堂吃飯再晚都有肉，而且時時有宵夜送，要不是食堂的師傅實在是長相厚道老實，而且風聞小孩都上小學了，陸臻都懷疑這兩人有姦情。

夏明朗搖頭說：「不好不好。」

陸臻嘴角一抽，說：「那聊天兒嗎？」

夏明朗繼續搖頭：「不好不好。」

陸臻狂躁了：「能滾嗎？」

夏明朗微笑，盤腿在他面前坐下，就著絲絲冰爽的白霧喝得幸福而滿足，陸臻開始還怒氣沖天地瞪著他，瞪了半晌忽然覺得自己超沒意思，再過一會兒，終於，也笑了，他挑了挑下巴問：「分點兒？！」

夏明朗眉頭一跳，仰脖子把杯子裏最後一點湯汁喝光，亮給他看：「沒了！」

完全意料之中，陸臻眉彎眼笑一點也不動氣，夏明朗站起來拍拍屁股走人，陸臻呼一口氣，給自己豎起大拇指。是的，跟這種人生氣最犯不著了！陸臻得意洋洋，完全沒意識他的那些桀驁的銳骨、文士派的氣節就在這來來往往無厘頭的拉鋸中被磨得粉碎。

各科目的新隊員們已經分開跟訓了，突擊手、狙擊手、爆破手……各找各碼，陸臻雖然學歷過人佔據理論前沿，然而戰時特種操作畢竟是全新的體驗，任憑他再聰明的腦子、再靈活的手指上手也艱難，套一句時下流行的網路用語，那就是——

砍掉重練！！

至於徐知著那邊就更別提了，光光一個運動影像就練了一禮拜。

知道什麼叫運動影像嗎？徐知著紅著眼睛向陸臻解釋，因為人的本能，視線會去跟隨運動的物體，但是對狙擊手來說，只有目標是唯一的注意點，所以要練習如何專注在運動物體的突然干擾中專注於靜止的目標。這種事違背本能，聽起來容易練起來難，陸臻看著徐知著毅然決然的模樣也覺得自己那點事，真他媽的不叫事。

但是練得太狠了總是會出事的，終於有天隊裏一個狙擊手嚴炎跑過來通知他去醫院，徐知著昏迷了。

陸臻大驚，路上攔了一輛車直奔基地醫院，剛衝進急救中心就看到夏明朗在走廊上訓陳默：「你怎麼能讓他待這麼久？？那地方連我都撐不到兩天，你以為他是你嗎？？」

陸臻來不及收腳，夏明朗已經看到了他，視線交錯，漆黑的雙目凜然生威，陸臻沒見他真的發過火，一時間竟被定在那裏，夏明朗眨一下眼睛，再睜開時情緒已經和緩了，揮手拍了拍陳默說：「先回去，寫份報告給我。」

陳默一聲不吭地立正敬禮，180度轉身，陸臻下意識地往旁邊讓開，給陳默留出一條空曠的通道。

「怎麼回事？」陸臻走過去問。

「靜寂態太久了，神經受不了，小唐已經給他用過藥了。」夏明朗皺眉。

「我能做什麼？」陸臻知道優秀的狙擊手為了培養對抗寂靜的潛伏能力，會把自己關在沒有光線和聲音的房間裏訓練，但是這種環境不能待久，否則很容易會出現精神錯亂與幻覺。

「陪著他，醒了跟他多聊天，這幾天他食慾不會好，同時關心一下他的情緒。」

「好的。」陸臻站在夏明朗身邊隔著玻璃窗看著裏面的徐知著，原本偏深的膚色在燈光下顯得有些蒼白，才幾天不見忽然就瘦了。徐知著那張臉上一向有肉，之前練得再累時也沒減掉過，圓臉，有點包，沖淡了那雙漂亮眼睛給人帶來的凜厲與豔色，顯得厚道、單純。陸臻曾經開玩笑說徐知著應該去減個肥，然後就是他老媽眼中的標準電眼美男，可以去參加當前如火如荼的加油好男兒，嫠得他們滿地找牙。為這話徐知著追著他滿寢室打，說他老媽也說了，臉上有肉說明咱人地道，男人又不靠臉吃飯……

怎麼忽然就瘦成這樣了！陸臻覺得有點心酸自責，平時都他抓著徐知著BLABLA，成堆的抱怨、想法、看法，徐知著從來不抱怨什麼。

「他太拼命了。」陸臻小聲說。

「他太想得到成功。」夏明朗目色深沉，陸臻卻恍然有種錯覺，這個在他面前從來都不可一世的男人看起來有些疲憊。

「想成功不好嗎？」陸臻反駁。

「為此焦慮就不好。」

「可是有誰會不焦慮？你嗎？你能嗎？」

夏明朗看了他一會兒，忽然笑了：「本來想，對領導這麼不尊敬，你應該現在去操場上跑十圈，可是呢，你要是跑了，這小子就沒別人看了，我琢磨著這小子也沒有別的相好，你這帳，我就先記下了。」

陸臻被他嘔得喉頭一口鮮血，只能面無表情地深呼吸說：「謝謝啊！」

人都是練出來的，比如說人渣見多了，總是會產生耐受性的。

唐起忙完了出來向夏明朗點點頭說應該沒大礙，夏明朗放下心把陸臻甩下跟唐起先走了，陸臻看著那兩道背影，視線裏只剩下四個大字：狼狽為奸。

基地醫院條件不錯，有水果、有熱水，陸臻守到徐知著醒了，一邊拉開話匣子數落一邊給他削蘋果。徐知著聽了一陣終於毛了，怒氣沖沖地叫起來：「行了夠了，有好日子不過我自虐嗎？」

陸臻一愣。

「陸臻，不是誰都像你這樣不愁的，反正你在這兒過得不高興，換個地方照樣挺好。我沒有，我沒選擇你懂嗎？」徐知著眉梢一擰，血液裏那種千錘百鍊而得的狙擊手的殺氣凝在瞳孔裏。

陸臻張了張嘴，不知道說什麼。徐知著已經先軟了，垂下頭說：「我操，心情不好，別當真。」

「沒沒……沒關係，是我不好，我沒能理解你。」陸臻結結巴巴地說。

徐知著倒笑了：「你幹嘛要理解我？」

「不會啊，我們是好兄弟嘛，好戰友、好兄弟，當然要彼此理解，彼此挺的。要不然，還要個兄弟有什麼用？」陸臻加快幾刀，把削好的蘋果遞過去。

徐知著沒吭聲，只是啃起蘋果來的樣子很溫柔。

第四章 做我兄弟

春秋兩季是主要的常規演習時節，大部分都是軍區考核的性質，以師團為單位，考核小範圍野戰的能力。而藍方這邊的基本戰術也已經非常成熟，以特種尖刀分組滲透，指引空中力量和炮團定點打擊，玩的就是個快準狠的功夫，很有一點仗著先進武器瞧不起人的意思。

可是沒辦法，誰讓咱們國家的實力相對弱呢？

麒麟幹的就是友軍的工作，高、精、尖，和A國佬一般無二的可惡和不招人待見。

陸臻他們的運氣好，加入隊裏還不到一個月就迎來一次演習任務，響噹噹的國慶獻禮活動，規模搞得不算小可是到底還是常規賽。這種演習老隊員們都已經打麻木了，可是新人到底不一樣，陸臻還好點，徐知著興奮得差點一夜沒睡，大清早的站在停機坪上的新兵蛋子們都有點激動過頭的黑眼圈，反觀老兵，一個個抱著槍輕鬆地聊著天，不屑的、好笑的、旁觀的神氣從舉手投足之間透出來，真是想藏都藏不住。

於是，新隊員們都感覺到了那種輕飄飄的視線，悶聲不吭地低頭攥緊了槍，陸臻看到徐知著衝他擠眉弄眼地招手。

「哎，知道不？聽說等會兒演習的時候是一舊帶一新。」徐知著看陸臻走近。

「嗯！」陸臻沒打聽過，不過想想，應該也就是這麼回事。

徐知著按著陸臻的脖子湊近神秘兮兮地壓低了聲：「所以，知道不，兄弟我剛剛去求了鄭楷大哥，他答應等會兒帶著我。」

「唔，那不錯啊！」陸臻道。鄭楷兇歸兇，黑臉歸黑臉，人品是沒得說，水準更加沒得說。

「所以啊，你也趕緊的找個老隊員套近乎，怎麼說也得挑個牛點的，多學點東西不說，演習的時候就不容易掛啊，對吧，趕緊的，動作起來……」

陸臻想想也有理，站直了身體四處看，新舊配長短接合，陸臻的目光流連在陳默身上，冷面殺神雖然很冷面、很殺神，但也同樣的，技術上沒話說。陸臻還在猶豫不決，夏明朗已經過來整隊了，簡單交代了一下注意事項，便開始分組。

一般來說，做生不如做熟，所以除了特別需要，大家都會有固定的分組，不過這次的任務有新人，夏明朗重新打散了人讓大家自己結對子，陸臻正打算抬腳，被夏明朗從背後兜上來攬住了肩膀：「你就跟著我吧。」

「呃？」陸臻不自覺警惕，連背都繃上了。

夏明朗頓感受傷：「怎麼了，我配不上你？」

「隊長！」陸臻無比真誠地說道，「我怕扯了您的後腿。」

「沒關係，我腿粗。」

夏明朗拍拍他肩膀，留下陸臻目瞪口呆地傻愣在背後。

一聲哨響，全員登機。

鄭楷按慣例坐在夏明朗旁邊，看到對面的陸臻明顯不安，忍不住打聽：「你又把他怎麼了？」

「沒什麼，他神經過敏。」夏明朗道。

鄭楷沈默了一會兒，感慨：「也不能怪他啊！」

夏明朗極為無辜地看了鄭楷一眼：「老鄭，連你都這麼看我？」

鄭楷嘿嘿一笑。

夏明朗一下子笑出來：「行行，你夠狠。」說完閉了眼，靠了個比較舒服的位置養神。

陸臻一直等到夏明朗閉上眼睛才覺得安心，無聊地左右看了看，有種難以言喻的滋味在心頭化開，一些期待，一些忐忑，一些惶恐，像是初戀的少年要去約會夢中的情人。

飛機直接把他們帶到了演習區周邊，低空繩降，陸臻目送一組組的隊友跳出艙門，輪到他自己的時候深吸了一口氣，手套摩擦在尼龍繩上，嚓嚓作響。

陸臻先下，夏明朗落地的時候看到陸臻趴在地上，忍不住上前踹了一腳：「戰術陣形，別以為演習還沒開始。」

陸臻應了一聲，握著腳踝站了起來。

低空繩降，地面上雜草橫生，他的運氣不好，落地時踩到一塊碎石，腳踝扭轉，劇痛鑽心。

夏明朗垂眸看了一下地面，乾脆俐落地說了一個字：「走！」

直升機的轟鳴在頭頂遠去，陸臻咬了咬牙，追上去。

腳沒斷，陸臻在快速的奔跑中感受來自腳踝的痛，沒有脫位。

拉傷？扭傷？

跑起來之後倒也沒那麼痛了。

進入演習區，夏明朗和陸臻開始交叉掩護著前進，雖然這樣的邊緣地帶按理說不會有什麼紅軍偵察潛伏，但有些技術動作在訓練日久之後已經化為了身體的本能，而且在長距離行軍中，跑跑停停是最能保持體力和身體興奮度的選擇。

兩個小時之後所有的卡位進入預定區域，陸臻聽到耳機裏一聲聲報告，夏明朗從腳袋裏掏出作戰地圖，描點畫線，一張陰森的網悄然無聲地張開。

「過來看著，注意警戒。」夏明朗道。

他同時下了兩個命令，但是並不矛盾，一個合格的特種兵，就應該能一心二用。

陸臻一邊留意四周的環境，一邊默記整個地圖上的圈點勾畫，作戰方案在出發之前已經沙盤推演過一次，但是理論與現實總有偏差，正式進入卡位之後，一些點離開了既定的位置。

「嗯！」陸臻衝夏明朗點頭。

「全記住了？」夏明朗問道。

「記住了。」

「很好！」夏明朗把地圖折起來拍到陸臻胸口：「接下來你帶路。」

「是！」

陸臻拔腿就要走，卻被夏明朗一把拉下：「急什麼?演習還有一個小時才正式開始，別說我們佔便宜，休息一下。」

「哦！」陸臻端著槍坐下來，豎起耳朵分辨風聲裏每一點細微的聲音。

「腳怎麼樣了？」夏明朗問道。

「哦……還好，沒事。」

「我看看！」夏明朗伸手。

陸臻一時錯愕，夏明朗已經把他的腳踝抓到手裏，解開軍靴的鞋帶。

「還可以！」夏明朗在紅腫的地方按捏幾下，從腿袋裏抽出一支長條形的醫用塑膠瓶，他抬頭平靜地看了陸臻一眼：「痛也別叫出聲來。」

「明白。」陸臻咬牙，一臉的毅然決然。

夏明朗輕笑了一聲，在虎口抹上藥搓熱，按到陸臻腳踝。

出乎意料的，不痛！至少，絕不是會讓陸臻忍不住叫出聲的疼痛，陸臻睜大眼睛詫異地看過去，又像是忽然想通了似的，自嘲地笑一下。

「沒感覺？」夏明朗看他神色。

「還好。」陸臻如實地回答。

「那就好，」夏明朗鬆了口氣，「沒傷筋動骨。」

陸臻眨了眨眼：「隊長，你剛剛讓我別叫出聲……。」

「嗯，我怕你傷到肌腱，那就痛了。」夏明朗把手上的藥揉進陸臻的皮膚裏，撕了一大張膠布包住腳踝：「行了，以後有傷要即時處理。」

陸臻默默地收回腳去自己穿鞋。

人有時候還真是犯賤啊，陸臻心想，被這混蛋耍習慣了，難得的一次真誠以對，居然能感動成這樣子？

晚上六點，演習正式開始。

陸臻按預定路線領隊搜索，在整個演習區，無數個像他這樣的黑色小點，在一絲不苟地按照事先畫好的軌跡運行著。

「隊長，不打嗎？」

陸臻目送第二隊紅軍的移動哨離開視野，不可否認，他有蠢蠢欲動的渴望。

這麼近的距離不用開耳機，夏明朗摸著槍口：「我挑食。」

「那我們現在幹什麼？」

「等天再黑點，摸到他們營部去。」夏明朗伏低在草叢裏，不說不動的時候就算是他親媽站在他面前，也別想認出自己的親兒子。

陸臻把所有壓在喉頭的話都嚥下腹中，乖乖地等待。

曠野寂靜，天空中有明亮的星辰，耳邊有清風怡然，看起來似乎是很美好，待久了就完全不是那麼一回事了，其實在自己家的美好被窩裏一動也不動趴上兩個小時，也是種折磨，更何況還有可惡的蚊蟲，那嗡嗡的叫聲讓陸臻備感煩躁，心想索性讓你咬幾口也就算了。

天色黑透，夏明朗伏在山脊上用望遠鏡往下看，灌木叢有不正常的晃動，又一隊巡邏的士兵走過去。演習已經開始，耳機裏有分組在報告，一些地方已經動上手了。夏明朗把手掌往下一壓，兩個人影無聲無息地從灌木叢中滑行而過。

分辨樹枝不正常折斷的痕跡，毫無聲息地搜索與潛行，這些科目在試訓已經練過無數次，可是陸臻仍然覺得驚嘆，因為沒想過原來有人可以做到如此行雲一般的流暢。夏明朗領著陸臻接近到一定的範圍，暗卡明哨增多，無法再向前，不過憑藉地面上的履帶車痕也足夠判斷出紅方的軍事規模以及營部的大概位置，夏明朗把經緯座標系傳給藍方的炮團，半個小時之後火炮從天而降，標記戰損的白石灰濺得一天一地。

「這簡直就是屠殺。」陸臻輕聲道，他與夏明朗一槍未發，已經重創一個重裝營。

「你覺得不公平？」夏明朗道。

「難道公平？」陸臻反問。

「哦，那要不要向演習指揮部投訴？」夏明朗轉過頭，墨綠的油彩塗了滿臉，只剩下一雙眼睛幽幽然發著光。

「不用。」

「哦？」夏明朗詫異，「那說說為什麼？」

「不對等戰爭，要的就是不對等。」陸臻有點心酸。

黑暗中只有一張模糊的臉，可是陸臻莫名其妙地感覺夏明朗在笑，但是夏明朗馬上給了他一個短促的指令：「轉移了，跟上去。」

「隊長，你認為他們會去哪裏？」陸臻在奔跑中壓低了聲音用電臺交流。

「你說呢？」夏明朗在一個隱蔽點停下，警戒前方。

「夫子果真循循然善誘人。」陸臻越過他，進入下一個物色好的隱蔽點。

「那就滿足我啊！」

「初步估計戰損三比一，目前兩個選擇，留下來繼續牽制，或者向附近營團轉移，不過我無法確定判斷。」

「你覺得哪個選擇對我們更有利？」

「我方要求，速戰速決，集中打擊其指揮樞紐，所以轉移對我們更有利。」

陸臻沒聽到回音，等了一會兒，有點遲疑：「隊長，有什麼問題嗎？」

「沒有，很好，完畢。」夏明朗道。

紅方顯然並不打算讓人如意，依託地利，重新建立陣地，死守一方要害。

「繼續炸？」

摸清了經緯座標，陸臻卻看到夏明朗在猶豫。

「你看地形，火炮打不進去，剛才那麼一打，我們的陣地也都暴露了，暫時發動不了第二次進攻。」

夏明朗開了通話器向藍方總指揮報告情況，陸臻攤開地圖坐在地上，若有所思。

「想什麼呢？」夏明朗敲陸臻的頭盔。

「我在想，紅方要怎麼樣才能贏。」

天色微明，陸臻這一次倒是真真正正看到了夏明朗嘴角微彎，在笑。

「說來聽聽。」夏明朗在他身邊坐下，一邊拿著望遠鏡觀察地形，一邊拿出壓縮餅乾來吃。

「你很閒？」

「指揮部決定先守著，壓了半個營的人在裏面，有點危險。」

陸臻放心了一些，也拿出餅乾來啃，猛咬了幾口混水吞下去，一頓飯吃得比眨眼還快，夏明朗笑，拖長了聲調說道：「慢慢吃，別噎著。」

陸臻臉上一白，哼了一聲：「習慣了。」

「說吧，如果你是紅方，這仗怎麼打？」

「輸定了！」陸臻咬牙，字字含血。

「哦？」夏明朗挑眉。

「藍方連指揮所都不在演習區域內，主要利用遠距離打擊，我是真的想不到紅軍還怎麼贏。」陸臻氣憤。

「嗨，不知道的還以為你是紅軍臥底。」夏明朗笑道。

「小生的胸口永遠跳動著一顆紅心。」

「還是覺得不公平？」夏明朗看著大山對面，每一次演習結束，嚴隊的參謀接電話都會接得手斷，各路大神過來罵街的紛紛不絕，氣不過，因為實在太不公平。

可是……

「這世界本來就不公平。」陸臻道。

夏明朗忽然也覺得有點心酸。

「不過我能理解！」陸臻說。

「你能理解？」夏明朗看著他，意味深長，「不，你還不能理解！」

我們是在槍林彈雨中學會的敏捷，我們是在生死之際學會的捨得，我們是看著戰友的屍體、流著血、走過真實的戰場……才完成的成長，你還沒有經歷過那些，你還不懂。

「我能，能理解啊！」陸臻很是錯愕，忽然警惕這是否又是一次夏明朗居高臨下的挑釁，他想到了那個還沾著發財口水的饅頭，神情變得更加的嚴肅了起來，「你看，我國目前在百年之內，對外用兵都會非常謹慎。」

陸臻注意看了一下夏明朗的神色，隔著厚厚的油彩，夏明朗面無表情，於是略有失望。他於是繼續說下去：「所以目前軍備的重點是戰略防禦，而不是進攻，而唯一有可能襲入到本土的作戰模式，就是如此，這是完全實戰化的演習，要的就是這種不公平的效果。」

「不錯！」夏明朗微微一笑，說得很對，但，不僅僅是如此。

這是個聰明的孩子，雖然之前有點刺兒頭，但從他過訓後沒有鬧去上級軍委告他們違規亂紀，而是乖乖留下發展，也就能看出他之前的離奇表現說穿了也就是一種彆扭。不過是年輕氣盛時一種固執的驕傲，即使服氣也不肯服輸，唯一的辦法就是證明自己比你要求的更強悍。

夏明朗以前沒遇上過陸臻這號文人，一時間讓他搞得有些狼狽。其實現在回想起來類似的事自己當年也不是沒幹過，看不慣哪個教官就跟他對著來，讓人跑50公里非得跑60，只是陸臻的行為比別人更徹底。

這算是知識分子的劣根性嗎？

夏明朗有些感慨，他們文化人萬事都喜歡畫出個道道來，理論先行。你合不上他的理，他就要硬生生搞出一整套來跟你對著幹，好像天下的道理能由他說出口，他就真的懂了。

其實，還早著呢！你懂的只是道理，那些道理，腦子裏知道應該不應該，但你並沒有真正感受過，所以你不會明白，這世上沒那麼多對與錯的道理，沒有那麼分明的應不應該，很多時候，我們有的只是不得不為與……犧牲。

好在這小子雖然熱愛空談但從不誤國。

夏明朗看著陸臻笑的很寬容，他伸手拍了拍陸臻的頭盔……小子，很希望能有機會帶著你真正去理解。

陸臻不明白夏明朗在笑什麼，他只覺得自己無論如何都笑不出來，他看著山谷深處驚恐地防禦著遠方不明方向敵人的紅方部隊，忽然有一種奇異的感覺，他覺得悲哀，越是贏得輕鬆卻覺得急躁和心疼，那絕不是一種會令人愉悅的感受。

即使是勝利。

「我們要怎樣才能贏？」陸臻看著夏明朗，很認真地問。

夏明朗聽到他在說我們，但同時他明白陸臻不是在指藍軍。

「你說呢？」夏明朗回答，卻仍然是個問句。

「最根本的永遠是國力，足夠強大就能不戰而屈人之兵，不過現在還差很遠。那麼當前最好的防禦是利用海空的力量禦敵於國門之外，可惜就連這個也做不到，所以只能依靠縱深來拖住敵人。但是像這樣被動挨打，永遠都不會贏，伊拉克是最好的例子。」陸臻的目光很銳利，初升的朝陽映在他的眼睛裏，瞳孔被染成了金色。

「我們不會贏，但是，也不會輸。」夏明朗的聲音低沉：「有沒有想過為什麼，在空軍和海軍如此發達的今天，陸軍仍然是最重要的軍種？」

陸臻迅速地陷入思考。

「因為只有陸軍才能真正控制一塊土地。」夏明朗指著山谷的方向：「他們不會贏，但也不會輸。戰爭到最後，還是人的較量，飛機和導彈可以把一切都毀滅，但是毀滅本身沒有意義，控制、重建，才是有意義的佔領。藍軍也有自己的致命缺陷，他們人員不足，而且越是高科技的東西越是脆弱，成本和消耗也越大。最好的防禦，永遠都不是戰爭，而是威懾。」

「另外，別把紅軍想得這麼弱，」夏明朗拿過地圖指給他看，「昨天那次炮火覆蓋之後，他們的回擊打散了我們不少火炮陣地，反應速度非常快，老紅軍也在進步，要給自己一點信心。」

夏明朗微笑著靠近，最後幾個字，挾著呼吸的熱力直接鑽到陸臻耳朵裏，陸臻有些彆扭地偏開頭，正看到夏明朗挑眉而笑。

陸臻瞬間覺得無措，一路到此，他用驕傲支撐自己，刻意地將自己與夏明朗劃出界限，以維持彼此之間的平等地位，可是現在夏明朗拉著他站到自己身邊回頭看，不過是換了個立場，角度與視野完全不同，心境與結論也徹底地起了變化。

陸臻有些無奈地發現他越來越能夠理解夏明朗，他想起父親說過的，一切的恐懼與失誤都源於無知，去理解、去感受……然後再判斷。

陸臻有些猶豫：我錯了嗎？

所以，應該要原諒他嗎？原諒他的無禮與傲慢？

或者，我有資格說原諒什麼，或者不原諒什麼嗎？

夏明朗忽然偏過頭，神色凝重，陸臻知道是指揮部又有新動作，半晌，他看到夏明朗笑得挑釁而誘惑，那雙眼睛在晨曦中閃閃發亮，像是懷著神秘寶藏的探險者。

「想跟我去打一架嗎？」他在問。

「哦！當然。」

陸臻握緊了手中的槍，滿懷期待。

方進組發現了一個油料補充點，不過有將近半個連的火力在守環形陣地，他估計著自己吃不下去，所以呼叫支援。

「那他們怎麼辦？」陸臻指著山凹裏的紅軍問夏明朗。

「沒問題，要是你守在這兒，一時半刻你也捨不得動彈。」夏明朗又一次把地圖扔給陸臻，「帶路吧。」

油料點的位置離得較遠，已經進入平原草場，直線距離接近40多公里，而且直線上還有一個比較大的山谷，陸臻還在猶豫路線，夏明朗在地圖上畫了一下：「這邊，走公路。」

「為什麼？」陸臻不解。

走公路容易被發現，而且路也繞得遠。

夏明朗眨一下眼：「為了搭順風車。」

運氣好的時候，就是擋也擋不住，原本只是想要截一輛後勤上的車來跑跑腿，沒想到一騎紅塵過來的居然是輛軍用吉普，陸臻從望遠鏡裏看到有槓有星，夏明朗卸下裝備：「隱蔽，幫我警戒。」

陸臻又從地上割了一把新草下來插在頭上，免得讓人認出來，昨晚用的草已經枯萎了。

陸臻在高處火力封鎖，夏明朗伏在路邊灌木叢裏等著，車子開到身前時他凌空躍了出去，一横肘打翻了旁邊的副駕駛，卡住駕駛員的脖子沉聲道：「停車。」

被他制住的是個少尉，繃著臉掙了幾下，猛然横打方向盤，夏明朗無奈，只能伸一腳出去猛踩剎車，少尉逮到機會抓起夏明朗的手臂剛想甩人，陸臻一槍將他頭上打出了紅煙。

啪的一下，像是氣球充氣到了最高點的爆裂，少尉被九五的子彈封住了嘴，怒火沖天地瞪著夏明朗，連手帶腳一起僵住。

「哎哎，你看著點車！」夏明朗幫他穩住方向盤。

「我死了！」少尉一字一頓地蹦出這三個字。

「他娘的！」夏明朗開了車門做勢欲踢，少尉居然也不怕，梗著脖子瞪回去，一副不死不休的樣子，夏明朗倒也拿他沒辦法。

旁邊的副駕駛哼了一聲，夏明朗眼明手快地先一步翻了他的白牌，那位仁兄一睜眼看到自己頭上冒紅煙，暴跳：「我操他奶奶的祖宗，哪個死不要臉缺德帶冒煙的趁老子睡覺的時候暗算我？」

夏明朗把車停到路邊，十分冷靜地回答：「是我。」

「你他媽的！」副駕駛一擼袖子就要單挑。

「你已經死了！」夏明朗指著他頭上的煙。

副駕駛愣了愣，吼：「老子做鬼也不放過你！」

鑑於此鬼實在過於生猛，夏明朗最後只能扯了根背包帶暫時將他捆牢，陸臻從山上滑下來，詫異：「你連死人都不放過？」

夏明朗做委屈狀：「是死人都不肯放過我。」

他把這兩人扛到路邊的草叢裏安頓好，通話器扔到少尉手裏：「槍號和編號我都報上去了，一個小時之後導演組會過來接你們走，人死了就安分點。」

少尉不屑地哼了一聲。

副駕駛側耳過去聽了一下，吼道：「你這麼罵他聽不見，老子幫你，他媽的鬼鬼祟祟見不得人的東西，淨會暗算人！」

夏明朗走了兩步只好折回去，蹲下去解他的膠鞋。

「你要幹嘛？」副駕駛警惕。

夏明朗脫了兩隻襪子揉成一團塞到他嘴裏，擦擦汗：「清靜了。」

可憐的副駕駛被自己的臭襪子薰得兩眼翻白，夏明朗按住少尉的肩膀：「你是個有原則的人吧？」

「你什麼意思？」少尉激動。

「那就好，你已經死了，別忘了！」夏明朗鄭重其事地拍他，揮刀割了幾把草蓋在他們身上。

陸臻依稀彷彿看到少尉同志轉過頭看著同伴一臉的猶豫不決，不過那神情一閃而過，因為他們已經搶了車離開。

趕到目的地，方進已經在等著了，陳默帶著黑子馬上就到，陸臻看著徐知著一陣驚訝，不自覺低聲說了一句：「徐子不是跟著楷哥混的嗎。」

通話器沒關，夏明朗道：「他倒是想呢，小侯爺欽點，他敢不從？」

陸臻苦笑：「說得跟強搶民女似的。」

結果被強搶的民女看到陸臻一臉的驚喜，美孜孜地湊到他身邊擼袖子，露出手腕上粘著的一小條白膠布：「我狙了六個，你幾個？」

陸臻探頭看到那上面一正一橫，挺沒底氣：「我一個。」

「嚇，怎麼會？你不是跟著隊長了嗎。」徐知著不信。

陸臻轉頭看夏明朗，壓低了嗓子小聲道：「人挑食，一般的小兵不屑打。」

夏明朗在他耳機裏竄出一聲：「陸臻，你是真的不知道雙流通訊器只有我這邊可以關通道嗎？」

陸臻傲然的：「隊長，君子坦蕩蕩，小人常戚戚。」

方進看到夏明朗眼皮一跳，有些莫名其妙。

天色蒼冥時分，陳默帶著黑子也殺到了，夏明朗當即決定馬上搶攻，第一是時間也等不及，其次如果等天全黑了，對方有重武器，坦克上的紅外夜視開起來，單兵裝備再先進也不能比。

然而對方顯然也是行家裏手，小型的環形陣地建得滴水不漏，四角都有重機槍手鉗制，方圓五百公尺之內只有一個勉強適合狙擊的制高點。陳默轉過頭看向徐知著，徐知著猜不出陳默是想自己守，還是想讓他守，一時躊躇，兩個人竟相對無言。倒是方小侯辦事爽快，一把推著陳默：「默默，靠你了。」

徐知著馬上附和，陳默收了槍先潛走。

夏明朗從望遠鏡裏仔細觀察，掌握哨兵換崗的時分一聲令下，五個人呈楔型的尖刀陣形竄過戰壕。小心潛伏，迅速地前進，隱蔽，夏明朗給手槍裝上消聲器，一個哨兵剛一探頭就被他一槍撂倒。

一個「啊」字才開了半口，方小候一把捂住他，兇氣騰騰地威脅。

死人無奈地閉上嘴。

五人小組潛入中心地帶，陳默忽然在耳機裏報告，10點、1點、4點鐘方向有敵方火力封鎖點，他們已經被發現，說話間，陳默手起槍落，已經打紅了一個輕機槍手。

交火，戰鬥一觸即發。

夏明朗與方進相視一眼，趁著對方的裝甲車還來不及反應，兩組人拆開分兩翼包抄。陸臻與徐知著則跟著夏明朗，陸臻在中間，夏明朗打尖刀，徐知著斷後保護。

陸臻忽然發現那些練了千萬遍的戰術動作完全是有道理的，那些訓練馴服了他的身體，讓他可以隨心所欲地跳躍與前進。而夏明朗的存在，則讓他驚嘆。

陸臻一向知道夏明朗很快很準，可是徐知著也很快，陳默更準，但仍然不一樣。

他早就見識過夏明朗的槍法，如鬼如神，不過現在是第一次，他與他並肩戰鬥。那是與在靶場完全不一樣的感覺，不光光是快和準，而是流暢，如臂引指。槍械在夏明朗的手上沒有任何機械感，他們是一體的，他的瞄準沒有任何停頓，他的射擊沒有任何先兆。

陸臻幾乎有種錯覺，在夏明朗的視線中始終有一條射擊的瞄準線，無論他是否有槍械在手，那條線永恆存在，有如實質，測風、糾偏仰角，這些東西不需要思考，是他的本能反應。

於是在戰場上，他唯一要做的僅僅是，當目標被他的瞄準線貫穿的瞬間，開槍！

他不需要瞄準，因為他時刻都在瞄準。

夏明朗牽制，方進給他的88通用機上了鏈彈盒強火力壓制，黑子在槍火的間隙中強力穿插，不遠處淡淡的火光一閃，夏明朗隨即送出去一枚煙霧槍榴彈，然後短促地下了命令：撤！

得手了。

演習用的高能炸藥當量十分可觀，雖然這個油料場地面隱蔽周密，不能利用大口徑高爆彈做遠距離狙擊引爆，但是只要能潛入找到在地下管道的走向，引爆高能炸藥，馬上就可以毀掉整個油料場。紅方軍隊身上的鐳射發射器頓時像出了故障一般頻頻紅閃，一團團或紅或黃的煙幕四下瀰散，硝煙味嗆得陸臻幾乎想要咳嗽。

紅方的指揮官顯然也是個玩兒命的，反正陣地已經不在了，索性衝出來刺刀見紅，拼著全滅要拿麒麟血祭旗。雙拳難敵四手，基地的鬼魂們再厲害，看到96型主戰坦克正面衝過來也只能四散逃命。

坦克手知道貪多嚼不爛，他先咬住的是黑子，高能機槍暴風雨似的掃過去，上天無路下地亦無門，黑子被空包彈打得爬都爬不起來，方進暴怒，還沒轉身就被夏明朗一聲斷喝給嚇住，扭頭狂奔。

陸臻本來打算按照守則裏寫的要求用之字型折回撤退，夏明朗一巴掌拍在他背上：「跑直線，快，迅速脫離。」

言猶在耳，陸臻已經看到夏明朗像箭一樣地疾馳而去，他與徐知著略一猶豫，也馬上學著夏明朗一樣地直線狂奔，往突襲前就看中的隱藏點衝過去。

96的機槍手非常的冷靜，而且估計是看準了方進和黑子是下手的人，所以目標明確幹掉了黑子就咬著方進去，方進兩條腿再快也跑不過履帶，機槍子彈呼嘯著從他身邊擦過，距離越來越近。

可是就在這暴雨似的槍聲中，一槍一槍均勻而密集的狙擊槍聲突兀地響起，一槍換一個地方，第一槍天線，第二槍潛望鏡，第三槍油箱，坦克手一時分辨不出狙擊手的方向只能馬上調轉車頭，用火力壓制陳默。

電光火石之間，陸臻看到夏明朗站定轉身，以臥姿射擊，夏明朗帶出來一把JS 12.7mm，陸臻還感慨過這麼背著也不嫌重，可是一瞬間的停頓，夏明朗已經換了槍，12.7mm的反器材狙擊子彈在600公尺外呼嘯而去，只一槍，96坦克就冒了煙。

方進死裏逃生，迅速地跑出了機槍的射距範圍。

夏明朗帶著陸臻和徐知著跳進之前看好的隱蔽點，打掉幾個衝在最前面的紅方士兵之後馬上掉頭又逃，幾次回擊，順利地逃回了叢林地區，消失在敵方的視距範圍內。

這次奇襲，他們打掉了紅軍在東路最重要的一個油料點，經導演組判定整個紅軍東南沿線的重裝營團都被迫停滯機動一天半。藍軍抓到機會長途奔襲，接連吃掉好幾塊紅色陣地。陸臻有點難受，那個油料點數人頭應該是準連級的防護，可是打到最後也只看到出動了三輛坦克。裝備太差了，陸臻總覺得對重裝師來說，一個排就得擁有三輛坦克。

藍軍兵精人少，易攻難守，主要的戰略方針是在局部地區以多攻少，力求全殲，而紅軍則主要是仗著人多車足死守陣地戰，雖然戰損比出來不太好看，可是該咬死的高地和陣點丟得並不多。

激戰幾日，戰區犬牙交錯，戰況一言難盡。

到後來紅軍的電子干擾連終於適應了戰爭狀態，開始顯著地發揮作用，大功率的干擾車開出來，把藍方的通訊網割得支離破碎，陸臻拼盡全力擴大調頻寬度但還是時時被阻斷。而紅軍的追蹤技術一下大漲，大批的偵察兵都追著無線電的發射點過去，麒麟的小組被抄了不少，剩下的人也都小心躲藏，不再像前兩天那麼從容。

仗打得不順，陸臻反而更開心了一些，還在估計著紅方用的是什麼型號的干擾車，尋思著回去要報批什麼樣的裝備，好好和他們幹一架。演習到了末期，各個軍團的作戰單位都已經暴露得差不多了，麒麟中隊的主要任務就是找指揮部。陸臻利用無線通訊頻道摸索大概的方向，終於在無數次被干擾引得團團轉之後摸到了師指揮所的邊上。

這裏是紅軍的核心地帶，指揮所的位置選得非常好，藍方的火炮陣地因為角度和距離的問題，炮火覆蓋有一定的死角，而如果空中呼叫導彈攻擊，雖然導彈的機動性能高，但是火力覆蓋面不強。畢竟不能把導彈當成是火炮那樣用，幾百個一起扔下去，把方圓一公里炸成焦土，這樣的敗家子，就連大財主家的軍隊也養活不起。

礙於強大的電磁偵察和干擾，陸臻用密碼飛快地報出了座標點之後馬上進入電磁靜默，和夏明朗一起潛伏在山梁上一個視線比較好的隱蔽地帶，等待各路小組的會合。

等待，又是等待……

陸臻發現其實整個演習就是80%的等待和20%的激戰，沒有中間狀態，這是一個全或無的模式，動如脫兔，靜若處子。

夏明朗似乎已經很習慣這種生活，他怡然自得地伏在一叢淺草中，一動也不動幾個小時。陸臻漸漸覺得背後有芒針在扎，他很不舒服，但是不敢動。

夏明朗像是有所感應，轉過頭來向他笑一下，他們之間的距離很近，足夠讓陸臻看清那張濃墨重彩的臉上嘴角彎起的弧度，陸臻微微點了點頭，表示感謝。

書上說，斯德哥爾摩症候群的必要條件有：

1、人質必須有真正感到綁匪（加害者）威脅到自己的存活。

2、在遭挾持過程中，人質必須體認出綁匪（加害者）略施小惠的舉動。

3、除了綁匪的單一看法之外，人質必須與所有其他觀點隔離（通常得不到外界的訊息）。

4、人質必須相信，要脫逃是不可能的。

陸臻自己盤算了一下，覺得他還是蠻符合的。

風聲沙沙過耳，戰火還未波及，這片山谷很寧靜，只有枝葉相碰撞的輕響。陸臻的視線一圈一圈由近到遠地巡視著身前的環境，忽然一團黑黃相間的斑斕長物破開了他的視野，陸臻頓時全身僵硬。

「別動，別動……」夏明朗顯然也發現了。

來敵有一個碩大的黑色的頭，鮮豔的黃棕色菱形斑覆蓋全身，牠顯然也對陸臻的存在很吃驚，驕傲地昂著頭，吻端微微往上翹起，尾尖上長著一枚尖長的鱗片。

陸臻不自覺咽了一口唾沫，喉頭發乾，心跳超速。

「你怕蛇？」夏明朗發現了他的緊張。

「有一點。」陸臻輕聲道，一條成年的尖吻蝮近在咫尺，是個人都會覺得緊張。

「哦。」夏明朗忽然揚手，一道暗色的流光激射出去，陸臻定睛再看時，一把小小的菱形銳刀把蛇頭牢牢地釘在了地上。尖吻蝮劇烈地扭動著身子，陸臻往側邊讓，躲開牠粗壯的尾巴，看著牠一圈圈把自己盤起來，盤絞，最終脫力地散開。

夏明朗抽動手心裏的魚線，飛刀串著蛇頭被緩緩收了回去。

「哦，這是國家二級瀕危保護動物。」陸臻舔了舔乾澀的唇。

「呃？」夏明朗手上一頓，苦笑道：「那怎麼辦？你不會舉報我吧？」

「我考慮一下。」陸臻說得很認真。

「唉，蛇死不能復生，別浪費。」夏明朗把蛇頭斬斷順勢剝皮。

陸臻用餘光看他動作，忍不住提醒：「你得把牠扔遠點，蛇是低等爬行類，神經中樞分布全身，你砍了牠的頭，牠也照樣能咬你。」

夏明朗用匕首尖挑著蛇皮把斷首撥遠，笑道：「謝謝啊。」

陸臻終於鬆了一口氣，看著那團花斑黃的東西咕噥：「這蛇和眼鏡王蛇是一家的，也是神經毒性，被牠咬上一口我們就得交代了。」

「我們一般叫牠白花蛇，不太常見，你算是運氣好。」

「運氣好……」陸臻望天，「這是蘄蛇，也算是很名貴的東西，柳宗元的《捕蛇者說》寫的就是它，黑質白章。觸草木，盡死。以囓人，無所禦者。」

「你對這東西倒是很瞭解。」夏明朗道。

陸臻愣了一下：「我有個朋友在國外研究神經毒素，跟著他學了一點。」

「專門研究蛇？」夏明朗好奇。

「不是，是各種神經毒素，他主要的研究對象是芋螺，就是那種很漂亮的小海螺。」陸臻轉過頭去看夏明朗，換了一個話題：「這蛇你打算怎麼辦？」

說話間，夏明朗已經把那條蛇剝皮去腹。

「吃了牠。」夏明朗齜牙，臉塗得黑，看起來牙特別的白。

「呃……」陸臻眨了眨眼。

夏明朗在蛇肉上抹了鹽，撕下一條來遞給陸臻：「嚐嚐看。」他的眼神很是挑逗。

陸臻接過來看也沒看就塞到嘴裏，牙齒試著磨了磨，有淡淡的鹹味，彈性十足。蛇肉的含水量大，纖維細膩，所以比起一般的肉類都要嫩得多，陸臻發現真的吃起來其實沒多少腥味，軟軟彈彈的，幾乎不像肉食。

「味道怎麼樣？」夏明朗笑道。

「還不錯。比沙鼠好吃。」陸臻如實評論。

夏明朗輕笑，把剩下的蛇肉分了一半給他。

那條蛇並不大，兩個人分食不一會兒就吃得只剩下骨頭架子，夏明朗挖了一個淺坑，把沾了血的草葉和皮骨都埋了進去。陸臻忍不住嘲諷他：「毀屍滅跡啊，隊長。」

「陸臻同志，你不能這麼說，你也吃了一半的肉，你現在是共犯。」夏明朗無比真誠。

陸臻登時無語。

那夜淩晨，麒麟集大半個中隊的力量蕩平了紅方的師指揮所，同時藍方重裝團全面反攻，令演習提前結束。

用特種兵去打陣地戰硬攻，這簡直是暴殄天物，戰損一落千丈，可是前方通訊不暢，交戰雙方強大的電磁干擾使得兩敗俱傷，硬攻是夏明朗唯一可以扭轉戰局的機會，錯過就不再回來，所以拼死也只能拿下。

贏得雖然不算爽，但慶功還是要慶，導演組專款買了十幾隻羊，篝火邊肉香四溢，而其中最誘人的莫過於夏明朗掌火的那一攤，香飄十里不絕。

一個二毛一拎著餐盒從紅軍那邊閒晃過來，站在火邊觀望。

「噫，我說，你們這幫子見不得人的東西，肉倒是烤得不錯啊，我說……」二毛一斜著眼看夏明朗。

「承蒙誇獎。」夏明朗忙得頭也不抬。

「嗯嗯，不錯不錯，」二毛一摸了摸鼻子，「那是什麼，啥時候在你們那兒混不下去了，來我營裏當司務長吧。」

夏明朗手上的刷子一停，把自己的肩章亮出來。

「真的，考慮一下。」二毛一轉過身，搖著自己的餐盒揚長而去，老遠地飄過來一句話：「聞起來真香啊。」

2

原本演習結束按例是要大放三天的，可是臨時有變，嚴隊一通電話打過去，一中隊一干人等在次日凌晨被拉上了直升機。

天色蒼冥，徐知著還沉浸在勝利的喜悅中遲遲不得脫身，拉著陸臻滔滔不絕地說著演習時遇上的驚險片段，陸臻在睡意昏沉中含糊地應了他幾句，忽然發現他對這場演習的印象模糊，所有的鮮明的場景都是靜止的停格，夏明朗塗滿藥膏的手，夏明朗伏地臥射時繃起的弧度，那把飛刀劃過草葉的流光，那種軟軟的彈彈的非食物的怪異口感。

陸臻舔了舔嘴唇，舌間還有昨天夜裏羊肉的鮮香。

昨夜大家圍著火坐成一圈，老隊員們用野餐飯盒裝著高粱四處灌酒，夏明朗逃得比兔子還快，被人追著跑了一程又一程，終於消失無蹤影。當時鄭楷看到他不以為然地撇嘴，笑著問他是不是很討厭隊長。徐知著搶著幫他回答了，怎麼會，尊敬還來不及呢。

陸臻於是沉默不語。

鄭楷攬著他的肩膀聲音平和，染了火光的暖意蔓延，陸臻第一次發現原來楷哥是這樣溫柔敦厚的人，然後便聽著他說是不是討厭他都無所謂，只是既然當了一中隊的人，就得習慣他的存在，要不然，你會很難過。

陸臻是聰明人，他即時反應過來，並且誠懇地點頭。

是的，夏明朗不是一個他可以選擇去討厭或者不討厭的對象，他是強悍的存在，你的喜好與他無關，他會自在地存在下去，對於這個人，只有適應。

陸臻睜開眼睛，視線斜移，夏明朗坐在駕駛室的門外，閉目而眠，即使是這樣的姿態仍然充滿侵略性，好像他隨時會睜開眼，隨時會彈起，隨時會攻擊。

陸臻不敢看太久，他知道夏明朗做任何動作之前都沒有徵兆，他親眼見過的。陸臻一直對他很好奇，不知道那種強大的殺傷力從何而來，而現在他更加好奇了一些。這個人再討厭、再惡劣，也必須承認他是優秀的戰士，在戰場，你會痛哭流涕地慶幸他是你的戰友而不是敵人，或者僅僅是這一點，他值得他的尊重。

一個戰士對另一個戰士的尊重。

陸臻嘆了口氣，把眼睛閉上，繼續休息。

直升機停在西南邊境，情況在飛機上夏明朗已經介紹過，邊防軍警最近偵察到一個大型軍毒走私團夥，對方火力很強，緝毒隊的何確大隊長沒有十足的把握，向軍區首長打了申請要求增援。嚴正考慮到一中隊正好離得近，還在演習狀態，又剛打了勝仗，精神正好氣勢如虹，索性就先把人犯都給處理了再回去好好休息。

這些年金三角的毒品市場已經日漸沒落，白粉的品質拼不過人，龍頭老大的地位已經讓給金新月好多年。可是畢竟瘦死的駱駝大過馬，有多少人祖祖輩輩都靠著這條線吃飯，於是原本只是販販白粉的也開始搭著走軍火，這多種經營一搞上馬，緝毒隊的壓力頓時增加。不是說硬碰硬真的拼不過那些烏合之眾，可是上面人要的是零傷亡，所以不時也會向軍區借特種部隊來幹點拔牙的事。

何確與嚴正是舊相識，都是越戰的老兵，在一個連的陣地上守過戰壕，夏明朗在他面前絲毫不敢怠慢，腰背拔得筆直地走過去與他握手寒暄，陸臻瞧著新鮮，忍不住多看了兩眼，夏明朗像是背後有感應，拉著何確走得更遠了一些。

徐知著好打聽事，而且他的性格好、嘴巴甜會說話，輕輕鬆鬆就和邊防警打成了一片，只是聽著聽著，臉色也有點發白，回頭拉著陸臻道：「這回是真章啊。」

臨來的時候每人發了兩個彈夾，換下了原來手上的空包彈，徐知著拆開看標識，是實彈。

「怕啦？」陸臻嘻笑。

徐知著頓時炸毛，比著小指頭嚷嚷：「怕啥，誰怕誰是這個，不就等這天了嗎！」

「那不就行了？」陸臻不自覺握著槍，說實話他心裏也哆嗦，只是他還能控制。實戰，真的子彈打出去，真的血流出來，真的有人會死掉。

陸臻這麼想著，覺得心口發毛。

午飯是直接在駐地大院裏隨便解決的，何確很不好意思地出來打招呼，說臨時沒好菜，等回來慶功的時候帶著大家去找個正宗的苗家館子吃野味。夏明朗與他打哈哈，漂亮話說得又俐落又順溜。一中隊的老人們看夏明朗變臉也看習慣了，倒是幾個新丁被唬得一愣一愣。

陸臻心說我對他的描述還真是一字不差：小人，佞臣，媚上欺下。

可是想了一下又覺得不對，回憶良久，終於想起來這句話原本是送給方進的，於是感慨什麼叫上樑不正下樑歪，這就是活脫脫的典型啊。不過他也沒撈上腹誹幾句，一行人就被拉上車直奔著邊界上的原始森林過去。

據說那個販毒的窩點與境內一個小村寨有點聯繫，最近就有一批大貨囤在那裏，要趁著他們還沒轉移，打他個甕中捉鱉。

從公路到土路，車子漸漸顛簸，陸臻倒不是坐不住，只是被車身這麼一顛一顛的心裏更發慌。實戰，閉上眼睛就看到一團血開在自己眼前。

陸臻拍拍臉，媽的，少這麼自己嚇自己。

夏明朗看著他直樂，說別操心，帶你們過來開個眼，丫挺的新兵蛋子還沒斷奶，怎麼捨得讓你們上啊。陸臻白了他一眼，見身邊一圈的人都沒反應，心想，我們真是被他練出來了。

到地方果然輪不到他們上，陳默主狙擊手＋嚴炎觀察手構成第一狙擊位，夏明朗＋肖准構成第二狙擊位，突擊搶攻由鄭楷和方進分兩組負責。也就徐知著有幸跟著陳默那組過去混了個備份觀察手蹭個近距離臨場感，估計連摸槍的機會也撈不上。別的新隊員全部周邊旁觀，通訊頻道裏只能聽不能說，陸臻資歷太淺，上真章了，通訊控制這種關鍵工作就輪不到他，只能蹲在旁邊乾看著。

陸臻看到陳默從剛剛送到的裝備箱裏拿出他那把SSG69，心中暗暗讚嘆。警用狙擊與軍用戰術狙擊的要求不一樣，警用要求的是首發命中，一槍一命，沒有調校沒有補槍。QBU-88畢竟只是一把戰場精確步槍，口徑小彈道受外界因素影響的機率高，容易發生無規律的偏離。

陸臻早就猜到陳默得換槍，還擔心臨時借用特警的狙擊槍彈道參數不熟會不會有影響，卻沒想到他自己的槍會送達得這麼快，三軍未動糧草先行，戰鬥最後的關鍵總是補給線，雖然只是這樣不起眼的小事，可是能準確即時地投送一把槍，就能這樣投送一個人，這背後代表著極度流暢的資訊傳遞與運輸投送能力。

村寨裏的閒雜人等已經被疏散，幾個頑抗分子守著一棟小樓幾個人質與武器、炸藥在做垂死掙扎。陸臻見人來人往，個個面色嚴峻，驀然有了一種強烈的失落感——罪惡就在你眼前，而你卻沒有能力參與制止。那種霧裏看花的窘迫與急切讓他有一些煩躁。

一切都有條不紊，何確坐在不遠處的控制車裏，神色嚴肅卻並不緊張。陸臻聽到耳機裏各路紛繁的通話，他閉上眼睛，努力去傾聽，去感受。

一陣寂靜過後，在罪犯瘋狂的叫囂聲中，陳默首先開了槍。

「4號，攜有炸藥，視野100％。」陳默說。

「開火。」夏明朗說。

幾乎沒有聽到槍聲，當然更沒有慘叫，在陳默一聲平靜的「清除！」之後各式槍擊聲像炸豆子那樣炸起來，陸臻拿掉一邊耳機增加臨場感，試圖從彈道嘯響的細微差異中分別子彈的歸屬。然後他聽到嚴炎提聲說：

「2號試圖引爆，一樓的快退，一組無視野。」

夏明朗說：「我來吧。」

如果徐知著能參與通話，陸臻會聽到徐知著咦了一聲，當然，他沒能聽到。陸臻只聽到一聲清脆的爆響，好像什麼炸裂了似的，再然後紛亂的腳步聲、散彈槍與手雷用來掃屋的雜亂火器聲淹沒了一切，最後，一片寂靜。

方進他們是最先出來的，身上有血跡，衣服很髒，可是人看起來卻更精神，彷彿剛剛飲過血的兇器的眼神讓人不想去對視。鄭楷帶著幾個隊員協同武警緝毒隊的戰友們一起清掃戰場，屍體裝在大膠袋裏抬出來。穿著防爆衣的防爆兵神色嚴肅地抬著防爆罐上車迅速地開走，何確從指揮車裏下來，開了盒好菸開始分發。

夏明朗他們是最後出來的，徐知著走在最後面，臉色慘白，陸臻詫異地走過去給他一拳，徐知著揮了揮手示意他別鬧，顯然是強忍嘔吐的模樣。

「怎麼了？？」陸臻困惑。

「我看到，那個，隊長用了12.7的那個狙。」徐知著白著臉，深呼吸。

陸臻起初還愣了一下，等他反應過來，臉色刷的一下也白了，他倒是沒見過用重狙殺人，但是他見過動物試射時打爆的山羊，徹底的四分五裂肉塊飛散出去三公尺方圓。生平第一次，陸臻開始痛恨自己那超強的想像力。

偏偏這時候夏明朗叼著菸扛著那把大槍走近，臉上掛著吊兒郎當玩味似的笑，眼神意味深長：「怎麼了？兩位？懷上啦？」

徐知著條件反射似的繃直了敬禮：「隊長好。」

陸臻不自覺也跟著一凜。

夏明朗笑起來：「行行，沒事，想吐就吐吧，都這麼過來的。」

「不用了！」徐知著大聲說：「沒關係我扛得住。」

夏明朗歪著頭，笑意從瞳孔中退去，只留在臉上：「真的啊？」

「是的！」徐知著繃緊臉。

夏明朗垂眸片刻，又笑了：「不錯，還蠻能撐的。」

「得了吧，就硬一張嘴。」陸臻等夏明朗轉身走了忙不迭拆徐知著的臺：「有種回去吃紅燒蹄膀！」

徐知著苦著臉求饒不已。

氣氛漸漸和緩下來，隊員們三三兩兩地紮著堆聊天，夏明朗忽然菸頭一摔從何確的指揮車上跳下來，開群通電台叫集合。原來，剛剛進去清完場才發現，不知是哪個環節走了消息，那批貨已經被犯罪分子緊急轉移，留在這裏的這群人其實是個調虎離山計。現在何隊安排在周邊的偵察員發現了敵人的蹤跡，無奈火力不足，不敢攔著也不敢跟得太近，只能模糊地給出了一個方向。

夏明朗當機立斷，把整個中隊的隊員分成了幾個組散開來去追蹤。

陸臻、徐知著、常濱、黑子、沈鑫與夏明朗歸在一組。

一個指揮、一個狙擊手、兩個尖刀兵、一名機槍火力手、一個通訊員，剛好一個最小單位的戰鬥單位。

夏明朗給大家在地圖上做了臨時的沙盤推演，分明責任區域，人員四散開，消失在叢林裏。

陸臻看著這片青翠空闊的山巒谷地握緊了自己的槍，空氣十分的潮濕，蒼茫雨霧瀰漫在鮮綠欲滴的大片草葉上，擦身而過的時候滴落了一串的水珠，沾濕他的作訓服。

追了不多久，地上就發現了人跡，細長的樹枝被馱畜折斷，草叢裏有刺刀割過的痕跡，他們一路追過去，路線卻忽然有了分岔。陸臻不無緊張地看著夏明朗，夏明朗略一思索，讓沈鑫與黑子臨時組成一隊探路，他留下帶著新丁繼續追原來的那條線。陸臻忽然鬆了一口氣，雖然他不肯承認那是為什麼。

越往深處去雨林裏的光線越是昏暗，夏明朗的神情嚴肅，徐知著試探著問他這次的任務會不會很危險，他漆黑雙目中有凜然的光，說，任何時候，只要槍筒裏放的是實彈，那都是在生死線上徘徊。

陸臻聽得心驚。

也不知道走了多久，路上的痕跡徹底地失了蹤影，夏明朗不甘心，團團轉了幾圈之後下令大家分散搜索，四個方向，一人一面。陸臻幾乎想要提醒他，他們都是新人，第一次參加實彈的任務這樣分散會不會太冒險？

可是話到嘴邊又吞了下去，他是軍人，是戰士，有融在骨髓中的血性。

因為長久的雨水浸淫，不見天日，那些樹木散發出腐壞的味道。每一根樹枝上都裹滿了絨毛般青黃色的地衣苔蘚。那也許是壽命比人類還要長久的植物。幽暗的森林帶來壓抑的氣場，令人覺得受到逼迫。

這是彼此對峙的時刻，陸臻緊張得手心冒汗，任何一點風吹草動，都會挑動他敏感的神經。

所以當風裏揚起第一絲異樣氣味的時候他就已經摒住了呼吸，但絕望的是他發現裝備裏沒有防毒面具，來不及去思考怎麼會出現這種低級錯誤，黃綠色的煙幕已經迷矇了他的眼睛，身前背後都有撕裂的風聲，他躲開了第一個沒有躲開第二個，他開槍，槍聲清脆地劃破寂林，可是沒看到意料之中的四濺血花，是因為有防彈衣，還是他眼花了？

後頸上遭到沉重的撞擊，陸臻只來得及在昏迷前捏碎了通訊器，隨即撲倒在地。

3

陸臻是被水潑醒的，脖子僵硬，頭痛欲裂。

他試著動了一下，卻發現全身都被捆牢，繩索束得極緊，沿著關節的綁法，十分專業，讓他動彈不得。

「說，你是什麼人？」

一個聲音在耳邊爆響。

下巴被鉗住，陸臻被迫抬起頭，起初視線模糊得什麼都看不清，到後來慢慢顯出一個個人影，都生得黝黑瘦小，有非常典型的南亞特徵。陸臻心裏驀然發涼，閉上眼皮裝昏，默不作聲。

站在陸臻身前的兩個男人對視一眼，其中一個向另一個挑了挑眉，後者飛起一腳準確地踹過去，踢在他肋下。陸臻猛然感覺到腹腔裏像是著了一把火似的灼熱的劇痛，他忍不住把自己蜷縮起來，呻吟著在地上翻滾。

「說，到底什麼人？」一個人拉著他的頭髮讓他露出臉，兇神惡煞似的質問道。

陸臻痛苦地咳嗽了兩聲，有些不耐煩的困惑：「你看不出來嗎？」這群人瘋了還是傻了，他全套裝備在身，瞎子也知道他是軍人。

那兩個相視了一眼，繼續吼道：「你叫什麼名字？」

陸臻疑惑地瞇起眼，那人見他不說話，馬上做勢欲踢，陸臻連忙叫道：「藍田，我叫藍田。」

踢人的那個傢伙於是慢慢蹲下來與陸臻平視，一句一句很有條理地問道：「你們來了多少人？走的什麼路線？都到哪裏去了？」

陸臻咽了口唾沫，啞聲道：「你問了那麼多，我得想想再回答。」

站著的那人聽完冷笑了一聲，從旁邊拿了個水壺過來：「慢慢想，別耍花樣。」

「十……你等我算算。」陸臻努力坐直，偷偷地觀察整個室內的環境，這是一間不大的房間，窗子上糊了報紙，看不到外面的環境，這是一個安排得極好的審訊室，房間裏沒有任何多餘的東西，他連一點武器都找不到。

「快說。」那人似乎發現了他的意圖，手上一傾，水流澆到陸臻的臉上。

陸臻不小心被嗆到，痛苦地咳嗽，鼻腔裏全是水：「你，等等，等我算一下……十二個，兩個小組，我們來了兩個小組。」

「那路線呢？」那人緊追不捨。

「我不是隊長我不知道。」陸臻馬上驚叫。

「不說？」

「我真的不知道，我就是個新兵，我什麼都不知道……」

「你不知道？你這新兵銜夠大的啊！」

話音還沒落，陸臻就發現自己失去了平衡，拳頭和腳跟像暴雨一樣地落下來，他無從躲避只能盡量地蜷起身體護住要害，方進已經教過他一點硬氣功，打人還用不上，挨打倒是正好。

「停！」

似乎已經過了很久，陸臻在朦朧中看到門開，一個臉色陰沉看不出情緒的男人站在他面前，陸臻頓時精神一振，是的，來問我吧，看老子怎麼帶你們逛花園！

大概是眼中乍然閃過的精光太過耀眼，男人彎下腰審視地看著他，當陸臻意識到應該迴避他的視線時，已經被人抓著衣領提了起來：「抓了個大的。」那人的視線略略一滑，落到陸臻的肩章上。

「我是個文職。」陸臻馬上說。

「文職。」男人點了點頭反手一劈，手槍堅硬的手把砸在後頸上，陸臻痛得眼前一黑，慢慢清晰的視野中閃著金星，驀然間眼前又一黑，烏黑的槍口已經頂在他腦門上，陸臻頓時忘了呼吸，眼睛直勾勾的瞪回去。

「文職，哈，文職！」那人笑得極瘋狂。

槍口冰涼而堅硬，重重地頓在額頭上，陸臻發現自己居然也不覺得痛，只是拼命費勁地看著他的手槍保險。

「我操你媽的祖宗，一堆文職滅了我那麼多兄弟？？」開保險、拉槍套、上膛……一路動作流過，那種眼神與手勢的順暢感是由多少條人命鑄成的，無可做假，陸臻開始激烈地掙扎起來，即使明知無用，可是那個瞬間他控制不住那種驚恐。

馬上有人衝過來按住他，下巴被抬起，下顎捏開，槍口卡進兩排鋼牙之間，從這個角度上可以更清晰的看到扳機扣發的狀態，比額頭更可怕的位置。

恐懼，最真實的恐懼，心肌顫慄，身體被腎上腺素所控制，心跳加速，血流過快，全身上下的每一個毛孔都瘋狂地湧出汗水，陸臻聽到自己的牙齒在喍喍作響。這是從來不曾面對過的危機，這一生從沒有人直接威脅過他的生命。不久之前，夏明朗曾經也這樣用槍指過他的頭，可是那時候他沒有恐懼，那時的陸臻是冷靜的，傲然的，有持無恐的……當時他或者有那麼千分之一秒感受過那種身體不在掌控，可能會死的恐懼，但那只是一瞬，僅僅只是一瞬。

而現在的時間是漫長的，度秒如年！

你的生命不再是你自己的，在你敵人的手指間……極致的驚恐！

曾經生命中所有的美好與留戀像瀑布一樣流過腦海，那些人那些事，所有曾經愛過的和現在還愛的……陸臻亂七八糟地想到他還欠了他老爸三本書沒還，他一直忘記給媽媽準備生日禮物，他還沒有跟藍田說一聲對不起……

「抓了幾個？」那人在問。

「三個！」

陸臻忽然心中一凜，洪水奔流的思潮被硬生生煞住，三個？？他努力凝神思考，哪三個？？不會有夏明朗，他堅信！那麼，堅持，堅持活下去，夏明朗一定會來救他們。

一個戰士是不會放棄自己隊友的！

一隻麒麟更不會放棄自己的兄弟！

他堅信！

「當官的最鬼了！」那人自言自語，手指慢慢曲下去。

「可是……我知……知道更多！」陸臻拼命含糊地嘶叫。

唔？那人頓時笑了，槍口抽出來在陸臻迷彩服上蹭了蹭：「說什麼？」

「我我，我我說我知道更多，我都可以告訴你們，另外，另外你們抓得那幾個沒我官大，你也看到了，問他們沒意思……」陸臻太過緊張舌頭不受控制，一連串的話像炒豆子一樣蹦出來。

「呵呵！我怎麼說來著，當官的最靠不住了！」那人抬腳踩在陸臻胸口把他踢翻在地，臨出門前拋下一句：「好好伺候著。」

危機暫時解除，陸臻倒在地上大口的喘氣，種種因為害怕而產生的反應洶湧而來，強烈的嘔吐欲望把整個內臟都糾結到一起，那是比生理上的傷害更嚴重的心理痛苦。

門外，持槍的男人走出門之後，把手槍在指間轉了一個槍花插回槍套，在走道盡頭陸臻看不到的隱蔽的房間裏，行軍桌上一字排開了好幾個軍用筆記本，螢幕上畫面切割，活動著不同的主角。

夏明朗抱拳站在門口：「維甯兄演技出神入化，小弟甘敗下風。」

陳維寧頓時配合地退後一步，做出受寵若驚的模樣：「夏隊長，夏隊長，別嘲笑我。」陳維寧兩個月前剛剛結束境外臥底任務，沒有誰會比他更像個毒販。

「哎，其實夏隊長，剛剛那小子也算不錯，新人嘛……」陳維寧定下神，覺得有必要幫陸臻說兩句好話。

「你覺得他不行了？」夏明朗失笑。

陳維寧一愣。

「早呢，滿口胡言亂語，先混個活命！」

「我靠，操行！這年頭的小孩怎麼一出來就鬼精鬼精的啊！」陳維寧大笑。

夏明朗笑了笑，心裏有些感慨，陳維寧說來年紀也不大，幾年前看到他還是很單純的熱血青年的模樣，看著他們手上的槍很羡慕、很嚮往，偶爾也會抱怨說自己隊裏的訓練裝備跟不上，只是出境兩年，再見面完全變了個人，眼神蒼老而鋒利。

「情況怎麼樣？」夏明朗走回桌前問道。

「目前都還可以，脈搏、體溫和血壓都還正常。」唐起穿著正經八百的迷彩服，手臂上有一個紅十字的白環，顯示出他軍醫的身分。

方進坐在一邊的地上擦槍：「我說隊座，咱嚴隊那些參謀也忒沒想像力了，小爺我進隊的時候就是打毒販，黑子那屆也是打毒販，今年還打，這叫什麼事哎？不知道的還以為咱們一中隊淨趕著販毒的死路了，你說說，這神六都上天了，北京都全力備戰奧運會了，咱們訓練還是這麼老套，這也太不與時俱進了。」

夏明朗指著何確吹捧：「怎麼不與時俱進了？你瞧瞧這次，全真模擬，順水推舟，由何大隊長親派精英心腹主持審訊，熟悉業務不說，連口音都是全真模擬……你們當年沒這麼高級別吧！」

「別，別這麼說，」何確馬上撇清，「這打人的業務咱們可不熟悉。」

「哈，我不是這個意思，您別在意，別在意。」

何確彎下腰去看螢幕，遲疑了一會兒，問道：「夏隊長，我看這就差不多了吧，都打成這樣了，不招的應該也不會招了。」

「怎麼樣？」夏明朗沒回答，轉而去問唐起。

「早呢！」唐起核對完所有的身體參數，笑道。

「那就再等等吧。」

何確苦笑：「再等等我擔心我的人受不了。」

「那要不然先把陸臻放了吧！反正再打下去也是白搭。」唐起拿過助手速記下來的對話給夏明朗看，「半真半假，細節完美，極品口供，犯罪心理學的行家，給老子再培訓他三個月也就這樣了。而且再這麼下去，為打而打，他就得起疑了。」

夏明朗翻看手上的那一疊紙頁，想了一會兒，說道：「那直接進入下一環節吧。」

「還有下一環節？」何確驚訝。

唐起皺起眉頭問：「你確定會有用？」

「試試吧……」夏明朗轉頭看著螢幕，「我記得他怕蛇。」

「呃……」

不期然，這房間裏所有人的後背上都竄上了一股寒勁。

暴打，潑水，問話，然後下一個輪迴。

陸臻簡直懷疑這兩個人是不是變態，無論怎麼答都是打，可是他那麼有水準的謊話分明說得比真話還真！？陸臻佯裝昏迷觀察他們的神色，總覺得有哪裏彆扭，可是腦子裏嗡嗡的一團亂麻，一直也理不出頭緒。

驀然的，房門開了，陸臻被人一腳踢翻過去，只來得及瞄到門框上沿那一角灰藍的天空，隨後黑布袋子兜頭罩下來，陸臻感覺到身體凌空，他已經被兩個人抱頭抱腳地扛了起來。

這是要去哪兒？

陸臻一開始還打算記憶路線，可是轉過兩個彎之後就開始往下走，這讓他很快地判斷出了他的目的地：地窖。

皮膚暴寒，心跳也開始加速。怎麼回事？不問了嗎？還是打算要把他處理掉了？心底有一種奇異的超脫的悲涼，整個人像是空的，心臟震顫。陸臻尚在胡思亂想，眼前微亮，黑布袋子被拿了下來，地窖裏黑壓壓的一團，只有門口一點油燈照出一小塊粗糙的石板。

「大，大哥，你們要幹什麼？」陸臻開始劇烈地掙扎起來。

嘿嘿的冷笑從頭頂上傳過來：「你有弟兄招了，嘿嘿，用不著你了。」

說完，陸臻就像一個破布袋那樣被人拋下了臺階。

沒有緩衝，肩膀砸在堅硬的青石板上發出沉重的悶響，陸臻在頭暈眼花中追著光源看過去，一個髒兮兮的布袋被扔在了門口，似乎有人向他揮了手，一腳將布袋踢翻，鐵門關閉發出吱嘎刺耳的聲響，最後的一點光也被隔絕。

這是怎麼回事？

陸臻努力深呼吸，一下下默數自己的心跳讓情緒平靜。

寂靜空曠的地下潮濕陰冷令人透骨生寒，平靜的空氣中似乎有不正常的波動，一些細微的聲音嗞然作響，可是正當他豎起耳朵想要仔細分辨的時候，那聲音忽然大了起來，像是潮水，從什麼地方傾瀉了出來。

陸臻驀然心驚，感覺到某個冰涼的東西從自己的臉頰邊緩緩滑過。

是，蛇！

一時間，呼吸、心跳、思維，通通停止。

「注意觀察！」夏明朗緊緊地盯住了螢幕。

唐起苦笑：「心跳和血壓這個點上肯定全都超了，不過呢……」

哦？夏明朗突然轉過頭，銳利逼視的目光來不及收起，唐起被他刺了一頓：「呃，不過，考慮到這小子的紀錄，我覺得可以再等等。」

「小心點。」夏明朗輕聲道。

「你看他……」唐起顯然是很興奮，指點著螢幕：「果然……沒失控！」

「搞不好是嚇傻了！」方進直接爆了句大實話。

「媽的，給我看仔細點！失控的概念是激烈地表達恐懼的情緒……現在他的心跳在往下降，他還能自己調整，而且，你們觀察他的動作，他很懂蛇的習性。」唐起詫異，「你確定他真的怕蛇？」

「應該是吧！」夏明朗目不斜視，隨口應了一聲。

紅外線攝影機的成像有些模糊，陸臻一動也不動地俯臥著，臉孔朝下，眼睛和嘴都閉得很緊，如果不是每一下心臟的跳動都清晰地顯示在螢幕上，夏明朗真的會懷疑他是不是已經嚇死了。

蛇是有趨熱性的生物，貿然出現在陌生的環境裏會主動糾纏在一起，聚集到有熱源的地方。從畫面上看到有蛇從陸臻的衣領裏鑽進去，緩緩滑入，方進忽然覺得有點噁心，寒毛一陣陣地豎起來，小心翼翼地捅了捅夏明朗：「哎，隊座，你覺得他現在什麼感覺？」

夏明朗直接一腳踹過去：「我怎麼知道。」

撞上火藥筒了，方進精確地躲開，悶悶不樂。

這是一次非常規的測試。對陸臻，夏明朗一直想剝開他所有的偽裝與精神控制，看看他最真實的恐懼與反應，這個人心理穩健固執堅定，到底要用什麼樣的法子才能盡量不受傷地看到他的極限，其實夏明朗自己心裏也很沒底。

在演習中陸臻與白花蛇對峙時的僵硬給了他靈感，可是會不會，真的做過頭了？

在完全黑暗的情況下，生死未卜之際，在以為戰友兄弟都已經背離自己的時刻，完全的絕望與無望，讓冰冷的鱗片爬過脖子、臉……與溫熱的皮膚。

夏明朗開始擔心。

「不行了……趕快把他拉出來，出問題了！」唐起忽然驚叫起來。

「怎麼了？」夏明朗大驚。

陸臻的心跳驟然加快，並且開始小幅度的掙扎，受到驚嚇的蛇開始糾結纏繞，隨時都有把他窒息絞殺的危險，夏明朗連忙衝出去：「快，快點，把人救出來。」

「隊長，你的帽子。」方進大叫。

安全了嗎？

還是仍然不安全？

有光落在眼皮上，灰濛濛的昏沉的感覺漸漸消退下去，陸臻睜開眼，視線漸漸清晰。

夏明朗不敢靠得太近，背光遠遠地站著，整張臉都隱在棒球帽沿下面的陰影裏，什麼都看不清，肩膀和身形被燈光剪出金色的毛茸茸的輪廓。

一個緝毒警站在跟前給他看一條粗長的大蛇：「鑽到褲子裏面去了，難怪掙得這麼厲害，我操，好險啊！差點斷子絕孫吶！」

「哦！」夏明朗伸出手，準確地捏住七寸的位置，折斷了牠的頸骨。

「給兄弟們加個菜。」夏明朗道。

緝毒警害怕最後垂死掙扎那一下，不敢接，笑道：「你等牠死透了再給我。」

似乎誰都沒有發現陸臻已經醒了，其實他從來都沒徹底昏迷過，蛇呼吸的時候會有微涼的腥氣，撩動著他最敏感的神經，讓他一直保持著變態的清醒。

「隊長。」陸臻看著夏明朗，聲音微弱而清晰。

夏明朗頓時一驚，不知道要怎麼接下去，倒是那個緝毒警反應很快，馬上走過去把陸臻踢翻了身，喝道：「誰是你隊長，你小子少給我耍花招。」

陸臻順勢蜷起了身體，他看著他笑，疲憊而虛弱。

「無聊！」陸臻小聲說，眼中有憤怒與不解，可是更濃重的是悲哀。

緝毒警目瞪口呆，夏明朗向他招了招手，兩個人無聲無息地退出來。

真認出來了？夏明朗摸著自己的臉，妝化成這樣連他親媽都不一定能認出來，那小子現在三魂走了七魄，居然一眼就能看出來他是誰？？

「是什麼環節出了問題？」夏明朗自言自語，一時想不出頭緒就果斷放棄了，轉頭問向緝毒警：「另外那邊進行得怎麼樣了？」

「快了吧，快逃走了，繩子都磨得差不多了。」

「嗯，」夏明朗想了想，「到時候讓你的人撤遠點。」

「為什麼？」緝毒警不解。

「我的人下手太重，傷了兄弟不太好。」夏明朗低頭看了看，伸手遞過去：「死透了。」

警察先生滿頭黑線地把一條軟綿綿的死蛇托到手裏，一溜煙地走開。

夏明朗說這次是升級版，的確如此，環節加了不少，更精密，往常都是打完算數，主要目的是為了讓隊員可以在更擬真的環境中感覺一次死亡的威脅，而這次加了逃脫及團隊救助的環節。因為陸臻之前的反應已經不正常，夏明朗直接把他藏了起來。不過正面對敵作假的可能性幾乎就是沒有，尤其是像徐知著這種級別的狙擊手，子彈成千發地打過，開槍的瞬間就能感覺到自己手裏是什麼彈。

夏明朗怕誤傷友軍，最後只敢讓他們撿把手槍做防身用，反正退開200公尺，再神的槍手也不能用手槍與步槍對抗。

一切看起來都是那麼正常，新隊員們一個一個地衝出去，即使慌亂，也都戰術嚴謹，何確遠遠地用望遠鏡看著，眼神貪婪，看到好苗子，總是嫉妒的。

輪到徐知著的時候，夏明朗多加了一個環節。徐知著在半道上遇到被迷藥麻倒的沈鑫，起初徐知著試圖帶著沈鑫一起跑，但是很快就發現力不從心，沈鑫身高185，體重接近90公斤。徐知著即使體力過人，也沒有辦法背著他一起做動作，敵眾我寡追得太緊，徐知著最終還是把沈鑫暫時藏起來，獨自逃亡。

夏明朗聽著鄭楷用電臺向他通報結果，何確若有所思地看向夏明朗，夏明朗感覺到那種審視的目光慢慢轉頭。

「你想要一個怎樣的結果？」何確問。

夏明朗想了想，卻笑了：「我也不知道。」

其實問題的關鍵不是結果，而是，你會如何判斷各種結果，這個世界不是非黑即白，人也不是非好即壞。

有時候也會猶豫，這樣費盡心機的剖析一個人，是不是必要？把別人砍得如此血淋淋，是不是有足夠的理由？

夏明朗苦笑，牙齒咬在下唇上磨了磨，有點痛。

是的，無論是否必要，他也只能這樣做下去。

除了極限的恐懼與痛苦，還有什麼足以祭奠極限的忠誠與信任？

出乎意料之外的，雖然人人都在暴怒，追打狂罵，但是唯一那個客客氣氣地向著何隊手下的兄弟們握手道謝的牛人，震驚了全場。方進這回真的是連骨頭縫裏都在冒冷氣，跑去向夏明朗報告的時候連腿都是軟的。

那瘋子，這回，真的玩性大發了。

陸臻獨自待在原來的那個房間裏，別的地方都在雞飛狗跳，只有他的眼前沒有人，沒人敢往他面前站。

夏明朗此刻其實也很怕在他面前出現，只不過，他是隊長，他躲不開。

陸臻靠牆站著，搖搖欲墜，他身心俱疲，到現在還能笑，不過是賭著一口氣。

「我想我應該走，不是嗎？您對我的計畫失敗了。」他不知道說出這句話心裏是什麼滋味，說不出來，憤怒？遺憾？留戀？期待……真的，誰知道！？

夏明朗一直背對著他站在門口，聽到這句話的時候，他慢慢地轉過身，陸臻捕捉到了他側臉的那一條輪廓線，嘴角剛硬，抿得很平。

「你什麼時候發現的？」夏明朗的聲音溫軟，陸臻第一次聽到夏明朗用這種聲音對他說話，不覺苦笑，這傢伙，光是一把嗓子就可以成妖，想變成什麼樣子，就能變成什麼樣子。

「很早，」陸臻定定地看著他，「從一開始！」

「哦？」夏明朗這回真的驚訝了。

「追人的時候你故意把我們分散，這不像你會犯的錯誤。為什麼幾個毒販子格鬥功夫會這麼好？另外，我明明就打中了，怎麼不見血，5.8mm是最具侵染力的彈頭，沒有什麼防彈衣可以在十公尺之內防住95的子彈。」

陸臻冷笑，「當然，最重要的一點，你太自信了，居然在我面前出現，我怎麼可能認不出你？隊長！」

最後的兩個字，陸臻說得很輕，像氣息一樣，滿臉的戲謔。

「看來我的化妝技術還不過關。」

「你化成什麼樣子都沒有用，」陸臻瞇起眼，「我認得你。」

「你這樣專門為了找我的碴，其實沒什麼意義。」夏明朗道。

「是啊，沒意義。」陸臻挑起眉，怒吼道：「把我們像隻老鼠那麼耍來耍去，你覺得很有意義？」

夏明朗一時無言。

「你在我身上放了竊聽器吧？是不是還有追蹤器？哪個？哪個！」

陸臻憤怒地撕扯著身上的裝備，從指南針到手錶，從護肘到叢林迷彩，一件件扯下來甩到地上，他忽然明白了自己最深的憤怒源自何方——是的，背叛！被欺騙！

這個混蛋奸獰狡猾反覆無常，行，沒問題，他都能理解可以容忍。可是為什麼，在他挺過所有的非難與苛責，在他滿心歡喜與期待的相信從此以後大家就是兄弟了……之後，卻告訴他原來那一切都是假的！

你仍然是個外人，不相干的，需要被防備、被考驗！陸臻感覺到一種極深切的侮辱與悲哀！

為什麼？！

「陸臻！」夏明朗忽然一聲斷喝。

陸臻一愣，停下手裏的動作，不自覺站得更直了一些，然後，他看到夏明朗快速地向他走過來，同時把身上的武器扔向他。陸臻一時茫然下意識地接住夏明朗扔過來的步槍、微衝、手雷……插在胸前、腰上、靴套裏的各種軍刀匕首，所有藏在袖子裏的飛鏢，藏在手錶和皮帶扣裏的鋼絲鋸、魚線、小塊C4高能炸藥與等等無數亂七八糟幾乎不知道這玩意兒應該怎麼使用的武器……

最後，卸下全裝的夏明朗乾乾淨淨地站在陸臻面前。

「您……這樣沒有意義。」陸臻笑了笑，有譏諷的味道：「您又想證明什麼？誰都知道，您的身體才是最強的武器。」

夏明朗拿出最後的自衛手槍開保險子彈上膛放進陸臻的掌心。

「知道我將給你怎樣的信任嗎？」夏明朗握住槍管抵到自己的心臟的位置：「你可以像這樣，用槍指住我的胸口，就算槍響，我也會相信那是走火。」

迎面逼視的眼神，像子彈一樣，陸臻再一次感覺到那種穿心而過的涼意，張口欲言，卻找不到呼吸。他下意識地想去退子彈，夏明朗握住了槍身套筒不讓他動。陸臻把中指墊進扳機後面生怕誤擊，拇指頂開保險，用一隻手把槍拆成一堆零件叮噹落地。

夏明朗猛然捏住他的肩膀往回帶，手臂已經用力箍了上去，陸臻仍然有些發懵，沒防備一頭撞進那個堅硬的有力的懷抱，全身都被牢牢地勒緊。

「做我兄弟！」

他站得那麼直，堅硬如鐵，他的臉貼在他的臉側，說話的聲音就在他耳根邊，左手貼在他的背上。心臟的位置。

掌心火熱得好像可以燒穿皮肉融下去，把他的心臟捏在手裏。

陸臻忽然發不出聲音，臉色變了幾變，終於一點一點地把頭擱到夏明朗肩膀上。

做我兄弟！

海呼山嘯一般的聲音，是奔騰的洪水，狂野的猛獸，從心頭踏過，摧枯拉朽一般，於是陸臻知道他不能拒絕。

第五章

那些花兒

晚飯吃的是全蛇宴，畢竟買那麼多蛇別浪費了。老隊員和邊防警都吃得很High，但是剛過了最後一關的新丁們一個個垂著腦袋，這使得那些把他們狠虐了一頓的始作俑者即使吃得再High也不敢High到臉上，三分眼色還要照顧著點新人。

陸臻一直在喝水，沒動筷子，上一道菜臉上白一層，再上一道再白一層，等菜上齊了，整張臉白成一張紙。

夏明朗一面和何確寒暄，一面不放心地偷偷瞄陸臻，陸臻因為體力、精力全透支，反應就不如平常警覺，被他瞄了一眼又一眼，還渾然不覺，夏明朗一時鬆懈，盯得久了些，被陸臻猛然回頭的視線正面相撞。

夏明朗難得地老臉一紅。

陸臻原本就慘白到底的臉忽然開始泛青，劈手抓過一個椒鹽蛇段就開始啃，牙齒咬得咔咔響，連骨頭一併咬碎成渣強吞下去，身邊人被他這種瘋狂的態勢給嚇到，居然也沒人敢攔他，夏明朗放下筷子，皺起了眉。陸臻吞下第一口的時候臉上已經發紅，不要命地再咬第二口，胃裏搜腸索肺似的絞上來，臉漲得通紅，捂著嘴衝了出去。徐知著扔了筷子想追，半路上被夏明朗截了下來。

夏明朗道：「我去！」

徐知著僵著不肯退，夏明朗想了想拍著徐知著的肩膀，放輕了聲音：「你放心。」

徐知著當然拗不過他，鬱悶地坐了回去，伸長了脖子勾著看。

食堂外面的院角裏，陸臻正趴在那兒摧心撓肝似的吐，夏明朗拿了杯水蹲下來幫他拍背順氣，陸臻胃裏本來就沒什麼東西，吐了半天膽汁都吐出來了，身體縮成一團直喘氣。夏明朗把水遞過去，陸臻喝了幾口剩下的全澆在臉上，這才回過神看清是夏明朗。陸臻把臉上的水跡抹乾淨，極為專注地看著他，說道：「我能吃，不過你得讓我緩一下。」

夏明朗頓時一愣。

陸臻頓了一秒，忽然撐著牆站起來：「那我現在就去吃。」

「哎哎。」夏明朗連忙攔住他，腦殼又開始抽痛，真是見過愣的，沒見過這麼愣的，狠角色，狠到家了！

「還有什麼問題嗎？」陸臻就那麼站著，一雙眼睛平平靜靜的，燒得夏明朗頭上冒青煙。

「行了行了，別吃了，跟我去廚房，我去給你弄點別的。」夏明朗攬著陸臻的脖子要走，陸臻卻硬生生梗住站直了：「這樣不太好吧！」

「好不好，這地方由我說了算。」夏明朗黔驢技窮之際不覺就有點惱羞成怒，偏偏陸臻斜著眼不以為然地挑視他，夏明朗抬手一擰，陸臻反抗不及就已經被他扛木頭似的扛了起來。按說陸臻也不至於這麼差勁，只是今天被折騰得狠了，一時不察被人偷襲得手。

陸臻氣結，一聲不吭地去勒夏明朗的脖子，夏明朗不理他：「擰什麼擰吶，難道就你有嘴，就你會說理？你有理你理大過天了，行了嗎？」

陸臻總不好把他給勒死，秀才遇上兵，果然有理也說不清。

夏明朗在廚房裏找了兩個蛋，隨便切了點青蔥菜葉子什麼的，給陸臻炒了一碟子飯，陸臻拿勺子挖了一口，居然味道還不壞，於是慢騰騰地嚼著。夏明朗在旁邊坐下趴著看他，陸臻被他看了一會兒，慢吞吞地說道：「隊長，你要想吃就說一聲，我給你留點。」

夏明朗頓時失笑：「其實我就是想把你餵飽了再問問，你到底是什麼時候看出的破綻。」

陸臻挖了一勺飯嚼得慢條斯理，夏明朗也不催他，等飯吞下去，陸臻慢慢吐出一個字：「蛇。」

「哦？」

「本地人從小就見慣了蛇，不會把它當成是一個特別可怕的東西，自己都不怕的東西就不會想要拿來嚇人，苗人就算是用蛇來逼供，也會用毒蛇，一點點試著咬，威脅性命的嚇法，而不是像你這種整上幾百條沒毒的來扔在我身上，這種是心理恐懼，我就知道是你，」陸臻抬起頭神色複雜地看了夏明朗一眼：「你知道我怕牠。」

「所以，就因為這個？」夏明朗不信。

「這是突破口，當我確定要懷疑之後，最初和之後的一些破綻都聯繫到了一起，當然，你馬上又出現了，於是我就徹底確定了。」

「那樣都認得出來，你小子辨偽能力真強。」夏明朗感慨。

「人們分辨一個人的方式主要是臉，但其實毛髮、氣味、體貌、身形都可以，樣子！」陸臻忽然凝眸，一眨不眨地盯著他：「我記得你的樣子，夏明朗！」

夏明朗愣了一下：「我應該要覺得榮幸嗎？陸臻少校。」

「隨便。」陸臻撇撇嘴，繼續埋頭苦幹。

「你很生氣，為什麼？因為我利用了你的信任？」

「隊長，說句不好聽的，我生不生氣，對您來說重要嗎？」陸臻戲謔地挑著眉毛，聲調冷冰冰的。

夏明朗道：「當然重要，以前就很重要，將來會更重要。」

陸臻嗤笑一聲：「也對，激怒我們是您的興趣與愛好。」

「以前是，將來不會了。」夏明朗的手掌按在陸臻的肩膀上：「陸臻，人與人的信任從來都不是無條件的，我要相信你到足以把我的命交給你，必須要給你一些考驗。從現在開始習慣做我的兄弟，而我也會努力的，不再讓你生氣，不讓你失望。」

陸臻一時無言，硬生生把嘴裏沒咬盡的飯粒吞下去，擦得喉頭有點辣。陸臻忽然覺得他還是會相信他，這雙眼睛、這個人，好像騙了他一百次，他還是會相信他第一百零一次。

「當時真的害怕嗎？」夏明朗問道。

陸臻挑起眉毛看他。

「你以為我只是在折磨你？用你最深的恐懼……逼你屈服？或者說，考驗你們忠誠的底線？」

陸臻沒有說話，一雙眼睛清明透亮，火光閃閃地表明了他的看法。

「不，對抗不是我的目的，守口如瓶也不是我的目的，將來的系統訓練會讓你們學會怎麼做口供，以保證你們即使在精神崩潰的時候也能保守秘密，所以，設計這些只是為了讓你們經歷，知道自己怕什麼，然後才能克服。」夏明朗語氣平緩。

陸臻眨了眨眼，忽然問道：「那隊長最怕什麼？」

「如果說心理恐懼的話，」夏明朗勾了勾手指，陸臻無奈地俯耳過去。

「溺水。」夏明朗聲音壓低，做一個噤聲的手勢：「不要告訴別人。」

說的比唱的還好聽，他無數次看到這人在水裏拼命，潛水時間高達3分15秒。陸臻撇撇嘴：「我不相信。」

「為什麼，因為我剛剛騙了你？」夏明朗失笑。

「我無法信任一個像你這樣的人。」

哦？夏明朗挑了挑眉，眼睛慢慢地瞇起來，陸臻不自覺全身僵硬，一級戰備。

正常人都會有一個接觸安全區，於是在日常的交往中，很少有人會突破這個範圍過分地靠近他人，因為這是一種冒犯。但夏明朗喜歡，他喜歡這種慢慢接近的侵略感，然後挾著這股尖銳的氣勢停在別人耳朵旁邊說話。

「沒關係，我已經相信你了，等到了戰場上，我會把我的命交給你，幫我守好它。」聲音很輕，但是清晰，一字一頓。

陸臻已經不自覺保持了僵直的姿勢，全身的寒毛都豎了起來，目光平視前方。

威脅？承諾！

為什麼一個人在說承諾的時候都會有這樣大的脅迫感？陸臻聽著那一個一個的字被吹進自己耳朵裏，個個都像是有實體，四角方方的，颳得耳膜生疼。

「對不起。」夏明朗在陸臻肩上輕輕一拍。

「哦？啊？」陸臻正忍得牙齒痠痛，卻不得不把視線調了回來，在十公分的距離與夏明朗對視：「你對不起我什麼？對不起騙了我？」

夏明朗皺眉。

「要不然，難道竟是因為對不起沒騙倒我？」

「對不起，」夏明朗點點頭，「這是我的失誤。」

陸臻一時氣結。

「很快你就會明白的，記得我已經道過歉了，」夏明朗挑眉一笑，「相信自己是沒錯，但在這裏，我希望你還能相信我。當然你可以堅持不信任我，沒有關係，將來如果你再失望的話，可以更不信任我，但是，我確定你不會有這個機會了。」

陸臻本欲反駁，但是張了張嘴，到底還是沒能開口。

「好了，就這樣吧，好好享受你加入麒麟的第一餐。」夏明朗微笑，明亮的黑眼睛在昏暗的光線之下泛出柔和的光輝，像是一個懷了寶藏的探險者，誘人深進，他直起身攬過陸臻的腦袋輕輕一拍，低聲笑道：「慢慢吃，別噎著了。」

呃……？

最後的考驗，又有一個人離開了，麒麟方面在勸退，而對方自己也開始對未來的困境存有疑慮，雙向選擇的年代，就像夏明朗說的，他只要最適合的人。有些人絕對忠誠值得信賴，然而他們不擁有承擔責任的能力；還有些人足夠強悍，卻無法與他人合作彼此信任，這都是不適合的。

一系列的最後評估陸續出爐，陸臻與徐知著每天都能拿到一些資料，有射擊、體能、戰略戰術等等軍事技能方面的，也有全方位的行為、性格評估與各位教官的綜合評語。唐起與他的團隊負責評估隊員的性格結構，唐起是心理學博士，主攻傷害心理學，重點研究人對各種生理及心理傷害的感知與反應，並從中找到對抗痛苦的方式。

唐起給陸臻的報告指出他有輕微的神經官能症隱患，陸臻對此大為不滿，拎著報告去找唐起理論，兩個人坐而論道從心理學的基本原理一路辯到榮格、佛洛德……唐起本來覺得小朋友熱愛學習是好的，知識面廣泛也是好的，雄辯滔滔也是好的，只是他媽的你能不能別這麼不依不饒的，這簡直是狂轟濫炸了嘛。他忍不住指著陸臻說：「你現在這就是強烈需要對方接受自己觀點的強迫症！！」

陸臻聽了一愣，慢慢抬手撫額說：「棋逢對手，將遇良才，我這是跟你聊得興起，這樣的來來往往讓我覺得我們在交流，我其實沒什麼強烈的要說服你的慾望，只是你的觀點讓我有了思考卻沒能徹底說服我，我就想要把這種思考說出來，事實上，如果你的觀點漏洞百出不值一提，我可能早就失去與你討論的興趣了。而且你看，在我強迫症的同時你也強迫症了啊……要不然我們兩個怎麼持續的？」

唐起失笑，抱拳說：「承蒙您看得起，我應該給你的症狀總結個新名詞。」

陸臻笑了，不再反駁，其實他也知道是個人多少都有點心理問題、神經官能症或者人格失調，他也知道過分的執著對錯與責任分割是他的老毛病。而且人們永遠不會相信，他執著的只是「對」與「錯」，而不是「你的」與「我的」，他甚至一直渴望被說服。長久以來這個老毛病也讓他碰過一些壁，可是偶爾還是會忍不住，總相信道理可以越辯越分明，又或者有人能夠給他醍醐灌頂式的痛擊……就像夏明朗那樣說服他！

只用一句話，就說服他！

融合期還在繼續，老隊員們對他們的態度開始變好，當然無形的隔閡仍然存在，但至少雙方面都表達出了想要融合的慾望。

而徐知著的整體評估姍姍來遲，唐起給的性格評估倒是很不錯：無明顯缺陷。

很多人都有一些小缺陷，而陳默更是成天被唐起叫囂有心理自閉與環境漠視症，可是最後這位沒有明顯缺陷的隊員得到了一份不樂觀的教官評價，夏明朗明確表示：我對你有疑慮，你要不要考慮換一個地方？

徐知著大驚，有如晴天霹靂，陸臻更是困惑到了極點。徐知著一直都很強，軍事技能強，心理素質也強，精明果敢殺伐決斷。可是世事總是如此，一個人性格的優點往往與他的缺點相輔相成。在戰場上，生死之間，沒有那麼多分明的界線，有時候勇敢與冒進只有一線之隔，果斷與殘忍也只有一線之隔。

其實對於徐知著的評價，整個教官組內部都很不統一。

方進是個崇拜強者的傢伙，他對徐知著的評價只有一個字：「好！」如果還需要他再說一個字，他會說：「很好！」而陳默從來都不擅長給別人下評論，在夏明朗的強烈要求下，他想了幾天最後也只給出一份情況描述。

大秋天打麥子，一層層地篩，一層層地淘，到最後就留下這幾粒種，夏明朗對每一個都視若珍寶，恨不得能把人剝皮去骨揉爛了，好看清楚那人心裏是怎麼想的。然而人的性格常常都是很矛盾的，越是熟識越是難形容，不到半年的訓練根本不能逼出性格上全部的弱點，尤其是像現在這種高壓式的訓練，夏明朗知道他所得到的結果，很可能是扭曲的。

所以針對徐知著的特點，夏明朗特別為他多設計了一個環節。可是徐知著的表現無論是當時對時機的選擇與取捨，還是後期在報告中給出的思路分析與戰場評估都相當完美。夏明朗有時候甚至會覺得，即使當時在場的是他自己，他也只能做出這種選擇，如此完成一次逃亡。

可是為什麼？仍然會覺得彆扭，難道是因為太成熟了嗎？

訓練時那麼配合，太討好，從不反抗從不抱怨，即使面對過分的苛責都泰然接受，為什麼……好像你要什麼他都能給，而其中看不見屬於自己的堅持。面對實戰則過分的冷靜，一個新兵需要多次的真實的血淚才能懂得有時候不得不捨棄戰友，可是他從一開始就能做到，而且分析到位，沒有後悔與懼怕。

當然，像陸臻那樣的期待是幼稚的，相信只憑信念就能讓所有人都安全也是幼稚的，可是那樣的幼稚才更真實。起初我們都以為這世界充滿愛，然後我們發現這世界其實不美好，最後我們相信這個世界即使不美好仍然有愛……所謂信仰，不就是這麼些東西嗎？信仰從不是鮮花似海中的某一朵花，信仰應該是無盡黑暗中閃耀在遠方的那盞明燈。

身為軍人，為了榮譽而戰鬥，為了保衛祖國與人民，為了保護戰友與兄弟！

軍人其實是最不公平的職業，因為付出的是生命，所以沒有任何回報能足夠抵償，所以從古至今，軍人都需要榮耀與信仰，夏明朗敲著腦袋，他想知道徐知著以什麼為榮耀把什麼當信仰，他對部隊本身是怎麼看待的？對未來，他對自己的人生，他的歸宿，都是怎麼看的？

他來到這裏是為什麼？

一想到這裏，夏明朗就忍不住想仰天長嘆。

他知道自己沒必要去問，因為徐知著會給他一大段聰明的回答，而很可能，他自己也真心地那麼相信著，人們在焦慮的時候從來不明白自己是為什麼。

可是他才24歲，一個24歲的優秀軍人應該是單純而熱血沸騰的，應該有簡單的信仰與快樂。方進犀利勇猛，渴望做英雄；陳默喜歡牢不可破的人際關係並且對槍迷戀；陸臻更不用說，一張朝氣蓬勃的小臉上寫的全是鬥志。徐知著眼中也有鬥志，可是他的眼光太侷限了，他跳過了所有的過程只看到結果，所以他才能忍受一切過程中的痛苦。

夏明朗受此啟發，跑去翻看徐知著的訓練日誌，發現果然如此，徐知著的整本日誌上全是結果，好的結果，為什麼是好的，壞的結果，為什麼變壞的，他冷靜地分析，單純刻板，卻從來不寫感想。就算是再老實的人都會在日誌上發洩兩句，說今天教官很兇，說陳默做事真過分……等等。

夏明朗無奈地發現，除了陸臻他隊裏其實還有一個刺頭，當他盡量地抽空人性的情感，把這些學員當成是某種物質去理性地分析訓練打造的時候，徐知著，也在抽空對他們的情感。他經歷了所有的考驗，參與了所有訓練，可是他從沒有全心地加入進來，他投入了所有時間與精力，但是，他沒有投入——信賴！

在一起，打也好罵也好，也算是相處了不少日子，夏明朗自信他會給每一個從他手底下脫層皮的軍人留下深刻的印象，而徐知著，他不確定，那小子可能並不在乎他的教官是夏明朗，就像他不在乎一路走過的種種。

這應該是一種非常有效率的生活態度，然而，這很不好！

至少在麒麟，這不是一個好的生活態度。

鄭楷忙了一天回去發現夏明朗居然還在想，整個屋子裏煙霧瀰漫，他一邊開了窗子通風，一邊看著夏明朗猛按脖子。

「怎麼了？頸椎出問題了？」鄭楷走過去想隨手幫他按幾下，夏明朗偏了偏脖子：「沒事。」

鄭楷的手掌停在半空中一頓，用力按上夏明朗的肩膀：「哎！多久的事了？」

「多久也不會忘。」夏明朗笑了笑，「我有點怕。」

「唔？」鄭楷拉凳子坐下來。

「你知道的，我們不怕人走，就怕人留，留下的每一個都是兄弟。」夏明朗目色深沉。

「我不想要徐知著，」夏明朗掰著手指：「我們擁有的並不多：做為軍人的自尊、榮譽感、愛國心，對更強的渴望……我不知道他將來會不會失望。麒麟是個危險的地方，即使在這裏只待一年、兩年，它也需要真正能安心的人，否則會害人害己。」

鄭楷若有所思，兩個人相對無言就這麼看著，夏明朗在等待鄭楷的看法，他一貫地信賴並且尊重這個隊副，他的大哥。

過了一會兒鄭楷問道：「你為什麼待在這兒？」

夏明朗笑起來：「因為我喜歡這兒，我確信這是最適合我的地方，只有在這裏，我才能夠最大限度地證明自己。」

「不是為了保家衛國嗎？」鄭楷忽然大笑，「其實那小子不錯，好歹態度不錯，哪像你，橫得像什麼一樣。」

「他其實很焦慮，雖然他不像我，但是一樣的焦慮。」夏明朗說。

「你當年不焦慮？」鄭楷反問。

夏明朗攤攤手，無奈承認：「我也很焦慮。」

「所以啊……」

「所以我喜歡不焦慮的人，你知道焦慮是什麼樣子嗎？每天拼了命地跑，看不到終點，永遠不覺得滿足。」夏明朗又給自己點了根菸，冥藍的煙霧騰散開，消失在空氣裏。

神經官能症：神經症是一組主要表現為焦慮、抑鬱、恐懼、強迫、疑病症狀，或神經衰弱症狀的精神障礙。而比較常見的表現為給自己強加責任，把所有的錯誤歸結為自己，人為的自我增加心理壓力，因而產生心理上的痛苦。雖然陸臻目前沒有什麼痛苦與煩惱，但是唐起認為陸臻的性格有這方面的隱患。

2

徐知著最近一直玩命練槍，自從夏明朗建議他再考慮自己的方向之後，他一直泡在訓練場上，因為除此之外找不到別的事可以做，他想過留下來的可能性，又或者萬一離開要去哪裏，可是沒有頭緒，他不甘心，不服！

平心而論陳默真是個好人，即使是在這種情況下，他對他也一視同仁，而徐知著本以為這位教官會像他的隊長那樣排斥他。陸臻則一直努力逗他開心，甚至在合訓時冒大風險耍寶，他藉口要教徐知著學法語，然後神氣活現地用法語大罵夏明朗，小夏隊長一臉無奈而感慨，走過去誠懇地看著他說請不要以為你說法語我就不知道你在罵我，操場十圈！

陸臻笑嘻嘻立正敬禮跑遠，留下尷尬的徐知著和滿頭青筋的夏明朗。

第二天陸臻聰明地換用了德語，結果還是十圈。於是從第三天開始就槓上了，陸臻一連用了葡萄牙語、芬蘭語和義大利語，夏明朗當場翻譯完，手指操場：他媽的！給我去跑！

最後陸臻技窮，甘拜下風。很久很久之後陸臻才知道，夏明朗不是什麼語言天才，只是出國訓練時一幫子陌生男人實在沒啥話題，唯一的愛好就是討論怎樣幹架和如何泡妞。所以夏明朗會用近十國的語言罵街及泡妞，當然，僅止於罵街與泡妞，這是後話，不表。

後來他們的同期常濱訓練失誤要蒙夏老大徵召，愁得一臉皺摺。陸臻笑瞇瞇地拉著徐知著跑過去說他有辦法，然後指著常濱的鼻子開始訓話，從語調到神態到那種陰損的壞樣子，都學夏明朗學得十成十。陸臻說演習懂嗎？這叫演習，我先給你演習一下，實戰就不怕了。常濱哭笑不得。

結果真到了實戰一干人等全都憋笑憋得滿頭青煙，夏明朗剛訓了兩句就覺得不對頭，又找不出破綻，只能全體上操場跑上十圈了事。陸臻的演習就此成名，還不時有過來討罵的，一時間群眾基礎好得不得了，名聲鬧大了夏明朗自然知道，氣得他無語對蒼天。

陸臻一直都熱衷於跟夏明朗槓上，各種方式與場合，這讓麒麟上下的人員都很詫異，通常就算是比較活潑的兵，也要在過訓半年之後才能跟夏明朗親暱起來，相信他其實不會真拿他們怎麼樣。從來沒怕過夏明朗的人只有兩個，一個是陳默，一個就是現在的陸臻。但是陳默至少不找死，可是陸臻偶爾會，所以他在群眾中的形象越發高大。

有時候看著人群中笑容滿面朝氣十足永遠無所畏懼的陸臻，徐知著覺得我是不是應該嫉妒他，當然他也很努力，他是真的很能幹，可是為什麼他擁有這麼多？徐知著心想，如果我是陸臻，如果我是陸臻我也能像他那樣瀟灑地活著，我也能不甩夏明朗，逼急了我也能拍桌子把他罵一頓，說老子不幹了！

可惜他不是，他不是陸臻，他沒那麼多的選擇，也就沒有那麼多的放肆。

徐知著看到陸臻樂呵呵地跑過來，順手搭上他的肩，掛在他身上笑得前俯後仰。

其實訓練並沒有比原來輕鬆多少，可是大家已經開始習慣並且努力給自己找樂子，潛伏時某人走背運撞上螞蟻窩，對抗中某人被綠彩彈染透了整個帽子……這都能成為笑料讓大家樂很久。徐知著忍不住微笑，轉頭看陸臻陽光明媚的臉，忽然覺得：啊……不會！我嫉妒所有人都不會嫉妒他，因為他是我兄弟！我們說好了要彼此理解相互鼓勵，否則，還要兄弟幹嘛？

本來大家都以為夏明朗會故意做點什麼針對徐知著，可是事實上他沒有，就那麼不死不活地吊著，更讓人心中不安。然而有些事對於某些人，那可能就是天生的。徐知著就是個天生的槍手，即使不被看好，他仍然是新隊員中最強的。

轉正後的第一次演習徐知著風頭出盡，方進忍不住拍著他肩膀大聲說好樣的，可是他在慶功會上觀察夏明朗的神色，卻連正眼也沒得到一個，頓時心中黯然。第一次，徐知著開始認真考慮是否應該繼續留下來，畢竟一個不被隊長看好的特種軍人是很難有前途的。

他是個軍人，職業特種軍人，狙擊手……這不是個越老越吃香的行業，他的職業生涯即使不像個女模特兒那麼分秒必爭，也約等於一名足球運動員。他的巔峰就那麼幾年，夏明朗錯了，不過是欠上上下下一個解釋，然而，那卻是他的一生一世。

徐知著想起前幾天陸臻問他的：如果你是巴蒂斯圖塔你會怎麼辦？你會選擇對一個城市的忠誠還是冠軍杯？

他忽然明白了那個莫名其妙的問題背後所隱含的，所以如果他是巴蒂斯圖塔，他想趁自己還沒有必要對一個城市忠誠的時候就離開它，因為他不想老了還要轉會去羅馬，就為了一個義甲冠軍。

徐知著挑了個很輕鬆的時刻與陸臻聊起他的想法，然後不出意外地看到陸臻瞬間沉下臉來摔門而去，他說：我得去跟隊長談談。

徐知著坐在宿舍裏等待，心情忐忑而期待。很久很久以後，他回想起當時不由得感慨：他果然是瞭解陸臻的，而陸臻也果然是瞭解他的，至於夏明朗……居然是瞭解他們兩個的。

當陸臻硬梆梆地敲門進去的時候，夏明朗已經明智地開始關閉程式，因為那張一本正經的小臉上就寫了四個大字：我有話說！

夏明朗掏了掏耳朵，有點同情它：兄弟，你要受苦了。

「坐！」夏明朗抬了抬下巴。

「為什麼勸徐知著走？」陸臻直挺挺地坐進桌邊的椅子裏。

「他不適合這裏，他想要的太多，麒麟給不起，他不會快樂。」夏明朗悠閒地往後仰，靠到椅背上。

「他想要的就是你的認可，所以他才不快樂！」陸臻怒目而視，夏明朗漫不經心的腔調激怒了他。

「我的認可？？」夏明朗忽然嚴肅起來：「我的認可算什麼東西？你們為誰打仗為誰拼命？」

陸臻被他問得一愣，怒氣鬱在眼底。

「陸臻，你的忠誠是對著誰的？」夏明朗站起來問道：「我？還是你這身軍裝？」

「當然是國家。」

「很好，我希望你明白，我們是拿著武器的人，我們要有自覺，我們的忠誠不是對某一個人、某一個長官，我們守護的是國家。我不需要你們忠誠於我，我希望你們忠誠於我的信仰，陸臻，我想要的士兵是會在我叛變之後，踏著我的屍體繼續前進的人。」

夏明朗慢慢壓低，撐到椅背，陸臻不自覺往後倒，身體僵硬，背脊摩擦著鐵枝，硌得有些心慌，然而夏明朗氣勢磅礴的逼視令他無從躲藏。

「那當然！」陸臻的眼睛忽然變亮了。

是的，這傢伙奸猾似鬼，狡詐如蛇，雖然他們兩個之間矛盾重重，觀念相左，然而，最終，他們有共同的信仰與使命。

就像是鏡裏鏡外的兩個人，一切都是相反的，可是，映出的卻是同一張臉。

「你在這裏煩我，還不如去勸他，人生若只追求一個結果，只在乎贏過所有人，只在乎別人眼裏的成功，只在乎『我』的認可，那沒意義，反正到最後誰都會死。你摸著良心問自己，如果明天徐知著重傷退役，你覺得他會怎麼樣……」夏明朗退回去，坐到桌子上。

「可是你不應該這樣懷疑他！」陸臻嚴肅的。

「我懷疑他什麼了？」夏明朗又笑了：「建國門慘案？得了，你別亂聯想，我還沒這個意思。陸臻，我們這群人說得不要臉自誇一點，那叫為國盡忠死而後已，這種自豪感很重要，那是你承受一切的根本。鐵打的營盤流水的兵，我們不是黑社會，我們不靠義氣、人情過日子，我們不像外面那樣計算利益得失。我們的生死與共，從來都不是只靠你我哥兩好來實現的。想過什麼叫戰友嗎？穿著同樣的軍裝，戴著同樣的標誌，那就是戰友了嗎？不，那不夠！我們是戰友，因為我們有同樣的信仰，我們誓死保衛同一個國家同一群人！我們從事的是一項共同的事業，在這裏只有把自己的人生價值融合到這項事業中，你才能真正平靜，而徐知著，他還做不到。」

「那你憑什麼認為我能做到？」陸臻盯住他，目色清明而熾熱。

「不憑什麼，其實我也不覺得你一定能做到，如果哪天讓我發現你不合格，我一樣會讓你走。」夏明朗鎮定地回望他。

陸臻握了握拳，又鬆開：「你不應該這樣懷疑我們，徐子雖然有很多缺點，他有點急功近利，但他是好人，他不會背叛國家和隊友。」

「不，我從沒有懷疑這一點，我相信他很善良，可是正因為這樣，他會更痛苦！」夏明朗難得鄭重，「陸臻，當你的手，沾過戰友的血，你才會明白……一瞬間的私念，一生的悔恨。請你告訴我，在你眼中的徐知著是否能有那個底氣，讓人為他去死？」

夏明朗的眼中閃過一道光芒：「我們最害怕的從來不是死亡，而是辜負。」

陸臻沉默不語，那個瞬間他甚至有些無措，是的，要怎樣的平靜與自信，才能坦然地放棄一個隊友？

夏明朗按住陸臻的肩膀：「回去告訴徐知著想清楚，他的條件並不差，那麼年輕，科班畢業，他在別處也能得到很好的發展，我不想看到他被悔恨壓一輩子。」

陸臻看著夏明朗的眼睛，他說得很慢：「喬丹第二次復出的時候，他說無論如何沒有人能拿走我曾經的榮耀。但那是美國。我也希望就像你說的那樣，徐知著回去之後仍然會有很好的發展，可是這裏是中國，中國軍隊。你比我更明白，即使他原來是出色的，這半年來他變得更出色，可是離開這裏，他就是失敗者，被淘汰者，他的軍事前途會大打折扣。您還是那麼驕傲，認為自己有評價別人價值的能力。」

夏明朗靜靜的看著他，半晌，他說道：「我是一個隊長，我尊重你身為朋友的立場，也請你同樣尊重我身為一個隊長的立場。」

「是！」陸臻咬牙，站起來敬禮。

「回去吧！」

陸臻深呼吸，空氣充盈在肺裏，像是要爆炸一樣，然後緩緩地吐出，他出去的時候小心地帶上了門。

咔的一聲輕響，夏明朗轉過頭，視線像是能夠穿過實木的門板。

陸臻，我希望你能快點明白，只有無私的人，才真正無畏。

我希望，我們是一群擁有共同目標的人，因為某一個共同的價值觀念而融合在一起，為著這項事業努力，獲得肯定，證明自己，得到滿足；只有這樣，在槍林彈雨生死一線之際你們才不會覺得恐懼，才會有真正的忠誠。

陸臻一路都走得心事重重猶豫不決，他一直都知道徐知著是怎樣的人。

可是那有什麼？誰能沒有缺點，有誰是十全十美的？

沒有，從沒有。

他甚至覺得徐知著是個太強太棒的人，所以他擁有一切強人的缺點，驕傲、尖銳、急於求成……徐知著絕不是他看到過的最不上道的人。

因為他善良！

所以陸臻也一直知道為什麼在那麼多人中徐知著最親近自己。少校的軍銜，他的身分，他的資歷，即使是這些日子裏他們寢食同步不分彼此，而事實上，優勢永遠存在。但陸臻覺得這沒什麼，一個自恃甚高的人總會自覺不自覺地篩選同伴，人們更喜歡能幫得上忙的人，就像人們總會對漂亮的人更寬容。然而相處日久，陸臻相信現在的徐知著對他的情分是真的，就像戀人們一見鍾情是因為美貌，可是長久的相愛卻不會只因為美貌。

思維一旦發散開，就再也難收回，陸臻回憶起意氣風發的少年時代，因為更早熟而比常人更早地陷入迷茫，因為天才而被孤立，因為自信而自卑，也曾經歷過試圖分析身邊每一個人都在想什麼，思考他們為什麼喜歡或者不喜歡自己的時期，直到慢慢成熟。

最後，因為身體上、思想上的一些變化，而不得不……學會對所有人寬容。

念軍校，堅持去一線部隊，發現不適合自己的優勢發揮又迅速地回頭考碩，這些年他看似兜兜轉轉，但其實骨子裏初衷不改！他喜歡軍隊，喜歡這種生活，目標明確、踏實刻苦、熱情澎湃；因為這個，放棄了更為舒適的環境，與父母分離，與親密的戀人分隔……。

可是人生就是如此，有所得，必然會有所失，所以當陸臻開始學會寬容別人的時候，他也開始寬容命運。

而最終他踏進了麒麟，現在他是真心喜歡這裏，這個更高、更強、更單純，目標更明確的地方。這裏有他期待中的制度，高效、合理而實用，這裏有一群他夢想中的隊友，他們是強悍的、勇敢的……忠誠的！

麒麟，這就是他夢寐以求的部隊，這裏沒有讓他失望，包括夏明朗。

所以徐知著，我要把你留下來，我相信你也一樣不會失望！

陸臻一進門，徐知著看著他的臉色自嘲地苦笑一聲：「沒結果？是嗎？」他笑得很淡漠，然而眼神出賣了他，那雙漂亮的眼睛流露出渴望與無助，讓人心悸。

徐子，陸臻有點心慌，我不知道，是否真的是在幫你。

陸臻伸手扶住徐知著，努力與他對視：「隊長說，如果你堅持留下來，他是不會重用你的。」

徐知著的眼簾垂下來，笑了笑。

「你想放棄？」陸臻看著他縮回到自己床上，捂住臉。

「小的時候，我跟別的男孩子一樣，覺得自己將來會是個人物，大人物。」徐知著忽然道，聲音哽咽：「念書……還行吧，我們那兒的教育水準也就那樣，結果走背運高考砸了。我不想浪費時間復讀，可是後來參軍、考軍校、提幹……哪一樣我不是玩命似地幹？我有今天我容易嗎？？沙漠場55度的地表，老子趴到中暑，我容易嗎？」徐知著發了怒，用力捶著床板，敲得咚咚響。

「不是的，徐子，現在我們不談這個。」陸臻用力把他的臉扳起來，「你告訴我，你喜歡這兒嗎？」

「我喜歡這裏還有什麼用？你不懂的，陸臻你不會懂，這是我唯一的機會，唯一的機會你明白嗎？你不明白的，你總是有那麼多的機會。可是我只有一個。就差那麼一點點，我就能待在中國最好的特種部隊裏成為中國最好的狙擊手。」徐知著眨了眨眼睛，眼淚流下來，難得的無助與脆弱，他拉著陸臻的作訓服遮住臉埋頭大哭。陸臻一時無措，相識這麼久，從沒見他哭過，曾經那麼苦都沒掉過一滴眼淚。

「為什麼……為什麼呢？」徐知著喃喃自語，「你們都不喜歡我，憑什麼？我只是不想錯過任何機會，我有什麼錯？」

「我們沒有都不喜歡你，重點是就算有人不喜歡你又怎麼了？」陸臻看到徐知著眼中露出迷惘：「有時候我們做一些事不是為了讓誰去喜歡的，重點是，你覺得值得。我們不可能擁有一切，所以從現在開始學會放掉一些東西！徐子，你有沒有試過做一件事，只是因為自己喜歡，只因為你知道那是對的，你需要！不是為了他媽的什麼發展，也不是為了別人眼中的成功，而是，只要你做了，就會覺得滿足。」

「你呢，你有嗎？」徐知著聲音急切。

「我有！」陸臻忽然放開他，眼神變得茫遠：「我曾經做過一個決定，很可能我大半的朋友都不會認可，我的父母會不再認我，但我卻知道那是我真正喜歡的，我的宿命，只有那樣我才能夠得到滿足，即使我會為此放棄很多很多。」

「那現在呢？」徐知著牢牢握住陸臻的手。

「現在，我覺得值得。」陸臻反手將他握緊，「留下，徐子，別管他媽的什麼夏明朗，假如你真的喜歡這裏，喜歡你的槍，喜歡跟兄弟我並肩作戰，覺得保衛祖國是一件超自豪的事，那麼留下來！這個地方，有最好的槍，最好的隊友，最先進的訓練，只有在這裏你才有可能變成一個……」

「像夏明朗那樣的人！」徐知著輕聲道，子彈擊中胸口的瞬間，最深刻的疼痛，從不曾消散過。

陸臻張了張嘴，終究沒開口，只是張開雙臂把徐知著抱緊。

巴蒂斯圖塔：著名的阿根廷強力前鋒，戰神巴蒂在佛羅倫斯戰鬥了9年之後轉會羅馬，整個佛羅倫斯球迷悲憤不已。而他說：「我不是為了金錢而走的，我只想拿一個冠軍。」

3

命運有時候很煞風景，它才不管你現在是心潮起伏還是躊躇滿志，它總是會在忽然間發生一些事，把所有人的思路都打斷，當天下午，麒麟基地忽然警報大作，一級戰備！

各小組馬上在操場上集合，陸臻在領槍械的時候專門拆了一顆子彈，實彈，貨真價實的實彈，陸臻頓時心口發涼。

嚴大隊長的機要參謀趕過來匆匆交代了情況，原來是南邊某私礦在公安人員解救非法拘禁勞工的過程中又發現了大量的武器，於是現在歹徒仗著重武器和人質與警方對峙，省公安廳與軍區聯絡，要派一支小分隊去支援。

直升機已經準備就緒，夏明朗在一個個點兵，點到的隊員向前三步，在夏明朗身後整隊。當陸臻聽到第一個新丁名字的時候心中一凜，他忽然意識到……

來了！

傳說中的投名狀。

在與老隊員的閒聊中他聽說過這個事，通常在一些不是特別危險的實彈任務中，夏明朗會特意挾帶一些新人出去，目的簡單而明確：殺人。

他們本來就是武器，無論說得多麼高尚偉大、風花雪月，還是沾著滿手鮮血的武器，就像所有的寶劍開封時那樣。

只有人血，方可以祭奠曾經的純真，承載將來的責任。

所以即使不情願，即使殘酷，卻也只能如此。

隊員們的名字被一個一個叫出來，當他聽到「陸臻」這兩個字的時候，全身的汗毛都豎了開來，錯肩而過的瞬間，他看到夏明朗堅毅平靜的表情，心中大定。

徐知著看著夏明朗走過自己身邊，擦身而過的時候幾乎可以感覺到氣流被他的身體捲起，撞到自己身上，徐知著不由自主地想往前走，夏明朗忽然伸手按住了他，神色淡然：「不，你不去。」

陸臻在轉身的瞬間聽到了這句話，於是滿腔的熱血在一瞬間化作了冰涼，他看到徐知著漲紅的臉上迅速地褪乾淨血色，蒼白的嘴唇微微顫抖，眼神濕潤，絕望得幾乎茫然，一秒鐘之後，這雙眼睛用力地閉上了。

陸臻聽到他很輕地說了一句。

「是，隊長。」

他聽到自己的心在跳，十分疼痛的感覺，如果視線可以殺人，夏明朗背上會被他打成篩子。

整隊，登機，起飛，一切都進行得如此迅速而簡潔。

陸臻站在機艙門口往下看，徐知著仰起的臉已經只有指甲蓋那麼大，蒼白的、一個閃著光的亮斑。而一股危險的、充滿了脅迫感的氣息從背後襲來，讓陸臻不自覺站直了身體。

「你要不要跳下去陪他？」聲音直接從耳邊響起。

「不用。」陸臻咬著牙忍耐，「小花他受得了。」

「你叫他小花？」夏明朗失笑，「希望你不會真的把他寵成一朵花。」

他伸手從陸臻的肩膀上越過去，把機艙門合攏。鐵門關閉的瞬間，他看到徐知著背著槍蹲在地上。

陸臻不知道是不是別人也像他這樣，事實上他對他人生的第一次血戰印象很模糊，他仍然和夏明朗一組，負責整個行動隊的通訊聯絡，這工作其實根本沒啥可做，因為這裏沒干擾，所以陸臻一直端著槍守在夏明朗身邊。然後不知道是他暴露了還是對方運氣實在好，歹徒絕望突圍的時候一個土製的炸彈剛好扔到他們的窗臺上，夏明朗眼明手快地把他壓到身下，自己手臂上嵌進去一塊深長的玻璃。於是夏明朗憤怒地把手臂伸到他面前，吼道：「包一下。」

大概人在激烈的情緒波動中就容易走神，他還記得在一邊用牙把玻璃拔出來的時候，還一邊分析了一下，夏明朗的憤怒在針對誰，是他的笨手笨腳還是對方的狗屎運，後來又覺得他只是在生氣自己受傷，大概是覺得丟人。

夏明朗是這次戰鬥中唯一的傷患，於是受到了方小侯的深情慰問，歹徒們只來得及扔出了一個土炸彈就被全部擊斃，陸臻開了兩槍，同一個人，一槍打在胸口，還有一槍應該是脖子附近，於是他看到地上蜿蜒出連綿的血。

夏明朗開了很多槍，落點大都是眉心，不得不說，他比較人道。

最倒楣的孩子要數常濱，他試圖把一個輕傷的歹徒打暈綁起，沒想到差點被人一槍指在腦門上，陳默在瞬間開了槍，穿出的子彈把頭骨崩開一個大洞，腦漿迸裂濺了常濱一臉，陸臻在忍不住想吐的瞬間想到：完了，本來他回去之後只需要安慰徐小花，現在多了一個常小濱。

回去的時候大家都很沉默，常濱似乎是嚇傻了，什麼聲音都沒有，陸臻把他的腦袋抱在懷裏。

事實證明徐小花真是一位沈著的青年，當陸臻暈乎乎地回到寢室的時候，他已經神色平靜地在屋裏等著了，而當陸臻狂洗了十八遍澡，把自己搓得幾乎要滴血似的從浴室裏走出來的時候，他已經自己先睡了。

那天夜裏陸臻從床上滾下去三次，第三次之後徐知著鑽到他被子裏，抱住了他，陸臻終於睡熟。

鄭楷很明智地調整了訓練計畫，上了一大堆不需要動腦子的體能訓練，每年到了這個當口都是如此，第一次見血的衝擊會延續很久，而只有熬過去了，才能成為真正的合格的隊員。

每個人發洩自己鬱悶的方式都不一樣，有人瘋狂跑步，有人瘋狂格鬥，陸臻瘋狂抄機，徐知著雖然沒見到血，可是因為他也很鬱悶，所以他瘋狂打靶。黑色的情緒瀰漫了整個中隊，偏偏老天都不合作，秋老虎下山極為燥熱，曬得人皮膚爆裂心情煩悶，整個基地的氣壓都飆升，舉手投足之間像擦了火，磕磕碰碰地就會有人甩下一句話：操場見！

不過這樣也好，打一架流一身汗，沖完澡揉著身上的烏青塊，大家又成了兄弟，於是這就叫雄性的發洩，簡而言之：找打！

然後那些煩躁與血腥的粘膩彷彿就在這次次的摩擦中慢慢消散，夏明朗知道那只是他的隊員們把那些負面的恐懼的情緒壓到了心裏，這樣的局面他雖然心疼，卻也是很欣慰的，畢竟，他更不想看到一群嗜血的兵。

因為是外事任務，所以夏明朗還得給謝嵩陽那頭寫報告，雖然這種安定團結和樂融融的樣板文章他最不樂意寫，沒想到老謝政委收了文件看也不看地往邊上一拋，夏明朗哎了一聲心痛不已，這真是比被人騙了跑50公里都虧得慌。

謝嵩陽抬起眼皮看他：「怎麼了？」

夏明朗嘿嘿陪笑，一步步往後蹭，謝嵩陽敲了敲桌子，示意回來，夏明朗只能愁眉苦臉地又蹭了進去。

謝嵩陽翻著參與人員問道：「徐知著呢？怎麼了？熬鷹嗎？」

這是正事，而且是關鍵性的正事，夏明朗馬上斂去了嘻笑的樣子，凝著眉，搖頭又點頭：「不全是。」

「說吧，怎麼回事！」

「我對他不太放心。個性太狠，太有決斷，心比天高，我怕他將來萬一發展不如意……。」

「哦！」謝嵩陽一聽就緊張起來，「你覺得有危險？」

「倒也不是！」夏明朗也急了。

「夏明朗同志！這個問題很重要，這是政治問題！我們要確保萬無一失，你們每一個人都要國家花上百萬去培養，就兩條，殺人與逃生。你們這群人身上有多少能量，你自己最清楚，就算是斷了你一手一腳，你也能讓北京城一天死五百個人！」謝嵩陽橫眉立目異常的嚴肅。

「不至於，真的，這個不至於！」夏明朗馬上道。

謝嵩陽鬆了一口氣：「那就好，坐吧，說說具體什麼情況？」

夏明朗坐下來熟門熟路地拿了桌上的菸給自己點上，醞釀了一下思路才道：「這小子其實很上進，就是太上進了，城府又深，摸不透他的心思。我到現在都不知道他在這兒待著開不開心。我知道他想要什麼，他就想贏，可是您想啊，幹我們這行的，哪有什麼贏不贏的，打仗啊，沒有最好的戰士，只有最後活下來的！」

「那發現贏不了會怎麼樣？」謝嵩陽索性也給自己點上菸，兩個人雲蒸霧罩的對話。

「可能就想通了，也可能就頹了，也可能來不及想通就犯了錯誤了。政委，哪種感覺都不好受！」

「哦，」謝嵩陽點點頭，「那如果一直都發展得不錯呢？」

「發展得再好又怎麼樣？您是知道的，我們這地方建制就這樣，有玻璃天花板頂著，越往上人越少，中間就得嘩嘩地走人，祁隊前兩天還打電話給我，說現在這日子過得，一天都聽不到一聲槍響，嘴裏淡出個鳥來！其實我們都知道他不想走，可是年歲到了幹不了一線的工作了，他不能擋著我的路，又頂不上嚴頭的班，他就只能走。徐知著是個有野心的人，他如果能發展好，他也很快能看清這個格局。」夏明朗有點黯然。

「陸臻也是有野心的人。」謝嵩陽說。

「但是陸臻的野心不在我們這兒，他將來就算是撞玻璃頂，也得到別地撞去。」

謝嵩陽慢慢哦了一聲，沉默良久，轉頭看向夏明朗時卻帶了點慈愛的眼神：「明朗，擔心過自己的前途吧！」

夏明朗一愣，不過困惑的神色一閃而散，尷尬地笑道：「總會想一想的。」

「你還年輕！」謝嵩陽傾身過去按住他的肩膀。

「我知道！」夏明朗點頭。

年輕，是的，年輕是他最大的優勢，他比嚴正小十五歲，但是徐知著只比他小五歲，徐知著沒有這個優勢。

「你還年輕，小伙子。只要是武器，都是一把雙刃劍，磨得越是鋒利，割傷自己的可能性也就越高。所以你們是國家的武器，但你們也需要國家。有些事既然你能承受，就代表有人能承受，要相信你的隊員。當然，我不是一線指揮員，我跟他沒什麼直接接觸，所以對於這個人，我不發表意見，我相信你！」

「我知道！」夏明朗仰頭看著謝嵩陽的眼睛，那是很溫和平靜的眼神，從不帶什麼凜厲的殺氣，可是仍然是有力的。

4

天很熱，十月底反常的悶熱，雖然天氣預報顯示才36度，卻更難熬。大概是人人都期待著秋高氣爽，沒想到迎來的卻是下山老虎，那種失望讓天氣更熱。

陸臻在幾天後終於徹底回神，忽然覺得他應該要向夏明朗道聲謝，畢竟他手臂上的傷也是為了救他才受的。最近的訓練非常累，陸臻在七死八活地把自己整回了寢室又洗好澡之後，繼續七死八活地把自己挪到了夏明朗的宿舍。

心裏有些緊張，陸臻站在門口又出了一身的汗，他敲了敲門，聽到裏面很乾脆地說了一聲：「進來！」推開門，很意外地沒有菸味，陸臻四下裏一掃之後忽然有些愣了。夏明朗赤著手臂坐在窗邊抽菸，若有所思的樣子，受傷的手臂沒有包紮，露出糾結的古銅色肌肉和黑色的縫線。

「有事？」夏明朗看到他似乎很意外，從椅子上跳下來，赤腳踩在地上：「熱嗎，要不然我開空調？」宿舍裏都有空調，雖然，不常開。

「不，不用。」陸臻馬上擺手。

「什麼事？如果是徐知著的話……」夏明朗拎起椅背上的軍綠T恤往身上套，抬手的時候眉頭皺了一下，被陸臻敏銳地捕捉到。

「不，不是。」陸臻只好再擺手，「是，謝謝你救我。」

「哦？」夏明朗一愣，忽然間笑起來，露出雪白的牙齒，笑得非常熱情：「我也算是救你一命呢！」

「是啊，」陸臻被他這瞬間變臉搞得錯愕不已，「救命之恩可惜小生無以為報……」

「那就以身相許吧！」夏明朗幾乎笑彎的眼睛裏蜿蜒出幾分詭譎的味道。

陸臻瞪大了眼睛：「呃？？」

以身相許的代價就是坐下來為夏明朗打報告，就是那種總結型的介紹與評估，交給嚴頭兒歸檔用，夏明朗介紹完大綱思路，還很傷感地說了一聲：可惜了，早知道把要給政委的那份延後寫了。把陸臻聽得一陣惡寒。

畢竟不是什麼熟練工，陸臻乾巴巴地寫了三小時，這期間，夏明朗一直坐在窗邊發呆、看書，偶爾也抽根菸。陸臻看到汗水把他的T恤沾成深色，於是在他第N次拉衣服搧風的時候開口說道：「你要是熱就脫了吧。」

夏明朗迅速拉著下襬把衣服扯下來扔到地上，笑道：「那不是怕碩士少校嫌咱兵痞習氣重嘛！」

陸臻無言地笑了笑。

夏明朗轉頭一看：「噫，果然是文明人啊，作訓服都拉到頂了，有風紀。」

陸臻恨得牙癢，他裏面都濕透了，反倒是不太好脫，只能淡定地哼了一聲：「就當是抗酷暑訓練了。」

雖然之前說過不為了徐知著，可是陸臻打完報告走人時還是問了一句：「徐知著什麼時候才能被承認？」

夏明朗沒抬頭：「我也不知道。」

陸臻手指握在門把上，倒是沒說什麼，開門而去。

每一個少年都會長大，徐知著比原來沉靜了很多很多。偶爾，陸臻看到那張漂亮的臉孔上流露出茫然不知所措的憂鬱神情，就會覺得心裏很不是滋味，畢竟是他一廂情願地要求他留下來，而現在，卻不能讓他快樂。然而狙擊手就是那麼一種孤獨的工作，長久地等待，一槍斃命。似乎反而更適合現在的徐知著，他本來就很好，現在更強，陳默不是一個會矯飾自己語言的人，他開始很平實地稱讚他，因為陳默的賞識，方進對他的態度也突飛猛進，除了夏明朗。

幾週之後又有一次小規模的實戰任務，夏明朗帶了幾個人走，仍然沒有徐知著。

徐知著這次平靜了很多，一個人坐在草地上發呆，陸臻從背後抱住他，用力按住他的肩膀：「我覺得你很好。」

「真的？」

聲音有點哽咽，陸臻相信此刻那雙漂亮的大眼睛裏應該有一些水氣在瀰漫。徐知著不是個愛哭的人，狙擊黑屋訓練出來的時候，整個人都是僵直茫然的，幾乎神經錯亂，可是那麼苦，他仍然不會哭。現在他覺得難過，是因為委屈。

陸臻在一瞬間後悔自己的決定，卻只能把他抱得更緊：「很好，非常好，大家都這麼說，連陳默都這麼說。」

「可是……」徐知著沒有說下去。

可是，那不夠。

陸臻明白那種心理，就像是小時候在父母面前抬不起頭的孩子，即使將來在外面怎樣的飛黃騰達，在內心深處仍然會覺得不自信，仍然需要一份肯定。但是夏明朗，陸臻回想起夏明朗頭也不抬拋出的那句：不知道。

他在想，他不能把希望寄託在那個沒人性的妖怪身上。

天已經不那麼熱了，但初秋的陽光總有一種近乎於慘烈的銳利，好像可以穿透太陽底下任何一點陰影，像這樣的時刻，不適合談心事，陸臻努力睜大眼睛看著遠方，試圖向他剖開心靈分享自己人生中最重要的收穫與感悟。

「小花，有時候我們做一些事，有很多很多的可是，我們必須學會忍受殘缺的命運，為了自己最終的渴望。可能隊長他一輩子都轉不過那個彎，但是徐知著，你很強，我會為你驕傲，這是個事實，他抹不掉，所以留在這裏，你覺得後悔嗎？」

假如只有我們在支持你，假如沒有更多的榮譽、更多的光環，陸臻心情忐忑，等待回答。

過了好一會兒，徐知著忽然掙了一下，笑道：「我有點熱。」

陸臻這才發現抱得太緊，居然都有點出汗了。

徐知著反過身去攬著陸臻的肩膀說道：「其實，我也覺得，人這一輩子可以踏踏實實地做一件自己喜歡的漂亮事，有幾個兄弟在叫著好，也夠了。」

陸臻看到徐知著抿著嘴在笑，臉上綻開漂亮的酒窩，乾乾淨淨的大眼睛閃著玻璃似的光，純淨而透明，一時間只覺得心懷激盪，胸口撲通撲通地跳，被漲滿了的感覺，異常自豪，傻乎乎地笑。

徐知著笑嘻嘻地指著自己的臉：「怎麼了，沒見過這麼帥的人嗎？」

我靠！陸臻一拳捶下去。

夏明朗，夏明朗！！

陸臻簡直想對著天空吼叫，你睜開眼睛看看，你為什麼就是不能看到他有多好？你憑什麼就可以無視他的轉變、他的辛苦付出！陸臻忽然發現他一邊在勸說著徐知著接受現實，同時卻比他還要不能接受這個可惡的現實，或者就是如此，即使是再寬容的人，也會渴望著圓滿。

那個夏天，是陸臻記憶中最漫長的，空前而且絕後，那段時間所有人都曬黑了許多，也成熟了許多，當秋寒急轉直下，一場秋雨讓氣溫驟降了二十度之後，麒麟基地的天空像洗過一樣藍得晶瑩剔透。

陸臻在夜間分組對抗時死得早，百無聊賴地站在集合點等待，遠處的黑暗中傳來零星的槍聲。

秋夜，天極高遠，冥藍色的天幕上有一線貓爪似的殘月。

陸臻的寒毛沒來由地豎起來，身後傳來輕微的腳步聲，而這是正常的，沒有特別經過偽裝的腳步聲。他不自覺繃緊了全身的肌肉，想：為什麼一個軍人走路會這麼輕呢？

士氣，士氣，舉凡軍人都是有一種氣勢的。

在遇到夏明朗之前，陸臻認為軍人的氣勢應該像猛獸，氣吞萬里如虎。這也是他為什麼選擇來麒麟的理由之一，他一直都覺得自己儒雅有餘，氣勁不足。但是，在遇到夏明朗之後，他驚訝地發現了另一種氣勢的存在，像針一樣尖，像冰一樣冷，十步殺一人，千里不留行。事了拂衣去，深藏身與名。

任何時候，當你站在我身後，我就能感覺到。

陸臻的腦子裏莫名其妙地冒出了這樣一句話，忽然又覺得這話有些太過歧義的文藝腔，然而仔細一想他發現這話何止是文藝，這根本就是窮搖，他於是非常鬱悶地搖了搖頭，喊道：「隊長！」

「幹嘛？」冷調的聲音響起來，就在耳根處。

「徐知著！」陸臻咬牙沒回頭，也沒繞圈子，對夏明朗單刀直入是最明智的。

「嗯。」

「你要到什麼時候才會承認他？他現在已經很好了。」

「還不夠。」

「你怎麼可以這樣對他？」陸臻忽然轉過了身，清亮的眼睛裏映著那一線貓爪似的月光，一眨也不眨地盯著他。夏明朗站得很近，陸臻轉身的時候生怕不夠氣勢又往前探了一下，兩雙眼睛只有六個公分的距離，陸臻悚然一驚：他不能退。

自然，夏明朗更不會退。

於是四目相對，呼吸相聞。

陸臻覺得自己的腦子像是卡到了，一格一格艱難地運轉，而運轉的結果是他猛然發現自己剛剛說的那句話，還真他媽的，夠窮搖！沒救了，他今天這是怎麼了？？

「我怎麼對他了。」夏明朗笑得懶洋洋的。

「你對他不公平，你想看到什麼？他還不夠證明自己嗎？他還需要怎麼做？難道一個人說他愛吃雞，你就非得讓他把活雞都連毛帶血地吃下去嗎？」陸臻聽到自己聲音裏的波動，他知道自己又憤怒了，完全不知道為什麼。他覺得自己簡直是有毛病，為什麼任何事只要牽涉到夏明朗他就會很激動，只要看到這個人，掛著這樣的笑容，他就會忍不住想要跳起來，做一些事，各種各樣的事。他的目光完全被吸引，為什麼？

無論是好是壞，這個人已經在他心裏紮根，無法忽視的影響力。

「我對他有成見。」夏明朗很坦然。

「你根本不給機會讓他證明。」

「夠了，陸臻，夠了！」夏明朗退開一步，好讓他看清楚自己的眼睛：「要說服我很難，不過，既然你已經選擇要這麼做，就別抓著我不放。」

「小花，為什麼這麼叫他？讓我想一想，我記得他叫你果子。」夏明朗微笑，「那麼，你把他當成是你的誰？寵物？你的曾經年少？還是你用來反對我的試驗品？」

「他是我的朋友。」陸臻斬釘截鐵。

「很好，那麼，別把自己當成是溫室，也別把他真的當成一朵花，他不是你的花，別老惦著給他澆水，同時指責農民伯伯為什麼不能多給你的小花一點愛。」夏明朗拍拍陸臻的肩膀，湊到他耳邊輕聲道：「要相信你的朋友。」

這聲音很軟，毛茸茸的，與他平時說話的聲調不是同個樣子，陸臻不自覺偏過頭摸了摸耳朵。

夏明朗轉過身，摸出一根菸，陸臻面無表情地瞪著夏明朗，牙很癢，因為那種憤怒和不甘非常難言，於是牙更癢，真想撲上去咬一口，牙齒咬破表皮，穿過真皮層，切斷微血管，插到肌肉裏……

從哪裏下嘴呢？陸臻用一種看肉豬的眼神打量夏明朗所有裸露的皮膚，手臂？脖子？臉？

夏明朗似乎有所感應，回頭笑道：「你今天是不是死在B3那塊的？」

陸臻點頭，他今天被人用冷槍放倒，正在盤查人頭。

「我幹的。」夏明朗揚了揚手裏的菸，銜到嘴裏，笑容囂張得近乎無恥。

陸臻頓時覺得恍惚，這畫面似曾相識，而夏明朗轉身之後，他看清了他背上的那把槍，胸口有些痛，被空包彈擊中的感覺，深刻而疼痛，一次又一次。

徐知著對他而言算什麼？因為夏明朗的提問，他開始思考這個問題，但其實，都有。

因為那是他的朋友，所以要幫助他。

因為所有的少年都這樣迷惑過，所以憐惜他。

因為想要向夏明朗證明他的錯誤，想證明苛責與非難不能成就人，只有愛與鼓勵可以！

陸臻瞇起眼，看著那人的背影隱在樓角的陰影裏，煙霧把整個人都籠罩起來，不知怎麼的就有一種衝動，很想湊到前面去看清楚，看清那張總是帶著點懶散的卻又危險到可怕的臉，還有那雙眼睛，如此惡劣的眼神，卻洞悉一切，讓人恨不起來。

不過偷偷在背後接近夏明朗永遠都是一件艱難而危險的工作，這一次陸臻成功地走到了三步之內，然後看到眼前那個身影迅疾地轉身……他有反抗過，陸臻堅信就算是條件反射他應該也是有反抗過的，但是事情的結局卻沒有任何的顛覆性。

陸臻脖子一緊，被夏明朗橫肘頂到了牆上。看來練三年和練十年到底還是有著質的不同。陸臻心中感慨，同時露出快要被掐死的無辜表情。

「我還當是誰，」夏明朗看清楚了來人，手上鬆了一點：「原來是寃鬼索命。」

「可惜了，不是個豔鬼。」陸臻故意笑得氣定神閒。

夏明朗一愣，卻也笑了起來，勻出一隻手來挑起陸臻的下巴，仔仔細細地看了兩眼，道：「不錯，還挺豔的。」

陸臻神色不改，飛起一腳取夏明朗下三路，沒想到腿才剛抬起，就被人纏住了，夏明朗一用力，陸臻整個人都被他壓在牆上貼成張薄紙。

夏明朗笑得更加淡然自得，湊到陸臻耳邊吹了口氣：「怎麼，死得還不服？」

「服了！」陸臻目視前方，直視天邊那一抹破曉的魚肚白。

「你服什麼了你？僵得跟鐵板似的，還想打？嗯？不過，你今天已經被我幹掉了……」夏明朗伸手戳戳陸臻心口，「要報仇，等明天吧。啊？」

陸臻不知道究竟是他心跳得太快還是夏明朗下手太重，好像那每一下戳下去，都像是直接頂到了心口上，一下一下的痛。那種牙根發癢的感覺又回來了，陸臻垂目看著面前那張塗滿了油彩的臉，唇色極淺，完全沒有血色，忽然有了一種衝動想要一口咬下去，嚐嚐究竟是什麼味道，嚐一下夏明朗的血，到底是什麼味道。

這個妖怪！

「不打了？」夏明朗疑惑地看陸臻的神情慢慢凝滯起來。

「嗯！」陸臻點點頭：「放開吧。」

夏明朗鬆了手，後退幾步，陸臻竟沒有再廢話什麼，一轉身就走了，倒令他有了幾分失落。

遠處傳來一聲槍響，狙擊子彈擊中目標的聲音，陸臻站穩腳步。

小花，我們遇上了一個很不一般的對手，我想，他應該值得我們為他努力。

5

按照慣例，秋演與冬訓之間會有一段比較清閒的日子，想要回家的兄弟們排排假回家探個親，別全積在過年，陸臻與徐知著兩個新兵沒敢去擠那名額，乖乖地留在駐地，每天上完白天的保持性訓練就窩著給自己找點樂子磨時間。

通常陸臻守著電腦看看檔案打打遊戲，徐知著則坐在地上擦槍玩，如果一個人擦槍都可以擦出某種類似於嬋娟的表情來，那麼似乎也可以理解子彈為啥會那麼聽他的話，這有感情的東西到底不一樣。

陸臻在百無聊賴的單機遊戲的折磨中終於惡向膽邊生，偷偷摸摸地上了網際網路。軍區的局域網和網際網路有防火牆遮罩，當然這種遮罩對陸臻來說實在算不了什麼，不過登上之後陸臻才發現有追蹤記錄，他試著想繞開或者擺脫，但是強行擺脫會觸發警報，而如果想要繞開，那種運算量根本不是他現在手頭這麼一個小筆記電腦的CPU可以承受的。

陸臻略一權衡，心想算了，老子光明磊落又不搞洩密，你愛記就記吧。其實真的連上了也沒什麼好玩兒的，飆網的那點娛樂比起軍網來，也差不多，外面能下的片子，FTP裏都有，時事新聞也不會多出一條。陸臻一邊開著天涯刷刷頁面，一邊溜去同學錄看看留言，玩了一會兒忽然想起來，在網址欄輸入一個博客位址。

一個老朋友而已，沒什麼。陸臻心想。

他看到藍田的博客換了新標籤：此情可待成追憶，只是當時已惘然！

陸臻心裏悚然一驚，好像忽然間才驚醒過來，是啊，原來那句詩的下面是這樣的，原來藍田的暖玉生煙之後是這樣的。

藍田的博客像他人那麼整齊有序，一些視角相當特別的私人攝影，各地遊記與一些學術上的問答分門別類地放置著，有條不紊！陸臻一頁一頁往下翻，這是個喜歡記錄生活的人，因為他總是對自己充滿從容的自豪。

陸臻很有耐心，一些遙遠的回憶翻湧起來，讓人變得柔軟，然後滑鼠忽然一停，凝在一個熟悉的名詞上——我的男孩。

看日期，已經是一個月前發出的。陸臻沒來由覺得緊張，深呼吸，偷偷地回頭看了一眼徐知著，後者正在用一種纏綿悱惻的眼神欣賞他愛槍的三圍。陸臻把攔在肺裏的空氣慢慢吐了出來，指尖一顫，點開了頁面。

畫面緩緩打開，是一張照片，海天相接的一線，海鷗背雲而飛，晨輝如霧。

我的男孩：

我在紐約，長島，冷泉港，我到了。
我與你相差12個小時，你的黑夜是我的白天，我的黎明是你的黃昏。
你我總是如此。
此刻，我站在這鏡頭的背後，所以我們看到的是相同的景色。
你的眼睛在追逐著怎樣的風景？
是否還會告訴我？

愛，或者有起點，不愛，卻不是終點，正如這所謂的天涯海角。
真慶幸我們的故事不會再有反覆，時光會永遠停在那一刻，所有的回憶都甘甜得幾近圓滿。
光陰流轉，塵埃落定。
終於我也能像你一樣。
可以重新笑得坦然。

祝你快樂！

藍田

陸臻愣了半天，想哭又想笑，好半天之後才用僵硬的手指在鍵盤上打下一行字，忽然又想到什麼，又刪去，最後什麼也沒留下，默默地把頁面關掉。

頭頂的天花板很白，很白很白，白得像一面鏡子，那些回憶中的畫面次第浮現，仍然清晰而鮮活。

祝你快樂！

藍田只會說祝你快樂。他說，像我們這樣的人，生命中有太多無端的敵視和艱難，能夠快樂地生活，有些小小的滿足，就已經是美妙的人生，幸福是可望不可及的彼岸，得之我幸，失之我命。

陸臻覺得感慨，有太多話積在胸口的感覺，讓他想要傾訴，這些年太多事……他忽然覺得有點委屈，他想，你總是不相信我可以，可是我在臨死的時候真的有想到你。

陸臻望天發了一會兒呆，把電腦關了坐到徐知著身邊去，一本正經地看著他：「聊天嗎？」

「怎麼了？兵變了？」徐知著很是警惕：「一看就像，別哭啊！我最受不了人哭，你要覺得悶，我去給你整兩瓶酒，灌下去就好了，當年我們屋裡遭兵變的全是這麼治好的。」

陸臻一巴掌拍在徐知著的後腦勺上：「瞧不起我怎麼的？」

徐知著嘻笑：「喲，你行你最行！哪家丫頭這麼不長眼，連你都捨得甩。」

陸臻若有所思，苦笑：「說起來，這也不能怨他。當年碩士畢業的時候，他讓我去軍區，他說只要我待在城市裏他就回國，天南海北，廣州、南京、北京都可以。可是我不想待在軍區，你知道吧，人事紛繁，我參軍想要的不是這個。」

「然後她就生氣了？不要你了？」徐知著嘖嘖然：「要我說人家姑娘也沒大錯，女孩子一輩子就那麼幾年，她能等你多久啊，再說了，你看我們現在這樣吧，一年休假不到半個月，她連你人都摸不著，她還跟著你幹嘛，再說你那位，還是個能出國的人，那肯定心高氣傲，咱做人也不能這麼自私不是嗎？」

「是啊，」陸臻四肢張開攤在地上，「其實他還是給過我機會的，後來還是分了，是我自己沒抓住。」

「這就沒法抓住，你們兩個就不是一路的。」徐知著不以為然。

陸臻愣了一會兒，卻更傷感：「小花，還是你心明眼亮啊。」

「那現在是怎麼著，正式分了？」徐知著盤算著以陸臻那恐怖的酒量，他今天晚上是不是得冒險去買四瓶高粱。

「不，他剛剛告訴我，他原諒我了。」

「什麼？」徐知著一下子跳起來，「她她……要和好？那你小子這麼一副文藝青年的調調給誰看呢？取笑兄弟我沒人要是吧？」

陸臻哭笑不得：「我是說他原諒我了，就是不介意這事了，不是要復合明白嗎？」

徐知著愣了一會兒反應過來：「噢，這樣，」大眼睛轉了轉，「那女孩人不錯啊。」

「是啊，」陸臻苦笑，「他人非常好，是我配不上他。」

「哎，說說唄，怎麼好上的？漂亮不？」徐知著抱著槍靠近。沒辦法，八卦嘛，那是天性。

陸臻仰頭遙望記憶的長河：「我覺得挺好看的，我喜歡他嘛！是我老爸的學生，常帶到家裏玩就認識了。非常厲害的一個人，超級牛，好像沒有他學不好的東西，他原來在我老爸手底下是學微電子的，後來忽然對神經傳導有興趣，碩博就直接轉科系。」

「比你還牛？」徐知著的下巴落下來。

「跟我不好比，我在他面前就跟小孩一樣。」陸臻抬手幫他把下巴托上去。

徐知著眨了一下眼睛反應過來：「兄弟，合著你這是姐弟戀啊？」

陸臻臉上一紅：「他大我四歲。」

「我靠，都沒看出來，原來你好這口？」徐知著傻眼。

「怎麼？你覺得彆扭？」陸臻微微笑了一下，心道，我好哪口，說出來，只怕真的嚇死你。

徐知著滿不在乎：「我彆扭什麼啊？你自己喜歡就成了唄？別說大你四歲，大你四十歲，只要你敢要，兄弟我照挺！」

陸臻一腳踹過去：「大我四十都快七十了！」

「那不是什麼：身高不是距離，年齡不是問題，性別不是障礙，《金剛》看過沒？這年頭連種族都不是什麼不可跨越的鴻溝了，你還怕什麼？」徐知著搖搖槍，眨眼詭譎一笑：「搞不好過兩年，我跟他登記結婚去。」

陸臻頓時愣住，神色乍驚乍喜，卻又茫然，嘴唇顫動了一會兒，只是很輕地叫了一聲：「小花……」

「怎麼了？不用這麼感動的，兄弟嘛！」徐知著笑眯眯的。

陸臻慢慢點頭，笑著說：「是啊，兄弟！」

12月份的冬訓剛開始就是個大演習，不同於平常的師以下單位的小合練，這次是年度大戲，集合了好幾個師，相當於軍區年前總結的級別。一中隊做為藍方的主要尖刀力量，責任重大。而同時，由於紅方電子對抗能力越來越強，陸臻報批的抗干擾儀器終於弄到了手，可惜儀器體積笨重，靠人力很難搬運。

結果夏明朗就鬱悶了，計畫來計畫去都覺得不好安排，陸臻也很無奈，那是常規電子營接近一個排的任務量和儀器數，總不能由他一個人背著跑，果然設備開發的思路滯後，不考慮特戰的實戰情況。而且除了儀器運輸，操作上也大有難題，能打的不會玩這東西，而資訊中隊的牛人們跑完五十公里可能會虛脫。陸臻只有一個，只有一個陸臻，夏明朗到了這種時候終於悲哀地承認了這個現實，這小子，雖然平時看看沒啥用，可是某些關鍵時刻還就只有他。

對於這種情況嚴正倒是非常地樂見其成，與所有高層指揮官一樣，嚴正偏愛一切的高新科技，此君像是在一夜之間忽然發現了陸臻與眾不同的價值，躊躇滿志地打算演習之後要抽調整個基地的技術力量來全力打造陸臻。對此，夏明朗頗有危機意識地刺探了一句：這麼整他，好像少校也快不夠了吧。

嚴大人聽出話中的醋味，穩重地一笑：「明朗，革命只有分工不同嘛。」

夏明朗啊夏明朗，獨孤求敗是很寂寞的，群雄逐鹿多好玩啊！

等到了正式演習開始的時候，夏明朗萬般無奈地還是給陸臻配了車，陸臻一人搞不定那麼多儀器，一定要有助手，而他的助手沒能力隨著他三天兩百公里的轉戰。由於戰車的攻擊目標要比單兵小組大得多，夏明朗抽出方進帶了一個四人小組專門負責保護，而且還配了兩個暗卡的狙擊手，平時完全不露面，只在暗中跟隨保護。徐知著就是這暗卡之一，讓陸臻的私心很不滿，其實比起這種躲在暗處保護人的工作，他更希望徐知著能有個更光彩、更閃耀的任務，反正無論是基於什麼心理，他都希望能讓夏明朗看到他的好，看到徐知著是多麼的出色、優秀又有本事。

不過徐知著本人對此倒沒什麼異議，反而是笑眯眯地安慰他：「別拿演習不當任務哎，俺就剩下這塊主戰場了，還不得做到最好？」

演習的戰況比想像中更激烈，就像是多年的積怨總爆發，老紅軍打得非常頑強幾乎是寸土必爭，而陸臻負責的干擾與反干擾小組更是眾矢之的，他們差不多要一刻不停地變換著位置，才能保證不會被驀然而至的火炮所擊中，而三天後，戰況進入了犬牙交錯的狀態，再也沒有什麼前方，也無所謂後方。

紅軍拉了幾乎半個步戰連去抄陸臻的底，在坦克車的炮聲轟轟中，小侯爺拼命抵擋，陸臻也只保住了一半的儀器逃走。車子已經被標戰損，助手掛了一個，當陣地對攻開始，資訊中隊的那些書生型的技術人員們只有被人按在地面上不要抬頭的份。夏明朗接到消息趕過來支援，雖然全殲了來敵，可是戰損比一塌糊塗。

儀器折損過重，此消彼長，對方的電磁干擾和電磁偵察的能力馬上有了長足進步，紅方拿出了本土作戰上的地形和人力優勢血戰到底，甚至不惜整癱所有的電磁通訊與藍方打遭遇戰。靈活機動本來就是藍軍賴以為生的法寶，陸臻拼命跳頻，可是通訊仍然斷得厲害，時時被阻截，時時被追蹤，雙方陷入膠著的苦戰狀態。

夏明朗與陸臻相對無言，像這種以命換命的打法，說實話，還真是藍軍的剋星，他們死不起。

夏明朗離開不久，陸臻再一次被包圍。這次紅方打得非常聰明，首先利用陸臻他們與狙擊手的通訊聯絡鎖定了狙擊手位置，定點清除，陸臻就聽到肖准驚叫了一聲，便再無聲息，而徐知著最後給了他一句：電磁靜默！

像這樣的隊伍失掉了狙擊手就好像螃蟹丟了牠的兩個螯，方小侯就算是殺天的人物這回也不敢想著反攻了，一心只是突圍，護著陸臻且戰且退，陸臻來的時候帶了三個助手，一個陣亡，一個在撤退中脫了隊，只剩下一個圓臉圓眼睛的名叫馮啟泰的傢伙居然跟到了最後。

此人在第一枚火炮落下的時候嚇得眼淚直流，把小侯爺氣得差點沒自清門戶，陸臻原來看他那塊頭還覺得這小子體能應該不錯，又是積極主動要求進步的模樣，萬萬沒想竟會如此丟人，還想著回去之後一定都不拿正眼瞧他，沒想就他這哭天抹淚的，居然背著幾十公斤的儀器隨他奪命狂奔，而且在幹活的時候也沒出過大錯。陸臻痛心疾首地追討自己，太膚淺了，太不能透過現象看本質了，太沒有發現人才的眼光了，這真人，他就是不露相的啊。

「阿泰啊！」陸臻在隱蔽的間隙裏摸他的頭，「只要你能撐到底，我就讓隊長批你進行動隊。」

「真的啊！！」馮啟泰臉上淚痕未盡，一雙眼睛瞪得滾圓。

方進在背後聽到了，搖了搖頭，又撇撇嘴。

陸臻本以為徐知著已經陣亡了，可是沒想到，在進入下一個隱蔽點之前，他們又得到了狙擊保護，方進頓時心中大定，可是等到陸臻試圖聯絡徐知著的時候，卻發現他已經關機了，也不知道是通訊器出了問題，還是仍然在電磁靜默中。

干擾，反干擾，追蹤，反追蹤……

被伏擊，遭遇戰，隱蔽，退走……

接下來的戰爭進入白熱化，由於大功率的儀器全部戰損，陸臻一行人在整個戰區裏繞圈子，在追蹤對方的指揮樞紐，在跳頻的間隙中迅速的傳遞出短促的命令。然而每一次遭遇險情，冷靜而犀利的狙擊子彈都會提前從不可思議的地方射出來，一槍一命，令敵方膽顫，令己方心安。

這就是方進所謂的長槍一劃，800公尺無人區，一個狙擊手的霸氣。

於是在危機四伏的戰場上，陸臻發現自己有奇蹟般的鎮定，反正任何時刻他們身後還有徐知著，還有他的槍，便覺得沒什麼大不了。他忽然想到那個夏夜裏夏明朗說的話：別把他當成你的一朵花，要相信你的朋友。

小花，陸臻有些泛酸又無盡喜悅地想，你現在已經開得這麼好了。

因為戰況艱苦，勝利便來得如此的甘美，當象徵演習結束的信號彈劃破天幕的時候，陸臻一時間幾乎不能動彈，馮啟泰歡呼著衝出去，抱頭大哭。方小侯很瞧不上似的踱過，來來回回轉兩圈，終於，彎腰摸摸他的頭。

開心，歡呼，大叫，彼此擁抱，胸口撞在一起。

夏明朗從他的戰車上跳下，看到陸臻像一顆炮彈似的向他撞過來，習慣性地張開手臂打算給他熱情的下屬一個勝利的擁抱，沒想到陸臻從他手臂底下鑽了過去，爬上車把電子喇叭拉出來，站在車上大吼：「徐知著？我們贏了，出來吧！我們贏了！！」

幾分鐘之後，沒有人注意到的樹叢裏鑽出來一個髒兮兮狼狽不堪的人，黑漆漆的臉上只能看到一雙眼睛在閃著光，裏面血絲密布，徐知著背著槍嘰哩咕嚕地抱怨：「吵死了，我本來還想先睡一覺再說的。」

陸臻當然不管他，下山猛虎似的衝過去把他撲倒在地，徐知著哎喲了一聲與陸臻抱在一起。

像這樣的好事，方小侯當然不可能會不插一腳，於是大家都覺得應該要插一腳，於是當馮啟泰也打算去加一把力的時候，徐知著終於悲憤了，怒吼：「他媽的，老子快要被壓死了！」

因為肖准的提前陣亡，沒人換班，徐知著有三天兩夜沒睡過一分鐘，神經高度緊張，體力和精力全部透支，剛上飛機就撐不住了，一頭栽在陸臻懷裏昏睡，大有天塌下來也不會醒的氣概。

夏明朗閒坐在機艙一角，莫名感覺到這次好像少了些東西，他漫無目的地掃過整個機艙之後，視線落到了徐知著身上。似乎是第一次，第一次在演習之後他沒有收到徐知著試探的眼神，那個士兵倒在他戰友的懷裏呼呼大睡，那種滿足與安寧的模樣讓人動容。

夏明朗忍不住微笑，眼神柔軟而溫和，是的，就這樣，這樣很好。

在我們身邊有很多這樣的人，他們目標明確力求上進，他們可以做不算滿意的工作，跟不太愛的人結婚，他們沒時間陪老婆說話，他們錯過兒女的成長，他們不惜一切只為別人眼中的成功……可是，萬一哪天醒過來忽然發現不值得，怎麼辦？

夏明朗看過很多這樣的人，錯過整個青春，錯過所有生活的過程，只為一個結果，到頭來妻離子散，卻發現連事業都不合心意……他知道外面有很多這樣的人，年輕時拼命刻苦，中年空虛放縱，老來後悔黯然，但是那些人與他無關。他只關心自己的隊員！

麒麟是一份事業，它需要志同道合的人，這個名字本身就是一種信仰，為之奮鬥的每一天都是成功，一切的滿足在於過程，不是結果！

徐知著，希望你總有一天會明白。

陸臻用保護人似的姿態一手圈著徐知著，挑釁地挑起下巴看向夏明朗，夏明朗卻微笑，眼神柔軟而溫和，讓陸臻錯愕、茫然。

冷泉港：即冷泉港實驗室，Cold Spring Harbor Laboratory，位於美國紐約長島冷泉港，建於1890年。以定量生物學而著稱。它分別與15個大學的非贏利研究組織結合進行研究工作，在財務上由美國政府、慈善部門、基金會和當地機關團體支援。主要研究領域有：微生物遺傳、染色體結構、動物病毒、細胞培養、腫瘤免疫和神經生物學等。

第六章 緬甸緬甸

緬北，幽深的雨林裏滿是暗色的樹木，潮濕的空氣悶熱而渾濁，腳下飽含著水分的敗葉與腐土漚爛成泥漿似的東西，滑膩異常。

陸臻感覺到臉上墜著什麼東西，抬手一摸，指尖觸到一種滑溜的肉感，好像新生的息肉，陸臻反手抽了自己一記耳光。因為肌肉瞬間繃緊產生的震動，旱螞蟥從他臉上脫落，砸在一片寬大的樹葉上，蜿蜒盤繞，赤黑的身體扭曲成令人作嘔的模樣。陸臻惡狠狠的一腳踩上去，加裝了高強度陶瓷的軍靴將螞蟥踩爆，濺開好大一攤血……慘綠殷紅，透過迷霧般的陽光看過去，十分刺眼。

陸臻覺得很心疼，因為那是他的血！

這裏是緬甸，傳說中的金三角地帶，雖然替代種植政策推行後當地的罌粟種植大幅下降，但這裏仍然是整個東南亞最混亂的地方，各種武裝力量的勢力交錯，永遠的——冒險者的樂園。

十天前，夏明朗集合全隊開會，宣布有境外任務，烈度七級。隊員們的心情像坐了過山車一樣，呼啦一下直升上頂又嘩的降下去。七級烈度只相當於一般平民輕武器持械，並沒有很高的危險性。

因為不是什麼絕密的軍事任務，夏明朗簡單介紹了情況：自2005年年初雲南政府開始「禁賭專項行動」，使得邊境賭場的生意一落千丈，開賭場的大老闆們窮瘋了就開始玩綁架。賭場利用各種方式從中國內地把人騙到緬甸克欽邦境內，然後一併扣留要求贖金，因為孩子比大人好騙，而且男孩子更容易從家長那裏得到贖金，所以綁匪的主要目標大都是14到17歲的少年。

案情本來不複雜，但是犯罪在境外讓營救變得非常困難。緬甸軍政府表示克欽邦由克欽人控制，國際刑警沒有緬甸政府幫助，無法深入調查。目前在中國外交部的壓力之下克欽邦地方軍閥查封了一些涉案賭場，也釋放了一些人，但是仍然有一批人質被綁匪捲裹著退進了叢林。很明顯克欽邦的軍閥武裝不會為了中國進山搜人，所以麒麟的任務就是偷偷潛入把那些孩子們解救出來。

夏明朗按照出境外任務的慣例給每個人發了詢問單，隊員們可以勾選同意參與或者不參與，然後簽名折疊上交，夏明朗會當場看完當場銷毀所有的單子，這樣就只有隊長夏明朗知道有誰選擇了放棄，做為他排選名單的參考。境外任務畢竟情況特殊，所以沒有強制性。

然而當天下午，徐知著硬生生地挺在夏明朗面前說：「讓我參加！」

夏明朗蹺著腳擱在桌子上，看著眼前這個緊張的傢伙。

「你要考慮清楚，這是境外任務，萬一出了什麼事，你很可能就這麼交代了，什麼都撈不到。」夏明朗把檔案袋拿在手裏一下一下地拍。

徐知著忽然雙手撐到桌子上：「我決定了。」

「你想證明什麼給我看嗎？我很難說服的。」夏明朗慢慢站了起來，靠近，呼吸可及的距離，觀察那張臉上細微的變化，他看到他的下唇微微發抖，因為緊張，臉上的肌肉有不自覺的抽動。

徐知著往後退開了一些，用力吞了一口口水：「不證明什麼，我覺得我行。」

「可以。」夏明朗把檔案扔到桌上，發出清脆的聲響：「不過，萬一傷了殘了，別怨我！」

徐知著臉上漲得通紅，他直到走出辦公大樓才喘過氣，卻迎面看到陸臻站在一地金黃色的銀杏落葉中對他張開手臂。那個瞬間，他忽然覺得行了，別的什麼都不管，他得和這個人先擁抱一下。

陸臻用力箍著他的背，問道：「行了？」

「行了。」徐知著也用力勒緊他。

「好樣的！」陸臻大力拍了兩下。

夏明朗站在窗口往下看，初冬的陽光溫情脈脈地流淌著，那兩個年輕人擁抱在一起，很美好的畫面，彷彿有所感應，陸臻忽然抬起了頭，一雙眼睛裏頓時吸盡了所有暖陽的光，逼視他，即使相隔遙遠，仍然可以感覺到那種力度。

夏明朗微笑，併起右手的食指和中指抵在眉梢上，向他行了半個軍禮，陸臻頓時睜大了眼睛，再要細看的時候，窗邊已經沒有人影。

這是一個小插曲，雖然事後陸臻很後悔，他甚至相信夏明朗早就打算好這次要帶上徐知著，因為他不是一個可以被逼迫的人。可是在當時，這個決定讓徐知著充滿了勇氣，那種向夏明朗正面叫板的感覺，讓他興奮不已。

夏明朗最後圈定了九個人，其中三名狙擊手，雖然從實力對比上來看這樣的配備有些浪費，但是境外任務情況多變，夏明朗想力保萬無一失。小分隊名單確定之後是為期一週的配合訓練。換槍換裝從頭換到腳，連同內褲，所有能代表中國人民解放軍正規部隊的標誌被一一去除。槍械換成了AK-74與M9，因為AK-74幾乎就是八一槓，而M9與黑星92也沒什麼本質上的分別，所以，換械這部分幾乎沒什麼難度，倒是當地複雜的地形與民族環境成了大問題，陸臻與徐知著第一次去緬甸，面對著如同小山一般的資料，背得天昏地暗。

兩天前，他們從雲南西部的盈江、隴川一帶出境，夏明朗彷彿當地土著人，駕輕就熟地領著他們穿過一大片甘蔗田，然後指著腳下的土地說：「兄弟們，歡迎來到緬甸！」

老兵們很淡定，新兵一片譁然：什麼？這麼容易！？

是的，就是這麼容易，雲南省有綿延上千公里的邊境線，在這裏只要你認識路，出境就像散個步那麼簡單。

夏明朗扯了扯自己身上的雜牌軍服在前面帶路，那不是美式叢林裝，要更破一點。一行九人身上的服裝大多迥異，像方進和肖准索性只穿了普通的T恤加灰黃色軍褲，陸臻驟然失去頭盔的保護覺得很不適應，後脖頸涼嗖嗖的。從穿越國境的那一刻起，他們就成了東南亞多如牛毛的各種雇傭軍中的一小支，受家長們的聯合委託，由香港方面的黑線牽頭，去克欽邦的密林深處營救一群被誘拐的孩子。

離開之前政委謝嵩陽鄭重表示，由於緬甸內部局勢複雜多變，如非萬不得已不能與緬甸政府軍與克欽邦地方軍閥做正面對抗，萬一被俘，堅持雇傭軍身分，會有人負責營救。當然，如果遇上小股的毒販武裝與賭場打手，只管放心大膽地打死沒關係。

夏明朗在離開邊境不遠的小鎮上弄到兩輛快要報廢的小麵包車，陸臻滿懷驚訝地指著原車主問：「自己人？」夏明朗瞥了他一眼，搓動手指做了一個大江南北都明瞭的錢的手勢，陸臻很是慚愧。

克欽邦位於緬甸東北部，是緬甸的自治特區。克欽人與中國的景頗、傈僳源屬同族，自古到今與中國內地交往頻繁，聽說有些地方的固定電話甚至使用雲南區號，風土民情與雲南極為相似。

夏明朗開著車，繞過邁紮央一路奔赴緬甸西北，綁匪躲進山區之後，因為缺錢像發了瘋似的催討贖金，雲南警方的線人已與他們接上頭，並且估計出了匪徒的大概方位，夏明朗從中圈定了四個最有可能的村寨。

夏明朗與沈鑫都會說緬語，但是夏明朗還會說克欽土話，他甚至還可以學著本地男人的腔調走路，看起來就像一個在緬北待了十年的中國商人，全身都散發出那種剽悍而油滑的野獸氣息。陸臻不動聲色地觀察著他，離開了基地的夏明朗彷彿鷹歸蒼天，在這片危機四伏野蠻得幾乎純粹的土地上如魚得水。

按照原定計畫由夏明朗偽裝成本地中國商人由線人帶著去見綁匪贖人，被指名道姓贖買回來的少年遍體鱗傷神情呆滯，夏明朗微微瞇了瞇眼，把人護進身後。綁匪的要求是現金，人民幣，箱子的鎖芯裏有追蹤器，夏明朗趁著與人握手勾肩搭背時，在對方身上又安了一個。

根據少年零亂的記憶，綁匪們躲藏在一個傳統的村寨子裏。緬北的老村寨大多有固定的模式，黑竹製的吊腳樓圍繞著村子中心的水井廣場呈放射狀分散鋪開，村外是茂密的原始森林，夏明朗抵近偵察發現他們在連接村寨之間的山路出入口有一兩個哨位，而人員都集中在村子的南面。聽少年說，人質都被關在水牢與牲畜欄裏。

一切順利，方位鎖定之後，只欠東風。

麒麟習慣夜戰，悄無聲息地偷襲，夏明朗最後一次明確任務分配，狙擊手先行出發尋找狙擊點，剩下的隊員們開始整理裝備，分散進食，等待天黑。陸臻臉上被旱螞蟥叮咬的地方還在流血，因為與眼角接近，那一線半涸的暗紅色看起來有如血淚，怵目驚心，他卻並不知曉。

夏明朗盯著他看了半天，陸臻下意識地想要抹臉，被夏明朗一把抓住了手腕。

「別動哦，要不然你一定會後悔的！」夏明朗壓低聲息在他耳邊說，溫熱的氣流擦過耳垂，讓陸臻微微皺起眉。

夏明朗起身貓著腰滑進了從林裏，陸臻一頭霧水地看著他的背影，抬起的手在半空中僵持著，最後到底還是放下了。不一會兒夏明朗從灌木叢裏鑽了回來，嘴裏撕撕拉拉地咀嚼著什麼。他從水壺裏沾了點水，把陸臻髒兮兮的貓臉擦了擦，露出微紅的傷口，已經有點腫了，被旱螞蟥咬到的傷口必須要做即時的處理，要不然很容易引起感染。這一路過來都是密林，空氣被鬱結在濃密的樹蔭與腐植層之間發酵，渾濁濕膩，終年不得流通，再加上汗水的浸漬，感染的程度比平時更嚴重。

夏明朗把嘴裏的葉漿吐在一片樹葉上，就著昏暗的天光，消毒了兩根手指拈著藥漿一點點地往陸臻臉上敷。陸臻被迫仰起臉，眨著眼睛與夏明朗近在寸許的純黑眼眸對視，不知怎麼的，居然覺得有點緊張。

夏明朗見陸臻眼睛眨個不停，像一隻受驚亂撲騰的小小鳥雀，忍不住笑道：「咬別的地方我也就懶得管了，這小臉上細皮嫩肉的起個包，回頭再落一大坑，挺難看的，這小伙子還沒成家呢，別破了相。」

陸臻咬著牙擠出兩個字：「謝了！」

「不謝，你看你也就靠這張臉值點錢討老婆了，可不能殘了！」夏明朗嘿嘿一笑。

陸臻慢慢翻出一個白眼給他，夏明朗也不介意，笑得很是歡樂。

陸臻不知道是不是錯覺，藥汁裏帶著一種濃郁的青竹的氣息，那種氣息裏還裹著淡淡的菸味與一點點唾液的涼，有種繚繞的突兀又和諧的感覺。

夏明朗敷完藥，剪了一塊墨綠色的創口貼幫他粘上，陸臻打開油彩盒子給自己重新上偽裝。

凌晨時分，夜行的動物開始窸窸窣窣地準備回窩，貓頭鷹呱呱地號叫著，驀然的，夜空中撲下一大團黑色的陰影，那是牠們在撲獵食物。陸臻跟在夏明朗身後，無聲無息地穿過灌木叢，所有的腳步聲都隱沒在午夜的蟲鳴與樹枝的風動中，顯示出良好的訓練成果。

從夜視鏡裏看到的世界一片幽綠，單調而具體，陸臻在經過村口時發現了兩具屍體，被折斷的頸骨彎曲成詭異的角度，現場沒有半滴血，只有還未散去的體溫在夜視鏡裏留下最後一點生命的痕跡，這是守路的哨兵，方進幹掉的。

現在是凌晨兩點，人類睡眠最深的時候，整個村子都是黑漆漆的，只有南邊一個吊腳樓裏還亮著燈，那是守夜人，但是從夜視鏡裏看過去，他已經抱著槍靠在牆邊睡著了。

夏明朗在林子的盡頭停下來，壓低身形向陸臻做了一個手勢，然後整個人像壓縮到盡頭的彈簧那樣彈了出去，在草叢中輕盈地飛掠而過。

看他做動作簡直是一種享受，在這樣戰鬥一觸即發的關頭，陸臻還是拿出備份的大腦感慨了一聲。

那邊的夏明朗已經攀上了守夜人的竹樓，軍刀鍍了黑鉻與夜色融為一體，夏明朗順著黑竹牆的紋理刺入，鋒利的刀刃像切開黃油那樣滑了進去，屋子裏傳出一聲短促的悶哼。夏明朗的手腕一沉，刀尖切開了整個右心房與右心室，大團的血瞬間充滿胸腔，連呼痛都呼不出來，守夜人已經死去。

夏明朗在喉震式送話器上輕輕一彈，陸臻給M9擰上消聲器，學著夏明朗的樣子，把步槍背到背上輕盈地掠過草叢。在他身邊，一條條淡色的黑影從樹木的陰影中閃出來，滑行在夜色裏。清除的工作很順利，幾乎沒有遇上什麼像樣的抵抗，很多人在睡夢中被擊斃。

陸臻翻進一間竹樓，加了消聲器的M9射擊時只有撞針敲擊在底火上的輕響，「撲」的一聲，就像手指戳破一張紙。他在開槍清除靠近視窗的一名匪徒之後正想調轉槍口指向下一個，眼前忽然亮起一道光華，好像滿天星斗在眼前炸開，尖銳之極的勁風撲面而來。陸臻下意識地抬槍去擋，「叮」的一聲，幾點火星閃過，M9的槍身居然被切成了兩半。

陸臻連震驚都來不及，果斷地棄槍砸過去，刀手操著緬式長背刀，刀身璀璨，刀光如洗。陸臻只退了半步，刀手挑過一個刀花又捲了過來，陸臻扯住AK-74的背帶用力往前甩，步槍被甩到身前，匆忙中來不及持槍，只能握住槍管砸過去，槍身撞上刀光凝成的牆，AK-74木製的槍托與玻璃鋼製的彈匣被絞成碎片。

這是極銳利剛猛的兇器，無堅不摧！

克欽人自幼習刀，刀是男人力量與光耀的象徵！

刀光被步槍略阻了阻，又捲過來，陸臻已經從腰上拔出了95式軍刀。不敢硬碰，陸臻反手握刀擋了一下，冷兵器交擊的清脆聲響迴響在暗夜裏，火星四濺，軍刀的刃口裂開一個小口。不會斷已經很好了，陸臻精神一振。

星光太盛，夜視儀反而侷限了視野，陸臻一把扯掉夜視儀。刀手根本不給他半分喘息的時間，一個弓步踏近，刀刃披著星光砍過來，陸臻仍然只能擋，軍刀與背刀的刃口相擊拖磨而過，拉出令人牙疲的金屬摩擦聲。

陸臻在極近的距離看到刀手的眼睛，瞳孔縮緊，雙目赤紅。

背刀刃長，刀身在根部與陸臻的軍刀相抵，刀尖仍然劃開了陸臻的肩膀。陸臻只覺得肩上一痛，那些灼熱的液體爭先恐後地湧出來。陸臻拼盡全力把背刀往上一抬，就地翻滾，從刀手腳邊滾了過去，刀手就勢蹲步，連削帶刺地追過來。

陸臻在翻滾中看到顛倒的天地，就著這樣極彆扭的姿勢開了槍，刀手的攻勢忽然頓住，胸口炸開一團血花。陸臻撲上去踢開他的長刀，在他脖子上又補了一刀，用力太猛，刀刃幾乎切斷了頸椎。

槍聲還迴響在耳際，在寂靜黑夜中如此突兀，陸臻喘著粗氣把自己從屍體上撐起來，他在想：我闖禍了。猝然心驚，陸臻幾乎是下意識地提起緬刀就想往樓下撲，轉身卻看到一幢黑影雙手持槍站在窗邊，陸臻雙手握刀掄出一道燦爛的弧光。

「是我！」夏明朗說。

陸臻馬上收力，慣性帶著他往前衝，腳下踉蹌被窗口的屍體絆倒，夏明朗伸手扶住他。

「我開槍了隊長！備用槍沒有消聲器！」陸臻的聲音又輕又急。

「沒關係，戰鬥已經結束了。」夏明朗拿開夜視鏡。

「哦……可是村民？！」陸臻剛剛鬆下半口氣又提起來。

「他們是客居人，付錢住在寨子裏，本地村民是不會為他們拼命的，所以他也沒呼救。」夏明朗伸手拍了拍陸臻的頭頂，把他拉近輕輕抱了一下。

戰場上最常見的安撫方式——擁抱！

代表，你還活著，我也活著，我是你的戰友，我會保護你。

陸臻終於放鬆下來，呼呼地喘氣，汗水好像慢了半拍才知道冒出來，全身上下都濕透了，額頭的汗滲進眼睛裏，疼澀不已。恐懼這種東西，有時候要過後才會湧上來，腎上腺素過度分泌的症狀一一呈現，肌肉僵硬、心跳過速、口乾舌燥……

方才，每一秒都是千鈞一髮，沒有一絲遲疑，沒有一點偶然。死神在天平的中央佇立，一公分的偏移，天平的一端就會無可挽回地沉下去，直到地獄。

陸臻慢慢轉頭看向夏明朗，明亮的眼睛在星空下連連閃動，終於遲疑地開口：「你，什麼時候到的？」

夏明朗嘆氣，終究還是記得問了。

「剛剛！」夏明朗說。

「剛剛是什麼時候！」

「你跟他對刀的時候。」

陸臻眨了眨眼睛，沉默了。

夏明朗有點猶豫，他在想，他是應該等一會兒，等這個小豹子張牙舞爪地撲上來怒吼：「你他媽為什麼不救我！」還是當機立斷地扭頭就走，反正現在是戰時，他離開的理由充分。

時間好像凝滯了一樣，在寂靜中被無限地拉長。

夏明朗忽然轉身，心想，得嘞，雖然剛剛死裏逃生是很可歌可泣，只是老子還有事要做，陪你耽擱不起。

「隊……隊長……」陸臻小聲說。

「嗯？呃？！」

「你……哦，是不是，每次我……我拼命的時候，你都會在旁邊看著我，嗯……保護我？」

「也，也不是！趕上了！」這態度與想像中截然相反，以致於厚臉皮如夏明朗，還是尷尬著不好意思了一下。

「謝謝！」陸臻很認真地看著他，瑩潤的瞳仁中映出滿天星輝。

「謝什麼呀！瞎客氣！」夏明朗禁不住老臉一紅，轉身走在了前面。

M9：這是美軍編號，即貝瑞塔（Beretta）公司的92SB-F型手槍。這是半自動手槍，使用閉鎖槍機和延遲反衝機構，單動/雙動模式，使用9mm子彈。是美國軍警制式標配的手槍，英雄本色小馬哥用的應該就是這種槍。

2

按照原定計畫，他們應該偷偷潛入，救了人之後馬上離開，但是人質們被囚禁多時備受虐待，心理十分脆弱，三更半夜陡然看到陌生人一個個嚇得尖聲慘叫，抖得像攤泥一樣，拖都拖不走。而警方的情報出了大漏洞，這裏不是十幾個人質，而是三十幾個！

夏明朗無奈之餘只能挑了個屋子亮燈，把人帶到光明處先安撫下來。

我們是好人，救你們的……夏明朗試圖解釋，少年們抱在一起瑟瑟發抖，眼中驚疑不定。真的真的，我是你們家長找來的……陸臻從背包裏掏出一大把零星物件，張三家的照片、李四爸爸的菸盒……這是臨出發前從警方那裏移交來的。不知是陸臻那張臉比夏明朗更有安撫力，又或者是那堆信物起了大作用，少年們漸漸放鬆下來，有些比較活潑精神的開始露出笑意，而更多的則忙於埋頭大哭。

徐知著抵近回防，方進站暗哨，陸臻處理完自己的傷口之後與沈鑫、常濱他們則忙著給受傷的孩子們包紮。有些孩子的傷勢非常慘烈，背上數道流星一樣的傷痕，據說是用筷子扎進肉裏劃出來的，還有一個孩子腳底上被人用燒紅的鐵釘釘出一個M形。不過聽他們說現在能活著的都已經是好的，有些人甚至被剁掉了半個手掌，很快就支撐不住死掉了。

陸臻生性最受不了這種場面，眼睛裏亮閃閃的，已經有點水光。

村裏有老者惴惴地摸過來看情況，在門口被兇神惡煞的夏明朗給唬了回去。不一會兒，一個四十多歲身形結實的中年人提著油燈過來，夏明朗把他堵在門口嘰哩咕嚕說了半天。忽然中年人手上的油燈啪的碎裂，淋淋漓漓地灑到草叢裏，燃起一小片火。夏明朗與中年人隔火相望，桔色的火光在暗夜裏勾出他的輪廓，沉寂的側臉堅硬而凝重，像不可逾越的山。

中年人僵持了一陣，轉身離開，夏明朗用腳把火踩滅後回來，滿臉沉重的殺氣，唬得滿屋子的少年鴉雀無聲。

「怎麼了？」陸臻問。

「村裏的山官過來跟我談條件，他說我們不能這麼走，那些人回來會找他們麻煩，我說你不讓老子走，老子現在就是個麻煩。」夏明朗在頻道裏把徐知著調出來怒罵：「徐知著，炫耀你多行呢，亞音速子彈150公尺外你打一個燈，媽的，點著我褲子怎麼辦？」

陸臻小聲說：「你的褲子是防火的。」

夏明朗回頭瞪了他一眼，打開群通下命令：「各單位，回收所有的彈殼與相關痕跡，天亮之前我們要從這裏消失，把所有的屍體都帶走。」

夏明朗下完命令過來幫忙，半道上忽然想起來，問陸臻：「你那兩把破槍都收齊了嗎？」

陸臻臉上發紅，慢慢點了點頭，自覺非常非常地丟人，腦袋埋進了胸口，夏明朗就看到兩隻通紅的小耳朵並一段紅脖頸。

雖然地處亞熱帶，可是終究是初冬，天亮得晚給了他們更多的準備時間。

凌晨5點左右，夏明朗一行人帶上所有被營救的人質像來時那樣無聲無息地消失在村外。夏明朗領路，方進押隊，三名狙擊手輪流中程掩護，其他人則分散在隊伍裏，陸臻給所有的孩子都分了組，同一個省市相熟的人歸在一起，挑身體好的看顧身體弱的，以免脫隊。長期的折磨讓這些孩子們身體孱弱，行進速度非常慢。

不多時黑子與沈鑫就從後面趕上來，他們是最後一哨，同時負責處理屍體。目前沒發現有賭場別的同夥追殺過來，夏明朗對情況的估計沒有錯，在這塊戰亂紛迭的土地上，即使是普通山民也懂得明哲保身、欺軟怕硬，對身邊的生死有近乎坦然的冷漠。

夏明朗向總部通報了具體情況，三十幾名少年加上麒麟差不多有50人，米-17都得飛兩次，當然那也是不可能的。不到萬不得已，不會派飛機越境，所以最後的方案仍然是：你們想辦法自己回來！

飛機在雲南境內候著，隨時接應。

路其實不難走，但是對於那些身心疲憊的小朋友來說，就太過為難了。兩個小時的行軍路程，從清晨一直走到下午都沒走完，休息的時間越來越長，就這，也還是夏明朗一直用「你們再不快點跑，他們就要追上來了」等等……嚇唬著才走到的，都已經精疲力竭了。夏明朗回頭看看那些驚恐愁苦的小臉也覺得心疼，更何況，這些孩子已經餓了好些日子吃不飽飯，現在有了吃的，又要走路，一天就吃光了他們所有的口糧。

夏明朗找了個宿營點宣布今天先休息，睡一覺明天再走，小男孩們一個個露出歡欣鼓舞的表情，比較強壯還有體力的那些則幫著戰士們開始整理宿營地。帳篷帶得不夠，只能優先讓給最體弱生病的孩子，大部分人只能露天將就一晚上，好在不是雨季。不過也沒人抱怨。艱險的境遇讓這些原本桀驁的少年們變得乖巧順服，並且輕易就能滿足。

夏明朗靠著一棵柚木思考路線，明天再走個半天就能回到公路上，到時候弄輛車，速度就能大大加快，不過……在這之前，他得先去弄點吃的！

真是麻煩啊！夏明朗唉聲嘆氣的，所以老子不愛做保鏢！

夏明朗單敲了陳默，後者正在宿營地周圍尋找適合的狙擊保護位，夏明朗懶洋洋地說兄弟，斷糧了，給弄點葷。陳默說沒問題，看到就有。不過，光有葷還不夠啊，夏明朗瞇起眼睛掃了一圈，衝著陸臻勾勾手，去，把小臉洗洗乾淨，咱們去弄點吃的。

去哪裏弄？陸臻驚訝地瞪大了眼睛。

夏明朗把他臉上那塊膠布撕了下來，迎著光瞧了瞧，不錯不錯，沒破相，正好用得著。夏明朗狡猾地眨了眨眼睛說：「往南邊去，再走一個小時，有一村子，那村裏的姑娘，嘩……可熱情了！剛好把你賣了換糧吃。」

呃？！！

都說傣女多情，似虎如狼……但，但也不至於要這樣吧？

陸臻在被夏明朗一路拽走的同時還運用八成的理性思考了一下賣身的可行性，腦中驟然閃現出大量異族婦女將自己團團圍住調戲取樂的情景，頓時渾身上下的汗毛一起豎了起來。此情此景對一個土匪（夏明朗）來說大概是賞心樂事，可是對一名純GAY來說……進而他聯想到為什麼夏明朗如此關心他臉上的傷情，這完全不是因為關心他陸臻本人，而是，對他這張臉的價值存在的保護。

證據之一就是：他昨晚上肩膀拉了那麼大一口子，夏明朗連一句都沒有提過。

「隊……隊長……」陸臻急了，結結巴巴地說。

「別吵，再走半小時就到了，磨磨蹭蹭的！」

「不是，隊長，這事你找小花也行啊，他長得可比我好看，真的……隊長，你那是男人的眼光，你們男人都覺得小花長得粉味了，可是你不知道現在就他那樣的，在女人堆裏可紅啦，花樣美男吶，真的真的……」陸臻這次是真的急了，全然沒顧上自己已經語無倫次。

夏明朗停了腳步：「哦？」

陸臻自以為是轉機：「真的真的，而且你看他也喜歡女人不是！」

「合著你就不喜歡女人，是不是？」夏明朗莫名其妙地瞪著他。

陸臻一愣，正色道：「我只喜歡我喜歡的人！」那模樣，脖子一梗，就差說老子賣藝不賣身了。

夏明朗噗的一聲笑得腰都直不起，滿臉戲謔地調戲他：「不想賣身，是吧！」

陸臻梗著脖子。

夏明朗一把攬上去，壓著他的腦袋瓜子貼近：「那賣笑行不？」

陸臻冷不防被他壓到肩膀的傷口，痛得齜牙咧嘴，慘叫：「笑也不賣！」

其實夏明朗找上陸臻的唯一原因是因為這小子天生了一張好人臉，最適合帶出去做買賣，對誰都是那麼一樂，人見人愛花見花開。他們這些人訓練久了，槍摸久了，無論樂不樂意身上都會生出一些剽悍鋒利的氣質來，只有陸臻，自始至終，一雙清透的大眼睛溫潤不改，隨時一笑都像春風，乾淨快樂，讓人舒服。

緬北山區小村的土屋裏，陸臻手忙腳亂地幫著燒火，心想老子將來再信你一個標點符號，我就跟你姓！他的鼻尖上已經蹭黑了一塊，燒煙薰得眼底發紅泛出水光的亮澤，很是可憐兮兮的模樣。旁邊的矮竹桌上，夏明朗正親親熱熱地和一個埋頭拌飯的克欽族老阿媽聊著天，同時手指靈巧地用芭蕉葉與草繩把拌好的糯米飯包成一個個三角包。

空氣裏瀰漫著糯米飯的味道，陸臻用力抽了抽鼻子，這讓他的狼狽看來有些可愛。夏明朗用眼角瞥到他，挑了挑眉毛，笑道：「來，賣個笑！」

陸臻衝他齜了齜牙，夏明朗與老阿媽一起哈哈大笑。

夏明朗買了一背簍的糯米飯，還有一背簍乾糧，最後給老阿媽留下差不多300百塊錢人民幣讓村民自己分。在這個人均月收入不到500人民幣的地方已經不算是個小數。

在回去的路上已是黃昏，當金桔色的陽光融化了所有的色彩，任何堅硬的、冰冷的、犀利的一切都會變得柔美。陸臻跟在夏明朗身後走，眼前的男人背著竹製的大背簍穿行在異國的密林中，姿態悠然。

「你怎麼知道這裏有個村子？」陸臻問。

夏明朗笑了：「你說呢？」

「你以前來過這裏。」

「你說呢？」

「你還去過哪裏？」

夏明朗忽然轉身，笑嘻嘻地看著他：「想知道？」夕陽下，幽深的雙目中跳躍著瑰麗的火光，像所羅門寶藏的大門，危險而誘人。

陸臻重重地點頭。

夏明朗用隨手砍的登山棒在地上畫拉：「從這裏，從密支那到薩地亞，我在這裏待過半年，每一條公路，每一條山路。」

「為什麼？」

「為什麼……陸臻，除了人員與裝備，決定一場戰爭勝負的關鍵是什麼？」

「路線與補給。」

夏明朗很欣慰地笑了：「所以為什麼？我不會是第一個在這塊土地上遊蕩的中國軍人，也不會是最後一個；這裏也不會是唯一一塊被遊蕩的土地；而在我們身後，我們的祖國從東南到西北，軍事區、非軍事區，有各種各樣的人懷著不同的目的在遊蕩著。2002年美國大量招募參加過第一次海灣戰爭的老兵（註1），為什麼？即使有了衛星圖像與遙感照片，我們仍然需要人的雙眼與雙腳去丈量土地。」

「這樣！」陸臻又重重地點了一下頭：「小時候，高中的時候，很憤青，也聒噪。那時候和班上的男生一起討論62年中印戰爭，學著一起叫嚷、爭論。我爸是個軍事愛好者，他聽完我的長篇大論，那個暑假他帶我去了墨脫（註2）。」

「然後你就不叫了！？更別說，我爸可真是個軍事家啊！」在這樣的原始森林中行走聊天，會有某種特別的親切感覺，這讓夏明朗覺得很不錯。

陸臻笑了笑：「然後我明白，我們不能對任何事輕易地下結論。事物是複雜的會發展的，我們不能在瞭解之初就匆匆忙忙地給結論，然後把這個結論定義為自己的，像捍衛私有人格似的去捍衛它，不容挑戰不容改變。我們應該有一種開放的人生態度，隨時調整自己對一些東西的看法，並且明白這種調整並不是可恥的，而是非常可貴的……素質！」

「你想說什麼？」夏明朗瞇起眼。

「我是想說，我曾經對你有很不好的看法，我覺得你無知又粗暴，恃強凌弱並且兇殘成性。因為我非常厭惡不平等，我覺得人有各種各樣的屬性，有力的、病弱的，聰明的、笨的，男的、女的、各種性別、各種性向……但人格是平等的，我厭惡所有的歧視與壓迫。不過我並沒有固執的堅持對你的這種負面結論，相反，在後來的相處中，我不斷地修正著對你的看法，我發現那些惡劣的印象有很大一部分應該歸結為我一廂情願的心裏落差，或者說某種矯情。我最初錯誤的認定你應該如我想像的那樣，而當然的，你不必。所以，即使現在我仍舊在某些方面不贊同你的觀點，但是，我相信你是個好人！你很強，很出色，你可以做我的隊長！」

夏明朗慢慢地轉過頭，非常狐疑地看著他。

「哎……」陸臻有點緊張。

「完啦？」夏明朗挑挑眉毛，「那個，怎麼說，我現在是不是應該感謝陸少校對我的……」夏明朗腦子裏飛轉，只覺得稱讚也算不上，罵就更算不上，這他媽的學問人就是學問人，張口就給你整這一大長篇，都理不出個黑白、好壞。

夏明朗想了又想，終於定性說：「嗯……公正！」

「不，不用，這是我應該的。」陸臻放鬆下來，「只是，徐知著……」

夏明朗終於順回一口氣，得了，兜那麼大一圈子，原來堵在這兒了。

陸臻說：「我知道你對他已經有了結論，但是，我希望你仍然會有開放的胸懷，可以隨時修正自己的結論。的確，徐知著是爭強好勝了一點，但慾望是人類進步的原動力。沒有人什麼都不爭不求，還能很努力在完善自己自強不息，那不可能。」

「他的問題不是爭強，是急於求成。」

「但是他現在已經緩下來了。」陸臻急道。

「為什麼你要抓著他不放？」

夏明朗審視的目光讓陸臻有種被穿透的錯覺，他愣了一下，好像放棄似的一股腦兒地說道：「因為我覺得他像我，我們都有過這種時期不是嗎？不夠自信，還不明白自己想要什麼。可是我覺得他是可以好起來的。難道你不覺得嗎？否則你為什麼要給他機會？我是擔心你會因為一些愚蠢的堅持而放棄對人的公正，承認自己原來的觀點是錯，那可能很難但是……」

「你到底想怎麼樣？」夏明朗打斷他，目光沉靜下來，變成不見底的幽深。

「我希望你改變看法。」

「如果我不改變呢？」夏明朗的聲音冰冷。

而陸臻的目光卻忽然變得堅定起來：「如果您堅持不改變的話，那麼損失的是您。如果徐知著真心想要留下來，他不必在乎您的喜好，他只要符合這裏的規則。還記得嗎？是您自己說的，我們需要為之努力的，是我們共同的信仰而不是您。」

夏明朗看著陸臻加快了幾步越過他，獨自走進密林深處，這條路他已經走過一次，他記得回去的方向。

很有意思，很少有人這樣評論他的心思，也很少有人這乾脆地指責他的判斷。

夏明朗瞇著眼睛看陸臻的背影。

陸臻？

平心而論這不是一個好兵，甚至不是個好軍人，像他這樣的軍人肯定不會把服從上級的命令做為第一天職，他總會有自己的主意，他總要做自己的判斷。

一個部隊如果全是他這樣的人，那一定就完蛋了，可是整個麒麟應該會需要這樣一個人。

夏明朗心想，我的身邊，也應該能容得下這麼一個人。

當所有人都往右走的時候，他也能獨自一人往左，即使他的方向是錯的，他卻可以把大家往正確拉近一步。

他的存在會讓人無法懈怠，他讓你保持警惕，讓你明白，這世上並不只有一種聲音。

他會像一面鏡子那樣映出你的樣子。

陸臻，知道嗎？你居然讓我開始期待，期待你能成為我的鏡子，讓我能看到自己的位置。

以人為鏡，才可以明得失。

1. 2002年，美國發起第二次伊拉克戰爭。

2. 感覺這裏需要提點一下，62年中印戰爭主要是指中國與印度在1962年為了爭奪藏南地區所爆發的戰爭。當時中方在戰爭初期取得了勝利，失地盡收，明確了國境線。但是後來因為某些原因中國軍隊又退回了麥克馬洪線以後，所以現在的藏南地區實際上由印方控制。

陸臻與他的同學認為當時國家的決策有問題，但是陸爸沒有正面去回答他，直接給他一個答案，而是鼓勵他給他機會去瞭解。而墨脫正是藏南地區的一個重要城市，也就是說當時陸爸帶著陸臻去了藏南。

另外，簡單說一下我對於62戰爭的觀點（僅是個人觀點）。

我覺得結合當時當地的情況，退兵可能是唯一的選擇，藏南地區整個在喜馬拉雅峰線以南，當時的作戰補給線非常長，要先從內地把物資送上西藏，然後完全依靠人力、畜力翻越雪峰送過去。可以想像當時絕不可能在前線支援大量的軍隊，而印方的是一馬平川，如果最後僵持到進行全民動員，打起真正的國家戰役來，中國的勝算就很小了。而且當時打仗的時間是10月，因為10月之前是雨季，路會塌方，到了11月整個西藏就開始大雪封山了，到時候補給線不斷也得斷。

3

回去時，營地已經升上了火，火堆上烤著一些野味，沒有更多的調味，只是抹了幾把粗鹽，味道原始卻鮮美。夏明朗的到來引起了歡呼，糯米飯堆疊在一起，一路背過來還是熱的。孩子們撲上來搶食，直接用手抓著吃，雙頰被塞得鼓鼓的像一隻隻小沙鼠。久違的笑容在他們臉上蕩漾，快樂的少年總是最美的風景。

夏明朗走得熱了，上衣被脫下來扔在草地上，皮膚的顏色融化在夕陽最後的餘輝中，帶著原始的生命的勁力，自然之子的感覺。

陸臻找了個靠火的地方給自己割了一塊肉撕啃，無意中看到軍刀上的小缺口，記憶如洪水般湧上來，他忽然想起這把刀在不久之前剛剛切斷了一個人的脖子。陸臻木然地咀嚼了幾下，發現嘴巴裏的東西變得難以下嚥。這終究不是什麼燒烤晚會，臨時打的野味，你不能指望別人給你洗得多乾淨，切開筋肉還滲著絲絲的血，陸臻瞪著自己刀尖上那塊肉，在吃與不吃的博弈中強烈地猶豫。

夏明朗忽然走過來拍他的肩膀，把陸臻嚇了一跳。夏明朗詫異地看著這小子一驚一乍地眨著黑白分明的大眼睛，滿臉錯愕與尷尬的小模樣，不由自主的，笑了……這小子，真好玩啊！

「看什麼看吶！我又不搶你肉吃！」夏明朗逗他。

陸臻這下子沒了退路，把手上那塊肉想像成夏明朗，埋頭猛啃。

夏明朗伸手把陸臻的軍刀拿過來，用拇指試了試刃口：「裂了！」

「嗯。」

「那把緬刀呢？」

「小侯爺說拿去看看。」

「我靠！那麼個寶貝你給方進？」夏明朗一拍大腿，怒其不爭的模樣。

陸臻愣了，嘴裏咬著肉，含糊不清地說：「我，我留著也沒用啊。」

「笨了吧，啊笨了吧！你拿回去孝敬楷哥啊！別怪老子沒提醒你，那刀可是個寶貝，你拿回去勾著老鄭自己來求你，他那屋裏什麼都沒，就剩刀，讓他給你弄把好的。偷襲時，再好的消聲器也比不上一把刀。」夏明朗貼近耳語，眼睛一眨，全是狡猾詭譎的流光。

呃……陸臻看著他，就這麼，噎住了。

一個是多年戰友老大哥，一個是左右手得力幹將，你就這麼攛掇我去搞陰謀詭計，什麼人吶！！

「隊長！」方進心急如焚地從帳篷裏出來，夏明朗拍拍屁股跑過去，臨走時還不忘指陸臻，記得啊，那刀。陸臻無奈了，看我們窩裏鬥您就這麼開心嗎？

不過夏明朗的開心沒能持續多久，因為方進帶來的是壞消息，有幾個孩子身體狀況本來就差，擔心受怕地走了一天忽然就不行了，高燒抽搐，方進已經給用了藥，也下了針，雖然暫時沒有生命危險，但明天要再走，那也是絕對不可能了。

夏明朗略一權衡當機立斷表示，路還是要趕，走不動的背著走，等是等不及的。

徐知著剛剛下了狙擊哨，馬上表示他明天不輪哨，可以背兩個走。陸臻拍拍他，示意兄弟啊，實際點，都是半大孩子說重不重的也有百十斤呢！

福無雙至，但禍總不單行，夏明朗聽到陸臻說總部呼叫就知道一定沒好事。果然，總部送來了最新資料，昨天晚上，在他們偷襲之前，克欽邦軍閥派兵強行查抄一個冰毒工廠，雙方展開了激烈的交火。而仰光的軍政府藉口協助治理，把政府軍開進了克欽邦，目前軍閥與政府軍正在對峙，小毒販們已經鬧起來了，各地衝突不斷，搶地盤的、砸地盤的、趁火打劫的一團亂，很多城市都已經空了。

陸臻畢竟不如夏明朗那樣對緬甸的局勢敏銳，打起來了他只覺得頭痛，可是夏明朗整個臉色都變了。

「糟了！」夏明朗說。

不至於吧，陸臻心想，難道打瘋了還會打到我們頭上不成？一隊人要錢沒有要命一堆，沒利益的事誰會幹啊！他還在整理思路，夏明朗已經給出了下一步指示：雙環形防禦，確保孩子們的安全，一定要讓他們好好睡一覺，將來的路只會更難走。營地指揮權暫時移交給陳默，他先去前面探路。

陸臻抱著一大包紅外探測器去周邊佈線，林子裏黑漆漆的，卻並不安靜，夜行的動物穿行時的沙沙聲與蟲鳴錯雜在一起，陸臻凝神聽了一會兒，卻沒聽出什麼所以然來，這是異鄉的蟲子。

審時度勢大約是一個指揮官最重要也是最基本的素質吧，陸臻心想。他有些羨慕夏明朗，那個人好像天生就擁有這種素質。

情況比夏明朗想像得更糟，這不是兩個小毒販搶地盤，燒幾個村子炸兩個店就完了，這次是政府軍與地方軍幹上了，雙方還未發一槍，小老百姓就已經聞風而逃。

記憶中的小鎮逃得街上空無一人，有人說政府軍已經進來了，有人說還沒，有人說已經打上了，有人說就在20公里外對著……各種消息像雪片一樣亂飛，任他夏明朗再精明也打聽不到個準數。有車的早走了，有門路的去中國，沒門路的往鄉下逃。沒了車，公路的優勢蕩然無存，反而更要繞遠路，夏明朗開始考慮另一條路線。

回去的時候他弄到一輛破舊自行車，穿著破破爛爛的軍裝騎著自行車行進在緬北崎嶇的山路上，這讓夏明朗有一種時光倒流七十年的感慨，半個世紀過去了，這個國家怎麼好像都沒變過。

回到營地已經是半夜，夏明朗想玩陰的偷偷潛入，剛剛摸到外圈就被人發現了。

「隊長！」

他聽到耳機裏陸臻在叫他，而且不是問句。夏明朗很不爽，罵罵咧咧地爬起來，也不能怪他，這件破軍裝沒什麼防紅外的能力，在陸臻的紅外探測器面前，他就像舉著火炬在奔跑。

冬季的緬甸氣候非常好，凌晨大約20多度，天高雲淡，一天裏最熱的時候也不過33度。所有人都起得很早，把前一天吃剩下的糯米包就火烤了烤當早飯，天還濛濛亮就已經上了路。夏明朗換了路線，往東直插，盡可能地接近邊境，同時遠離政府軍與克欽人的交火帶。

一聽說緬甸內戰了，男孩子們一個個嚇白了臉，他們已經不再是年少氣盛血性方剛，玩個遊戲都會嫌血沒能染透螢幕的少年，他們現在只想回家。因為身體最弱的那幾個讓人背了走，剩下的反而走得快了些。

臨近中午的時候他們終於穿出密林走上了一條鄉間的末流公路，逃難的人流一下子湧到他們面前，無數背包攜子的難民把一條小路擠得滿滿當當的。

夏明朗仰天長嘆：我操！這下子有車也開不成了。

像是為了印證他的嘆息，一輛計程車熄火停在路中間，司機下車試圖檢查車況，幾個小混混用扳手砸碎了車窗玻璃明目張膽地搶奪財物。車上的乘客哭喊著與強盜拉扯，人潮面無表情地從他們身邊流淌而過，無人援手。在這樣戰亂紛飛的時刻，沒有英雄，沒有正義，當然也沒有見義勇為……有的只是一群求生的人。

陸臻覺得心酸，雖然那不是他的同胞。

七、八個大漢加三十幾個少年，像他們這樣走在路上其實非常搶眼，人潮自發自覺地與他們分開了一臂的距離，沒人過來問什麼，甚至連好奇的眼神都不多見。在這樣的逃亡中，和平時的一切規則都會被改寫，現在是強者為王的時刻。

那輛計程車又嘀嘀嘀……響著喇叭開了上來，這次開得很猛，甚至撞傷了人，人流受到驚嚇暫時分開了一些，計程車終於有機會踩到一腳油門，呼的越過了他們。

陸臻很不爽，他全身的正義因子在大暴動，叫囂著，攔住他們，揍他們，奶奶的，在老子面前逞什麼能！

夏明朗看著計程車的車屁股出了一秒鐘的神，忽然一笑，妖孽橫生，把個陸臻看得不寒而慄。他正想往旁邊退，夏明朗的視線已經掃過來了，當那雙黑眼睛轉向別處時，陸臻由衷地鬆了一口氣，然而半分鐘之後，那雙眼睛又轉了回來，這下子，停住不動了。

不會吧！陸臻哀號著走了過去。

「啥事啊，隊長！」陸臻唉聲嘆氣的。

「咱們去把那輛車弄過來吧！」夏明朗挾著陸臻的脖子離開隊伍，後面的沈鑫與黑子自覺地跟上幾步頂住他們的位置。

「為什麼啊，在這兒又開不起來！」陸臻不解。

「把傷患放進去啊，背著多麻煩啊！」

「可是為什麼又是我！」

夏明朗笑了：「那不是就你沒背人嘛！」

陸臻啞口，身為通訊電子兵，他有一堆的儀器要背，負重本來就大，除了在哨上的夏明朗、方進和陳默，也真的就剩下他了。

「可是怎麼弄啊！人家會給你嘛！」這亂七八糟的世道，難道還能打表？陸臻狐疑。

夏明朗嘿嘿笑出一口白牙：「坑、矇、拐、騙！」

畢竟只是輛計程車而已，又不是什麼大型重卡，並不可能真的在人潮中碾開一條血路，追了不多遠，陸臻就看到那車被夾在人潮中龜行。而走近了才發現原來螳螂捕蟬還有黃雀在後，那車裏坐的並不是原來的乘客也不是打破玻璃的小混混，而是兩個歐美人帶三個東南亞人。開車的是一個女人，頭髮削得極短，穿著北約制式的迷彩，槍就放在手邊，擺明一副我不好惹的模樣，亂世中相當有效的行頭。副駕駛坐了個男人，金髮藍眼，線條剛硬。

夏明朗與陸臻多看了他們幾眼，那個女人已經有所察覺，上下掃了他們幾眼，卻笑了，主動探出頭打了聲招呼：「嗨，你好！」

陸臻敏銳地聽出她不流利的英文中帶著法語口音，便直接用法語回了一句你好，那女人的眼睛瞬間亮了。

夏明朗很鬱悶，因為當陸臻與那個女人的嘰哩咕嚕離開「嗨，帥哥」、「啊，美女」、「今天天氣真好」、「這鬼路真是超級的難走」……一路往實質性奔去之後，他就悲哀地聽不懂了。聽不懂的夏明朗大人一臉嚴肅地跟在他們身邊，眼神犀利，嘴角緊抿，心中怒罵：他媽的，多學一門外語是多麼的重要啊！

不一會兒，女人笑呵呵地下了車。

夏明朗詫異：「怎麼搞的？」

「哦，蘇菲說，切，也不知道是真是假，法國爛大街的名字！蘇菲說既然我們更需要，她把車讓給我們。」陸臻得意地笑。

「這麼好說話？」夏明朗詫異。

「因為我告訴她，我們有五個兄弟背小孩背得快要發瘋了！」陸臻又得意地笑。

夏明朗笑了，伸手呼擼著陸臻硬刺刺的短髮：「小子，沒白疼你！」

重傷患者一共有六個（黑子一人背了兩），車裏死活硬塞進去五個，最後一個掀了後車蓋放進去平躺，常濱開著車，勻速保持在隊伍中間。一下子卸了一百多斤的負重，等於是重裝到輕裝，麒麟的隊員們都輕鬆了許多。

蘇菲和她的同伴們與陸臻走得若即若離，有一搭沒一搭地聊著天，這才發現剛好同路，大家都要去綠水城。陸臻起初很緊張，後來看看夏明朗神色如常心裏又穩下去，他素來就是健談的人，不多時已經打成一片。不過想來也是，時逢亂世，誰都不想惹麻煩，強強聯手路上搭個伴，這樣的陣容走出去就是個氣勢，至少不會撞上飛來橫禍。否則在這種地方生事，萬一沒長眼碰上比自己強的，被殺了、被砍了就地一埋，這輩子都別想找出兇手。

蘇菲聊了一會兒忽然指著夏明朗問，這位是？陸臻連忙恭恭敬敬地介紹說這是我們隊長。哦哦，蘇菲馬上聰明地說起了她並不熟練的英語。陸臻心中感慨，太有眼色了。

與隊長級的人聊天，內容當然有所不同，蘇菲先自報了家門，說我們是叢林火。陸臻心中一片茫然，回頭看到夏明朗衝他搖頭，又安心了，琢磨著這不是他無知，而是對方不紅。也是，法國的小傭軍多如牛毛，隨便湊幾個亡命之徒起個名字就叫傭兵了，當紅強人誰會到東南亞這種小地方混。

「那麼，你們是？」蘇菲問。

有來不往非禮也，夏明朗氣沉丹田正想開口，陸臻搶先答了，他說：「我們叫神獸。」夏明朗一口氣沒順過來，差點噴了。

「什麼神獸？」蘇菲茫然。

陸臻一本正經地說：「就叫神獸。」

「哦，哦……」蘇菲悟了，「這名字不錯，酷！」

夏明朗臉憋得發青。

報完了家門說任務，蘇菲半假半真地說了一些，夏明朗倒是不用瞞，大大方方地指著那群男孩子說那都是被賭場綁票的中國人，救回去交給他們爸媽拿酬金。克欽邦的賭場騙賭綁票全緬甸都知道，蘇菲頓時了然，回頭看看那群面黃肌瘦的少年，眼神很複雜。很顯然，相對於鑽石、黃金、白粉，人口絕對不是種好貨物，再說了，中國人能付出多少錢呢？一戶人家湊上兩萬美金就得傾家蕩產了！本來就沒有多少油水的事，和平時期還勉強能幹一票，可是現在是戰時，還得幹掉眼前這七、八名壯漢才能劫得下……

蘇菲撇撇嘴，瘋子也不幹這買賣。

完全沒有利益可爭，走在路上就能成為好朋友，蘇菲還頗為真誠地同情了一下夏明朗：「這裏居然打起來了，我操！」

「是啊，我操，也不知道那群超級的白癡會不會多加他媽的一點錢。」夏明朗順水推舟地感慨，陪著老外Fuck來Fuck去的，陸臻驚訝地發現夏明朗罵髒話絕對是一把好手，居然還帶著布魯克林區的黑人口音。

這時一直跟在蘇菲身後沉默寡言的北歐壯漢忽然回頭四下掃視，壓低聲音說：「有人在看我們。」

夏明朗笑了笑，打開送話器說：「槍手，打個招呼。」

麒麟的隊員們通常都有外號，有自己起的，被人起的，唯一沒外號的只有陳默，除了方進不怕死地叫他默默之外，萬不得已一定要叫外號的時候大家都稱他為槍手，雖然這個名詞的歧義不怎麼好，但的確是最適合他的。

一發子彈幾乎無聲地砸在壯漢腳邊，濺起一蓬塵土，壯漢顯然嚇了一大跳，臉上白得發青，雖然他在夏明朗發話後就聰明地停下來以防誤擊，可是打得如此之近還是出乎了他的意料。蘇菲馬上笑了，連連稱讚：槍法真好，哪位兄弟？介紹見見。

夏明朗淡淡一笑，說他不喜歡見活的陌生人。

蘇菲還是笑，只是話少了很多。

蘇菲他們要去綠水城與同伴碰頭，而夏明朗則需要從綠水找到更多的交通工具，同時他記得綠水還有一家中國人開的大藥房，備藥很齊，重症的孩子們需要更適當的醫療。可是一進城才發現情況不妙，整個綠水街都空了，店鋪全部關門，難得有幾家大門洞開的，裏面一片狼籍，一看就知道剛剛被打劫過。大藥房跑得人去樓空，所有的藥品被洗劫得精光，夏明朗無奈。

政府軍與地方軍已經打起來了，這次消息確鑿，最後一批觀望的老百姓也開始打包跑路，連市政府都空了。

方進去車行買油，唯一還開張的兩家，開價一升80塊錢人民幣，方進氣得吐血，索性跟人打了一架，「買」回來50升汽油。

混亂的城市，電力系統已經完全癱瘓，沒有水，沒有手機信號，陸臻覺得這裏簡直比山裏還不安全。夏明朗找到一家小醫院，還在留守的幾個醫生被方進嚇唬著給孩子們看病，最後方進終於受不了他們那種笨手笨腳，自己親為了。

醫院外面是一大片空地，右邊有一個很神奇的還在營業的小旅店，只是不知道老闆還是不是原來那個。蘇菲站在二樓窗口很高興地衝陸臻吹了聲口哨，這是個小城，果然低頭不見抬頭見。

陸臻之前偷偷問夏明朗，你覺得那夥人是幹嘛的？夏明朗轉了轉眼珠：殺人放火，走私白粉、柚木、翡翠、玉石，你覺得呢？陸臻一想也是，在金三角，總是這麼些生意。

夏明朗索性就佔據了這家小醫院，正在安插人手佈防，叢林有叢林的危險，城市有城市的。轉頭看陸臻還閒著，一腳踢出去布紅外警戒。畢竟是城市，人多而雜亂，陸臻不敢佈雷只能多加紅外眼，沒想到剛剛放置了幾個，蘇菲已經向他走了過來。這擺了明路的跟著，陸臻一時倒又不好甩開她，本著非常時節和諧為上的原則笑嘻嘻地套著近乎。

蘇菲朝門內看了看，彷彿不經意地問：「你們看起來很像軍人！」

陸臻心裏一驚，臉色不改：「我是退伍軍人。」

「哦，中國人？」

「加拿大籍華裔。」

「那你們隊長呢？」

「他是越南人。」陸臻微微一笑，轉而又對越南人民產生了負罪感。

方進好不容易把孩子們暫時安頓了，長舒一口氣站到門口吹風，冷不防就看到陸臻跟那個法國假娘兒們聊天，他等了一會兒見兩人還不散，心裏就急了，一手扯住夏明朗指過去：「隊長，你看！」

夏明朗探頭一看，笑了：「怎麼，看到女人心動了？要不然下次招人的時候給你招幾個姑娘回來？」

「不行！這怎麼行！」方進大急。

看他這麼大反應，夏明朗頓時樂了：「怎麼不行啊，兩棲偵察那邊還有海上霸王花呢。」

「不行不行，絕對不行，什麼叫女人呀，女人就是得眼睛大大的，皮膚嫩嫩的，擱我們這兒這不全糟踐了嘛！」方進橫眉豎眼。

「那你看什麼看啊？」夏明朗心想那法國妞完全不水嫩，頭髮削得比我還短，鼻子跟鷹勾似的，除了是個娘兒們，笑起來還沒陸臻好看。

「我是怕他們兩聊這麼久有問題，小陸子是新手，他不會說漏什麼吧！」

夏明朗一聽眉頭就皺了起來，轉頭張望了一眼，猶豫……

那蘇菲已經把話題推進到了個人問題：「你看起來很年輕。」

「是啊，我剛退伍沒多久。」陸臻輕鬆自如地編著謊話，心中小小得意，老子編謊話的水準是職業的。他見蘇菲的視線一直瞄向自己手裏的紅外探頭，主動補充了一句：「我原來是雷達兵。」

「哦，那很好，很酷……對了，你們那些，小孩子，他們給多少錢？」蘇菲往門裏挑了挑下巴。

陸臻頓時警覺，佣金這種行情他實在不瞭解，只是依稀記得警方說綁匪要求贖金20萬人民幣，陸臻估計著救人的錢總不能貴過贖金，而且說高了也不好，別來搶生意，於是頗有些遲疑地報了個數字：「一個人，一萬多美金吧！」

「哦，什麼？」蘇菲馬上做出大驚小怪的樣子：「也就是說，你們這麼多人跑這一票還賺不到50萬美金？」

「大概吧！妳要知道中國人都不是很富。」陸臻很開心，嫌少就安全了。

「哦，上帝呀！要吃要住，還有武器損耗，所以你幹這事，最後很可能連一萬美金都賺不到！」

呃……陸臻愣了，心想，妳可真是個熱心腸。

「嗨，所以，小伙子，我看你加入他們應該也不會太久，所以，你有沒有興趣來科西嘉，很自由的地方，嗯，會有很多女人，更賺錢的工作，嗯，恕我冒昧，你們的隊長接案子的管道有問題。你知道，幹我們這行管道很重要，否則累死也賺不到幾個錢。前幾年俄羅斯打仗的時候，你知道車臣招人才給多少錢？說出來你都不信，一個月一千歐元！也有人去，因為他們不知道外面的行情，沒得選擇！所以，別把自己的視野侷限了！你們加拿大太平靜，東南亞也是個小地方，你應該來歐洲！」蘇菲笑盈盈地發出邀請。

哦……這個，陸臻囧了，原來傭兵也是可以這樣明目張膽地隨便挖角的嗎，難道不是破門出教還得三刀六眼的嗎？？我靠，電影裏好像不是這麼演的啊！陸臻正茫然無計，眼角的餘光卻看到夏明朗往這邊過來，頓時笑了，彎眉笑眼，好似春光五月。

蘇菲以為陸臻心動了，正開心著，就聽到陸臻笑呵呵地說：「但是我不喜歡美女，我喜歡男人！」

啊……夏明朗堪堪走近，前情沒撈著，就聽見最後這句，而且這話與泡妞相關，所以他聽懂了，所以他懵了：「什麼？」

蘇菲一愣，馬上反應過來，笑容越發的曖昧起來：「OK，沒問題，完全沒問題，科西嘉也有很多很多英俊的男人，哦對了，最近流行東方男孩，你這麼漂亮，一定會很受歡迎……」

啊，什麼什麼？怎麼回事！夏明朗莫名其妙！他尚在一頭霧水中，卻看到陸臻微微側過臉衝他燦然一笑，貼到他耳邊極為露骨地吹了一口氣。

「但是我也不喜歡很多很多英俊的男人，我只喜歡他！」陸臻強壓住落荒而逃的衝動與怦怦亂跳的心臟，異常鎮定而淡定地微笑著對蘇菲說。

「呃……」蘇菲的笑容頓時僵住，狐疑的目光在這兩人之間轉來轉去，終於化為不可置信，「原，原來是……這樣。」

「啊！」夏明朗終於明白過來這是怎麼回事了。

陸臻像被電打到似的彈開三步，在蘇菲驚詫的目光中歉意地笑笑：「他，很害羞！」

「LU~~！」夏明朗大怒，咬牙忍下湧到嘴邊的一大串中文髒話，殺氣破表。

陸臻拔腿就跑，一邊跑還不忘記嚷嚷：「完了，他生氣了，他不喜歡我把我們的關係告訴別人！」

「哦，啊……」蘇菲驚訝地張大了嘴，愣愣地盯著夏明朗。

夏明朗氣得吐血，自問長這麼大還沒讓人玩兒這麼慘過，三寸厚的臉皮也飆上了血，居然沒膽回頭再看那個法國娘兒們一眼，殺氣騰騰地追了上去。

陸臻！老子宰了你！

陸臻一路狂奔，卻忍不住笑，那叫一個心花怒放志得意滿，贏了贏了，一路輸得這麼慘，成天讓他耍，這回歪打正著贏上一把天地和！翻盤了！陸臻感動得淚流滿面。

這一個笑得上竄下跳地躲，一個殺氣騰騰地追，著實引人注目，群眾們一個個被吸引了注意力。

常濱憂慮地拉著徐知著：「小果子又把隊長怎麼了？」

徐知著搖搖頭，眉頭緊鎖。

方進扯著陳默大驚小怪：「怎麼回事，怎麼回事？默默，你看到了不，他們怎麼回事？」

陳默說：「我沒看。」

跑步時最重要的就是氣息，陸臻笑得自己肚子都痛，腳下虛浮，很快讓夏明朗撲倒。

「臭小子，連老子都敢玩！你他媽找死！」夏明朗一把扯住陸臻的衣領，提起拳頭就要揍上去，冷不防對上一雙烏濃的笑眼，那個歡樂無限，那個歡喜無度。都說伸手不打笑臉人，雖然明知道給他提供笑料的人就是自己，可是這拳頭硬生生剎在臉上，還就是捶不下去。夏明朗強壓怒氣在他腿上踹了一腳，罵道：「說，怎麼回事？！」

陸臻知道得意不能忘形，拚命忍住笑一本正經地說：「那個蘇菲鄙視你接案子接虧了，說跟著你沒前途，問我要不要去科西嘉，說跟著他們幹，美女大大的，票子多多的……」

「這跟我有什麼關係？」夏明朗怒目。

「那你叫我怎麼拒絕好呢！」陸臻裝委屈，「我總不能說我是共產黨員，我得跟著黨走吧！」

「那你也不用扯上我吧！」

「你剛好過來了嘛！你看，效果挺好的！」陸臻往蘇菲那邊挑挑下巴。

「我操你媽！」這真是哪壺不開提哪壺，夏明朗急怒攻心，掄起拳頭又要砸上去。

「哎哎哎……」陸臻急退，「別打了真的，你再打下去，她就得當我們在調情了！」

「你！」夏明朗橫眉豎眼，一口血就堵在嗓子眼。

「真的，隊長……消消氣消消氣……你看你追得我上竄下跳的像什麼樣子。」陸臻湊近一步，極奸詐地留給蘇菲一個彷彿擁抱的背影。

夏明朗知道自己這下是栽了，媽的，江山代有人才出，夠狠！

夏明朗惡狠狠地指著陸臻說：「你等著！」

陸臻無辜地眨著大眼睛：「隊長，我對你忠貞不渝啊，什麼帥哥、美女、美元、歐元為了你我都不要啦，你不能這樣對我！」

夏明朗深呼吸，冷靜冷靜，小子，夠狠！調戲到祖爺爺頭上來了。那麼完美的計畫，如此靈活的機變，那麼淡定從容的反應……操他媽的祖宗，這事明明就應該讓他來做才對嘛！明明就應該是他把陸臻那小腰一攬，逗得他氣急敗壞，那這個事！它才對嘛！

栽了栽了，夏明朗餘怒未消又不好發作，狠狠一腳踹到陸臻的屁股上，把他踢得立撲。陸臻痛得直齜牙，艱難地把自己這塊大燒餅給翻過面來，就看到夏明朗氣急敗壞地在自己身邊轉圈，帶著玫瑰色與金色光暈的晚霞剪出他的輪廓，側臉的那條線，一瞬間有怦然心跳的感覺。

「隊長！」陸臻忽然不笑了，小聲呼喚。

「嗯！」夏明朗低下頭，卻有點愣。

「您很討厭同性戀嗎？」陸臻輕聲問，聲音很淡，與臉上的笑容一樣淡。

「我不討厭同性戀，不過別來搞我！」夏明朗氣呼呼地撂下話走人。

陸臻在地上躺了一會兒，慢慢爬起來繼續去佈他的紅外探頭，工作還沒做完呢。

科西嘉：科西嘉島屬法國領土，位於法國本土的東南部，亞平寧半島以西，薩丁島以北，是法國最大島和地中海的第四大島。自古以來就是個戰亂的地方，而且源於法國軍隊的外籍雇傭軍制度，科西嘉一直都是歐洲雇傭兵組織比較大的集散地。

4

雖然夏明朗一臉殺氣，方進還是不怕死地跑去想打聽事，結果夏隊長上來就是一腳飛踢。方進雖然閃得快躲過去了，可是還是委屈了，回去向陳默訴苦，陳默默默地摸了摸他的頭。

陸臻佈完線打開無線電試圖從公共廣播裏能聽到點什麼，徐知著要站晚班，收槍靠在他背上休息，迷迷糊糊地聽到陸臻在唸叨英語，問道：「在聽什麼？」

「BBC，媽的什麼消息都沒有，法國臺更沒貨，就知道吃喝玩樂從來不關心國際大事。」陸臻小聲抱怨。

「你外語能力真好。」徐知著很是羨慕。

「嘿嘿，」陸臻笑了，「所以說找對象有時候就得找個燒包的，刺激著你不斷追求進步呀。我當年念大學的時候，我那位在歐洲遊學轉實驗室，一會兒去法國了一會兒又到德國，那小……她這人很有語言天分，再加上語言環境好上手就快，混上幾個月就能寫點，在法國就給我寫法文信，我一看不行啊，這男人什麼都能丟不能丟臉啊，就跟著她折騰。再後來學會了就捨不得丟下了，總覺得將來會有點用，其實也還行吧，湊著說說。」

「但你的英語完全不是還行啊！」與大部分中國學生一樣，徐知著對英語有怨念。

「這個啊！」陸臻不好意思地撓頭，「這個我作弊的，你不好跟我比，我兩歲的時候就跟我爸去美國，七歲才回來念小學，回來的時候中文都說不溜，語文差點不及格。」

「你七歲才開始念小學？」徐知著詫異了。

「海外回國可以考插班生，我直接考到四年級，後來初一又跳了一級，再後來課程就難了，念不來了，順大流了，哈哈！」

「真聰明！」徐知著感慨。

「又是聰明！」陸臻有些抱怨的，「都這麼說，好像看我成天樂呵呵的，就覺得幹啥都不花力氣，其實我念書很認真的，《龍門考典》見過嗎？老子高三的時候整本數學做完，全班就我一個，宇內神話呀那是！但是我喜歡，喜歡就不覺得辛苦，我喜歡看書，學各種東西。我爸常說我們這一代人是很幸福的，因為我們可以這麼簡單地就學到前人花費畢生心血才能研究出來的知識。小花，你還記得你高二第一學期的期中考試考到多少分嗎？」

徐知著一愣：「這，這哪兒記得！？」

「我也不記得，不過我記得我高二有次物理考超差，我當時很鬱悶覺得沒面子。後來我爸說，再過十年你絕不會記得這次考試，但你卻會記得牛頓定律與力學分析。」

徐知著微微地笑了：「哎……知道啦！」

「知道啦！」陸臻笑得很得意，頭往後仰枕到徐知著的肩膀上：「我們這輩子會考很多試，被標上很多分數，可是最後那些分數都會被忘記……」

「知道啦！囉嗦！閉口榛子，你爸真沒給你取錯名，別吵我，我要睡覺！」徐知著有些不耐煩卻笑得很柔軟，他用力把陸臻的腦袋撐起來，側了側身尋找更舒服點的睡覺位置。誰知閉眼還沒多久，忽然聽到陸臻大叫一聲：「我靠！」

徐知著皺著眉頭問：「又怎麼了？」

陸臻扭頭嚴肅地問徐知著：「覺得他們打仗規模大不大？」

徐知著不屑地切了一聲：「一個營打兩個連，還是摩托化的，還不是機械化的。」

雖然沒有親見，但是聽傳聞百來個人幹幾百個人的架，也就是這麼點規模。

「是啊！」陸臻愣愣地點頭，「可是你信嗎，就這麼個村長級的鬥毆事件，這地還這麼窮，我聽到廣播裏說直接經濟損失已經超過100億人民幣了！」

「什麼？」徐知著被嚇醒了。

「真的嗎？」陸臻困惑。

「不知道啊！」錢這種東西一旦過了千萬級，徐知著就沒有準確的概念了。

「哎你說要是上海打起來了，那會怎麼樣啊？」陸臻感慨。

「往陸家嘴扔一個航彈就是一百億。」徐知著提醒說。

金貿沉沒，坦克車開上南京東路……陸臻被自己的想像嚇壞了。一種幾乎徹骨的寒涼從皮膚表層直鑽到他骨頭裏，舉目四望，天邊最後的落日還留下一抹金屬色的殘紅，街道空曠破敗，空氣裏飄浮著燒焦輪胎的氣味。

陸臻忽然發現他的鎮定自若、從容淡定僅僅是因為——這裏不是他的家鄉。人在異國，一切都如水中花、鏡中月，不切膚不知痛。

夜風混進某種刺耳的尖嘯聲，沒等陸臻抬頭，不遠處一道火光沖天而起，烈火與殘陽相映，把夜空染成慘烈的紅。

炮襲！！

夏明朗從屋子裏衝出來，大怒：我操，怎麼炸到這裏來了！

後來他們才知道，政府軍將克欽邦的6名談判人員扣為人質，消息傳出後克欽邦政府高層分裂為兩派，一批人尋找佤邦的協助，另外一群人東進，想暫時進入中國境內避禍。政府軍追擊而至，雙方頂在綠水河兩岸對峙，天快黑了不好打，緬軍就調來重炮清地。然而這一切的背景戰況都是後來得知的，那個夜晚，他們茫無頭緒地被堵在一個破敗的城市裏，聽著炮火忽遠忽近地轟轟而來。

零零散散的第一輪炮襲之後，有的孩子已經開始小聲哭泣。夏明朗的臉色變了變，下令把人從屋子裏撤出來。為防黑暗裏忙中出錯，被人趁火打劫，三十幾個孩子被分成了九組，同組人用登山繩連在一起，他甚至還給那些比較強壯的男孩子發了匕首做武器。萬一緬軍真的打進來，一切都不好說，軍紀這種東西不是在戰時用的，而且就算緬軍能守紀律，這個城市裏剩下的也全是強盜與亡命之徒。

這種時候像蘇菲他們那種有點實力的傭兵反而不是威脅，因為他們很有未來，他們愛惜身體，他們只為利益拼命，戰亂時最可怕的是無知的狂暴的亡命青年。

夏明朗持槍在手，一級戰備。

榴彈炮這玩意兒不值錢，第一輪試點標記過後，第二輪炮彈像蝗蟲一樣飛了過來，彈殼在空氣中摩擦出刺耳的尖嘯聲，爆炸彼起此伏。

陸臻看著夜空中連天的烽火，無奈地承認其實村長級的幹架也是有點搞頭的。畢竟再怎麼寒酸，五十個炮彈一起掉下來，也是可以炸掉一大片的。

不過，這還不能叫炮襲，遠遠算不上，真正的炮團齊射那是什麼概念呢？

那是每分鐘上千發的炮彈，一寸一寸地犁開地面，讓塵土揚上高空，把山巒削去幾公尺，所過之處，一切都是焦土。

那才叫炮襲，那才叫炮火覆蓋！

可是為什麼，現在就這麼點小陣仗，村長們群毆，你的心情卻這麼沉重？

陸臻用力皺起眉，他不是沒見過世面，軍演時一個89式的122火箭炮營可以在6分鐘內向23公里內的目標傾瀉1920枚122公分火箭彈。那時，他看著那些地動山搖的場面，只覺得心情激動，壯哉軍魂！

可是現在……

身後有幾個膽小的男孩子在哭泣，旁邊的同伴在怒斥他們，別哭，哭什麼哭！！

可是現在他清晰地知道這不是演習，當炮彈落下爆開，那燃燒的火柱中可能正挾裹著生命，雖然……那不是他的同胞。

「閃開，8點方向，往後退！」

夏明朗忽然大吼，陸臻馬上跳起來隨手拎起兩個半大小子壓著隊伍往旁邊躲，兩發跑偏了的炮彈一前一後地穿過對面的小旅館，那個並不結實的三層小樓嘩啦啦倒下了一半，塵土飛揚，眼前全是亂石飛砂。

陸臻心裏一驚，不知道蘇菲他們有沒有即時退出來。

「豬啊！！怎麼打的炮！我操你大爺！校炮的都他媽給爺去死！」方進吐出嘴裏嗆進的沙，氣得怒罵。

「這裏不能待了，換地方！」夏明朗打開強光手電筒照出一個方向。

陸臻下意識的回頭看了一眼，火光透過層層塵土塗抹出斷垣殘壁形狀，有哭聲與哀號混在磚塊水泥崩塌的響聲中傳過來……不知是誰。陸臻彎腰把那兩個男孩子扛起來，追上夏明朗。

第三輪的炮火跑偏得更嚴重，讓人懷疑他們就是想炸毀這座城市。陸臻驚訝地發現這座空城裏居然還藏著這麼多人，大家湧上街頭絕望地亂竄。炮彈毫無規律地落到建築物之間，破碎的肢體夾在磚塊水泥中砸到街道上。一個男孩被絆了一跤，一摸滿手是血，這才看到踩著半隻手掌，嚇得他當場呆立嚎哭，一動也不能動。

陸臻氣得直罵娘，把原來懷裏那個放下，折回去把這位嚇傻了的挾在腋下提走。憑良心講這炮火不算密，說實話演習時比這厲害多了，可是要命的是陸臻現在不是一個人，他背上背一個，手臂底下挾一個，身邊還跟著兩個一起逃命的。這讓陸臻驟然覺得自己的體積大了十倍不止，好像四肢都離開了身體，遙遠得根本不能調動，他有十個身體，全是活靶子。

陸臻拉著他們逃命，在金色與桔色熾熱的炮火中，夏明朗手上那一線瑩白的冷光有如清泉利劍。

他們一路退出城外七、八里地，轟轟的炮火終於被甩在了身後，夏明朗下令就地休整清點人數。人倒是沒有少，一個不缺全帶出來了，但是方進管著的那個重傷患早就身體透支撐不住了，再這麼一折騰，馬上進氣多出氣少。

內臟衰竭，這簡直是束手無策救不來的病，方進急得直跳腳，跟夏明朗耳語幾句，又跑回醫院裏找東西。小醫院裏的那兩個醫生也跟著他們一起逃了過來，垂著手，眼神木然地搖了搖頭。

「沒救了！」

那孩子大概十六、七歲的樣子，看起來非常弱瘦，在模糊的神志中聽到這樣一句宣判，頓時淚流滿面。夏明朗跪下去把他抱進懷裏：「你放心，是死是活我都帶你走，我不會扔下你，我帶你回家！」

陸臻只覺得眼眶一熱，眼淚已經滾下去，他連忙回頭把臉擦乾淨。

孩子們一個個相互摟抱著依偎在一起，有些倦極，已經迷糊地睡了過去。方進不愧是方進，炮火紛飛中把車開了出來，就這麼個小破車，那一路的坑坑洞洞居然沒陷在裏面也是個奇蹟，重傷患被放進了後車座裏，畢竟舒服些。

走夜路對於麒麟來說沒什麼，可是驚嚇過度的少年們早已沒有那個體力。夏明朗安撫他們先休息，所有的麒麟隊員持槍警戒。直到午夜時分炮火和槍聲才稀落了下來，大概這個城市已經被佔領了。

第二天，路上的難民多出了一倍，而且倉皇奔逃，不再是前一天的麻木從容模樣。好在距離國境只剩下了一天的路程，夏明朗下定決心就算是一個個背著走，也要在明天天亮之前踩上中國的國土。

離開綠水城沒多遠，戰火又從另一個方向波及過來，不斷有炮彈落在道路兩旁，飛散的彈片和石頭碎塊砸進車裏，那種浸透了血腥的火藥味又開始瀰漫。軍隊裏的防炮襲訓練這時候派上了大用場，夏明朗指揮大家收藏起武器，繞過根據彈坑推測出的炮彈落點，竭盡全力地奔向中國邊境。

交戰就在身邊發生著，只消一轉頭就能看到河對岸零零落落的地方同盟軍士兵正在被政府軍追殺。逃的人逃得不像個樣子，追的也不像，好像雙方都沒受過什麼正式的訓練似的把戰爭打成一場圍獵。許多士兵拼命地逃過河想要混到公路上來，但是大多都被後面的政府軍架起機槍打死在沒有遮攔的河水中，炮彈落到綠水河中間，飛濺而起的河水在陽光下泛出淡淡的粉色。

終於有一些士兵在混亂中逃過了河，河對岸的機槍拉高了彈道，彈雨呈扇形潑向公路上逃難的平民，有些人躲避不及當場被擊中，撲地哀號。

陸臻震驚得呆住，牙咬得嘎嘎響，眼中冒出火星。

「你想幹什麼！」夏明朗敏感地拉住他。

「他們……」陸臻啞聲道。

「不關你的事！你不是救世主！」夏明朗狠狠地瞪了他一眼。

「我只想完成目之所及的正義。」陸臻憤怒地瞪回去。

「你想做什麼？你以為你是誰？你是誰！」夏明朗按住陸臻的胸口往隊伍中間推，徐知著看這兩人起了衝突連忙靠過來。夏明朗捏住陸臻的肩膀拉近，壓低了聲音在他耳邊說：「你是中國人民解放軍，聽清楚了嗎？中國，人民，軍隊！你不是自由的！明天你退伍了自由了，你衝過去就算為他們死了，我叫你一聲英雄，可是你現在不是！」

「但是，我看不下去。」陸臻深吸了一口氣，徐知著攬住他的肩膀推著他往前走，好跟上隊伍前進的速度。

「看不下去也得看，這很殘酷，對嗎？破壞了你天下大同的人道主義世界觀？可是陸臻你給我記住，你是中國軍人，你是麒麟，你手裏的槍，受的所有訓練都是國家在支援你，是人民在養活你。你的力量不是你自己的，你存在是為了捍衛你的國家與你的同胞，當我們站在哪裏，我們就是流動的國防，我們的槍只能為國家而戰！你沒有權利自己選擇你的敵人！看看你身邊，這是你的任務，你的國家、你的人民交給你的任務，你想破壞它嗎？」夏明朗憤怒地逼視他，漆黑的眼眸閃著銳不可擋的光芒。

陸臻終於閉上眼睛，深深地吸了一口氣，說：「對不起，隊長。但是我很難過。」

夏明朗咬住下唇沉默，半晌，他做出了一個反常的動作，一手圈住陸臻把他的腦袋按到了自己肩膀上。

河對岸的政府軍有些已經追殺過來，陸臻驚訝地發現他們看起來都很小，好像只有十五、六歲似的，東南亞人種普遍不高，那些年幼的士兵看起來幾乎就像一群孩子，可是他們卻能熟練地開槍，並用刺刀挑破一個人的胸膛。

夏明朗領著他們小心翼翼地繞過那些受傷的難民與士兵，有個政府軍的小頭目注意到他們走過來盤問。夏明朗給他看了幾張中華人民共和國簽發的身分證，又塞給他一些錢。告訴他，我們是中國人，來緬甸做工的，現在打仗了，要回去。

小頭目揮揮手放行了。

陸臻忍不住頻頻回頭，那些屍體放在地上無人收殮，睜大了空洞的雙眼看向藍天。

「知道我們為什麼叫麒麟嗎？」夏明朗問。

「因為麒麟是仁獸，頭上有角，然而角上有肉，設武備而不為害。」陸臻小聲喃喃。

「不，因為麒麟是守護神！我們守護和平。我們是麒麟明白嗎？我們守衛一個國家、一塊土地，保護一群人，他們可能與你毫無關係也可能就是你的親人，他們……」夏明朗指著路上惶恐不安的難民，「你看他們，這裏是緬甸，他們是克欽人、撣人、佤人……他們是最剽悍的民族，民風悍武，從小就見識過戰爭，他們是男人都要帶刀的景頗人。可是你看，在戰爭面前，他們毫無辦法。」

「隊長……」

「這就是平民，他們是軟弱無力的，他們沒見過血，十里之外一聲槍響就能讓他們聞風而逃，所以我們要保護他們。沒有軍隊保護的平民是可悲的，讓平民變成難民甚至拿起槍自衛的軍隊是可恥的。你們能想像這樣的戰爭發生在中國會是什麼樣嗎？中國，這個境內已經六十年沒打過仗的中國！能想像嗎？你們的父母早上被硝煙嗆醒，推開窗，看到樓下停著坦克。你們的女朋友晚上回家，看到房子被炸掉了一半……所以，我要你們永遠都記住，我們是麒麟，我們不能讓世界都和平，但是我們至少要保衛這個國家，我們的職責是永遠都不讓任何一個中國平民，在自己家裏，看到真實的戰爭！」

夏明朗的神態平和，聲音低沉，他並沒有像往常那樣用有些誇張的華麗磁性的聲線妝點這些句子，陸臻出神地看著他的眼睛，不知道自己已經淚流滿面。

「對不起，隊長！」陸臻說。

「隊長！！」徐知著緊緊地抿起嘴角，眼神凜厲得懾人。

「明白自己是誰了嗎！你在為誰拿著槍！」夏明朗用雙手抱住徐知著的脖子，在極近的距離看著他。

徐知著重重地點了一下頭。

「走吧！」夏明朗放開他，走到隊伍的最前面。

在越來越擁擠的難民潮中，夏明朗一行人終於趕在天黑之前到達了南隴。

這個原本不大的過境站被成千上萬的難民擠得水洩不通，由於口岸執勤人員規定每個難民只能隨身攜帶部分錢財，大批的難民們來往於中緬邊境兩側搬運財物，全部擁塞在邊境口，中國邊防武警在界河邊架了幾挺機槍，以防止難民出現騷亂向境內的南隴城擴散。

夏明朗看這樣子就知道按照正常手續通關得到半夜，便帶著人偷偷轉向了另外一條路，如果坑矇拐騙不算什麼，那麼剪一段鐵絲網回國那就更不算什麼罪名了。陸臻心態平和地跟著夏明朗「非法」越境。

「嘿，歡迎回家！」夏明朗極煽情地揚起手臂。

孩子們用盡他們最後的力氣齊聲歡呼，中國與緬甸，不過一步之隔，就像兩個天地，只因為這裏是家！

「喂！什麼人！」林子裏忽然傳出一聲大喝，陸臻看到一個深綠色的身影閃出來，非常緊張地盯著他們。

夏明朗馬上把手放到頭上：「我們沒有武器！」

「閉嘴，不許動，在那兒站著！再走一步我就開槍了！」士兵嚴肅地板著臉，八一槓擦得鋥亮的握在手上，已經刺刀上架。這是個年輕的小戰士，一看就知道是新兵，十八、九歲的模樣青澀而稚嫩，個子不高，一公尺六五的樣子，頭髮削得極短露出青青的頭皮，很典型的兩廣百越人士的長相，黑瘦卻精神。

陸臻從來不覺得武警的制服能帥成這樣，眼前的黑臉小戰士是如此可愛，他心花怒放地衝著小戰士招手說：「嗨，士兵，去通告你的領導！」

「廢話，要你提醒？我們排長馬上就帶人過來了！」小士兵兇狠地瞪著他。

大大的熱臉貼了人家的冷屁股，陸臻卻還是笑，他仔細打量那個單薄瘦小的身影，沒來由地竟生出一種安心可靠的感覺，當他忽然意識到自己這種詭異的安全感時，非常不好意思地笑了，甚至做賊心虛地四下張望了一番。

小新兵的排長果然馬上就到了，十幾個武警戰士一字排開，夏明朗笑瞇瞇地說：「別拿槍指著我們，別嚇到孩子。」

排長一臉狐疑地走近查問，夏明朗報給他一個名字，排長警惕地開始了層層上報。方進卻急了，嚷嚷著：

「救人如救火，我這裏人都快死了，先讓我們去醫院！這都是中國人！」

排長同志湊近觀察了一番，一揮手，上來幾個人想把那幾名情況危急的少年先帶走，方進不放心跟著過去，卻被攔住要搜身，無奈之餘他只能卸了全身的裝備扔給夏明朗，脫得就剩下一條長褲、一雙鞋。陸臻微笑，心想，你們誰都不知道方進最可怕的武器其實是他的手。

中國人辦事總是如此，從下往上報上去麻煩，從上往下給命令快。當夏明朗與總參情報口的某位搭上話，情況馬上急轉直下，排長同志熱情而好奇地過來一一握手，最後看中陸小臻同志一張親切可人的好人臉，遲疑地搭話：「你們是幹嘛的？」

陸臻看著他高深莫測地微微一笑，排長露出恍然大悟的神情，這讓陸臻陡然囧了起來，差點想問問他到底想到了什麼。

在南隴城的公安局裏，帶回來的少年們正式被移交給雲南警方，雖然只有短短兩、三天相處，可是生死之際建立起來的感情非同尋常。男孩子們哭成一堆，一個少年拉住陸臻問你們是誰，你們是員警還是解放軍，我要回家考大學，我要做跟你一樣的人。

陸臻笑著擁抱他，告訴他，我們是保護你們的人。

南隴距離麒麟基地並不遠，交接完畢，他們一行人坐車前往附近的軍用機場，直升機直接把他們接回了家。

任務結束，所有人歡欣鼓舞，叫囂著放假放假！

徐知著與陸臻靠在一起疲憊地打著哈欠，嘀咕著回去要好好睡一覺，媽的，睡兩天都不起來，誰叫都不起來，累死了，身心疲憊！可是臨下飛機前夏明朗忽然叫住了他，讓他回去趕緊洗澡，一小時之後大操場等。

徐知著馬上睜大了眼睛，睡意煙消雲散。

作者按：綠水城與南隴口岸並非真實地名，另外，本文所記述的事件屬於在歷史上有原型可查找但經過一定改編的事件，修改的內容有可能是對戰雙方，也可能是時間。

第七章　我的隊長

徐知著很緊張，而事實上陸臻比他還要緊張，他其實很想衝到夏明朗面前去質問：「你到底想怎麼樣？你還想怎麼樣？有完沒完了，有完沒完了，你他媽還想他怎麼樣？？」

當然，這事兒他不能幹，又不是拍瓊瑤劇，他也不是咆哮馬，雖然他是多麼的想咆哮啊！！胸悶，何止是胸悶，陸臻覺得他簡直就是胸口碎大石，如果有可能，他真想把夏明朗拖出去凌遲處死再鞭屍一百遍，然後把那個妖怪的腦子扒開來看看是什麼做的，一個人怎麼就能惡劣成這個樣子？？

徐知著沖完澡把自己搓乾淨換了一身乾淨的作訓服之後，時間才過了二十分鐘。

然後，怎麼辦？

兩個侷促的傢伙坐在寢室裏大眼對大眼，陸臻忽然跳起來說：「媽的，要不然我也去洗一下吧！」就這麼坐著太難受了，他想了想又指住了徐知著：「你別先跑，等會兒我陪你去。」

可是問題是陸臻洗澡比他還快，十五分鐘之後又滴著水坐到了徐知著對面，繼續四目相對，大眼對大眼。

「你說，他要幹嘛？」徐知著很憂慮，他已經習慣了現在的生活，他已經開始享受這樣的生活，他不想離開這裏。

「天曉得！！」陸臻翻白眼，天都不曉得那個妖怪要幹嘛，真是的無論有什麼話要說，有什麼事要做，先讓人睡一覺行嗎？

到點了，徐知著不敢遲到，先站在操場上等著，陸臻不好跟他等在一塊兒，偷偷摸摸地窩在不遠處貓著。

夜很靜，草叢裏還有最後的夏蟲在高唱，天邊只剩下一點點暗紅色未盡的光。初升的月亮是金黃色的，鮮潤明亮，像一個大柚子。

夏明朗慢悠悠地走過來，從四合的暮色中慢慢變清晰，身上背著兩把槍，徐知著很緊張，保持著立正的姿勢身體拔得筆直。夏明朗甩出一把槍給他，用一種懶洋洋的調子說道：「陪我玩玩？」

槍械冰涼的觸感奇蹟般地撫平了徐知著緊繃的神經，他像是忽然緩過一口氣似的輕鬆說道：「怎麼玩？」

「打流動靶去吧！」夏明朗走在前面領路，轉頭一眨眼，那神情倒還真像是邀人搭麻將臺子的老賭鬼。

徐知著一聲不吭地跟在後面，一路走過去的時候，那把95已經被他拆裝了一遍，校具重新調整。

「我給你挑了把好的。」夏明朗道。

「嗯！」徐知著短促地回答了他。

陸臻小心地跟在後面，盡可能地不發出任何聲音，他只覺得奇怪，夏明朗的聲音如此多變，白天陽光下的時候他可以吼得很激昂，而現在，清潤如水的月光之下，他的聲音也可以靜水流深，和緩中帶著一點偏涼的溫度。

夏明朗和看守靶場的士官打了聲招呼，電門開啟，在1000公尺縱深的長靶場上，一個個流動的靶位時隱時現。

「能先試一下槍嗎？」徐知著問道。

夏明朗抬抬手，示意他自便。

徐知著瞄準300公尺外的一個靶子，一記拉長的點射劃破夜空的寂靜，靶子應聲而倒，徐知著走過去看了下落彈點，估計槍械的精度，夏明朗果然給他挑了把好的。

徐知著走回去看著靶場，有些疑惑：「您打算怎麼玩？」

夏明朗瞇眼一笑：「隨便。」

徐知著挑了挑槍口：「那就您先吧。」

夏明朗勾起了嘴角，笑容一閃而逝，整個人已經像豹子那樣滑了出去，抬手，槍聲驟然而起，已經擊中了一個靶子；徐知著隨著他暴起，電光火石之際，已經把另一顆子彈送在同一個靶子上。

夏明朗微笑，迅捷的身形在夜空中起伏翻轉，子彈像風暴那樣從他手中傾瀉出去，一槍一個，把沿途所有的流動靶位全部擊倒，而徐知著一直緊隨著他身後一步的距離，在倒靶的瞬間，擊中同一個靶子。

槍聲起伏，在這夜晚寂靜的靶場上，明明只有兩把槍的較量，卻像是千軍萬馬。

夏明朗衝到底，再回頭，掃完所有的靶位，站到出發時的位置上，徐知著緊隨著他一步衝過線，一聲不吭地撐著膝蓋大口喘氣，卻抬頭，眼睛看著夏明朗。

夏明朗走了幾步放鬆肌肉，抱著槍坐到靶場邊的草地上，金紅色的火苗在他的指間一閃而逝，蒼藍色煙霧升騰起來，消散在夜空裏。

「抽嗎？」夏明朗把菸盒遞出去。

徐知著沉默地從中抽出一根，夏明朗替他劃著了火柴，徐知著彎腰下去引火，帶著半截狙擊手套的手指碰到一起，乾燥而溫暖，呼吸在很近的距離，聞得到熟悉的菸味，徐知著有些疑惑地直起了腰。

「每一槍都打在我的靶子上，徐知著，你是不是特別想贏我？」夏明朗道。

徐知著抿著嘴：「因為你是這裏最好的。」

「我不是這裏槍法最好的，陳默才是，所以你贏了我又怎麼樣呢？去挑戰陳默？再打倒？可是然後呢？好是沒有盡頭的。」夏明朗抬起頭看他，眼神柔和而平靜：「你為什麼不回頭去看看自己呢？你已經很棒了。非常棒，不用再去超越任何人來證明自己。」

「隊長？」徐知著手指挾著菸，停在嘴邊。

「你是不是每天早上睜開眼睛就在想著，你今天要怎麼樣，要超越什麼人，那些人，可能你並不認識，或者還當你是朋友，可是你卻一廂情願地與他們為敵，整天想著要超越他們，就好像你恨全世界的人，你在與這個世界對抗！而你永遠都不會覺得滿意，因為成功沒有盡頭，所以你永遠在追求得不到的，得到了的就一文不值，你永遠都覺得自己不夠好，你於是永遠一無所有，因為你的眼睛只看著前面，你一直在放棄。」夏明朗雙手撐在草地上仰望星空，眼神變得茫遠。

徐知著沒有出聲，燃盡的菸燒到他的手指上，也不覺得痛。

「我以前沒有跟你說這些，因為這樣的追逐會讓你跑得很快，非常快。但是現在夠了，停下來吧，回頭看看你身邊。你有陸臻，這很好，是你的運氣，如果你現在離開麒麟，閉上眼睛想一想，這個地方給你留下了什麼？這些就是你得到的，從現在開始，回頭去享受你已經得到的一切。」夏明朗轉過臉來看他，聲音柔軟，像水一樣的，清涼和緩。

「也包括您的肯定嗎？」徐知著睜大眼睛，眼淚流下，悄無聲息。

夏明朗點頭：「是的，你會是我見過的，很好的狙擊手，至少比我好。」

不要哭，這不用哭，徐知著的心裏在喊，可是事實上，沒有用，他哭得一塌糊塗。

夏明朗看著他的神槍手捂著臉蹲下來，頭埋在手臂裏，肩膀抽動，像一個受夠了委屈的孩子，終於踩到了可以安心的彼岸。他伸手拉了他一把，把這個孩子攬到懷裏，輕輕拍著他的背。

不遠處的草叢裏傳出幾聲壓抑的抽泣聲，夏明朗忍不住笑：「出來吧，滾過來一起哭，都跟了一路了。」

陸臻相信他現在一定很難看，他想不通為什麼。其實那些話也沒有多動聽，可是眼淚就是止不住，他在想他的眼睛一定是腫了，鼻子一定是紅了，這麼丟人現眼的一張臉最好別讓任何人看到。他惡狠狠把頭埋在夏明朗的胸口，把眼淚、鼻涕全都糊到他的衣襟上。

夏明朗笑得很無奈：「別人的衣服就不是衣服了，是吧？」

陸臻抽抽鼻子：「我明天幫你洗。」

那天夜裏，徐知著哭了很久，哭到好像再也聽不見他哭的時候，卻發現，人已經睡著了。

夏明朗看著同樣眼淚汪汪的陸臻，這個難得不張牙舞爪地磨著他的伶牙俐齒與他針鋒相對的小傢伙，此刻紅通通著眼睛像一隻純良的兔子。

「我們兩個，誰把他扛回去？」

被淚水粘糊的眼睛睏得睜不開，陸臻皺皺鼻子，暈乎乎地說道：「隊長，我實在不想動，不如你就把我倆扔這兒吧。」

夏明朗忽然覺得皺著鼻子的陸臻很好玩，看起來不像一隻兔子而更像一隻貓，只是不知道貓哭起來是不是也會這樣紅眼睛。他於是很爽快地笑了一聲，讓守靶場的士官打了通電話給鄭楷，回來按著陸臻的腦袋平躺下去：「那就這樣吧，我陪你們一起。」

那個夜晚，天空是純淨的冥藍色，月明星稀。

如果有必要，他們可以在零下的低溫中在野外睡著，而像現在這樣，幕天席地身邊還有戰友安靜的呼吸，這是美好的享受，陸臻睡得很安穩，他把自己蜷起來靠著溫暖的地方，整個夜裏做了無數的夢，全是快樂的畫面。當清晨的第一縷陽光把陸臻從睡夢中喚醒的時候，他睜開眼睛仍然覺得身在夢中。

晨輝初現，太陽的光霧從夏明朗的身後漫出來，勾勒他側臉的輪廓。

陸臻瞇著眼睛看過去，從額頭到下巴的那一條折線，與記憶重合，一分不差。心裏悄然地起了一些變化，好像輸入密碼，三遍之後綠光閃爍，心門悄然打開。彷彿著了魔似的，陸臻慢慢把自己撐起來，於是夏明朗的臉漸漸由單薄變立體，他看到飽滿的額頭和濃麗的眉，睫毛不長，然而濃密，勾出黑色的曲線像是微微睜了眼在看著誰。視線往下走，掠過挺直的鼻樑，唇線分明而俐落，顏色偏深，暗紅色。

想嚐嚐是什麼味道。

咬下去，嚐嚐他的血，是什麼味道，想知道夏明朗的味道。

這個念頭曾經無數次在陸臻的心裏響起，而從沒有像現在這樣不可抑制，陸臻慢慢俯下身，嘴唇相碰的瞬間，他悚然驚醒，手上脫了力，跌在夏明朗的胸口。

那個瞬間他像是站在一個高湖的堤壩下，堤防驟然崩潰，他看到像山一樣的洪水奔騰而來，將他的靈魂擊碎，灰飛煙滅。

是這樣，原來是這樣，居然是這樣……

他聽到那些碎片發出細碎的聲響，是這樣啊，果然，是這樣。

穩定，強大，深不可測，充滿了神秘感，溫柔而幽默。

就是這樣，他向來都喜歡這種人，向來都是，那些人總是可以輕易地吸引他的視線，讓他將靈魂和身體一併奉上，只希望他會喜歡。

原來如此！

他感覺到夏明朗在他身下動了一下，陸臻緊緊地閉上了眼睛，身體僵硬。

夏明朗把手掌放到他背上，小心地翻身將他放平，然後輕輕拍他的臉：「嗨，小傢伙做噩夢了嗎？」

陸臻猝然張開眼，眼中有千軍萬馬在奔騰，可惜兵不成行，馬不成列，只剩一派馬亂兵荒的煙塵。

「怎麼了？」夏明朗把手掌按在他額頭上。

陸臻緩慢地眨著眼睛，讓自己緩過來，半晌，扯動嘴角笑道：「我夢到你了。」

夏明朗哈的一聲笑出來：「果然，好慘的夢，我把你怎麼了？」

「你把我撕碎吃掉了。」陸臻道。

夏明朗瞇起眼睛上下打量了一番：「煮熟了我可能會有點興趣。」

陸臻配合地笑起來。

徐知著還在熟睡，夏明朗壓低了聲音在陸臻耳邊道：「既然醒了就陪我去走走吧。」陸臻被他拉著站起來，心情複雜地跟在他身後。

晨風吹在臉上，帶著些微涼意，清冽而舒爽，陸臻張開手臂往前走，漸漸覺得心情輕鬆起來。夏明朗站在坡頂上轉過身，陸臻看到朝陽懸在他的腳邊，剛剛離開地平線。

夏明朗伸出手：「謝謝！」

他微笑，笑容模糊在晨光中，皮膚被染成金黃，與太陽的顏色融合在一起，分不出邊際。

「為什麼？」陸臻小心地把手指放進他掌心。

「因為徐知著！」夏明朗用力握緊，手腕上加了一些力，陸臻不由自主地靠近，被他拉到懷裏，夏明朗拍拍他的脊背，鄭重地又說了一遍：「謝謝。」

陸臻的腦子裏有一瞬間的空白，清晨乾淨的空氣將他們包圍，他忽然注意到屬於夏明朗的味道，帶著淡淡的菸味，有些微苦的清爽的氣息。

「人們分辨一個人的方式主要是臉，但其實毛髮、氣味、體貌、身形都可以！」

陸臻模糊地在想，是否當我已經記住了他的樣子，我又要開始記憶他的味道？聽說嗅覺是比視覺更長久而深刻的記憶。

於是一直到夏明朗放開他，陸臻才轉過神。他非常驚訝地問道：「你是指，有關徐知著，你是故意的？」

不會吧！

陸臻幾乎有些絕望，這多麼可怕，他的心機費盡，他的苦苦掙扎，與他的盡在掌握。

「不是。」夏明朗道，「我只是非常高興地看著你在努力，透過你，看到他真實的狀態。最初的時候我是真的希望他走，而我相信以他的個性如果不是你在堅持，他一定會走。」

陸臻鬆了一口氣，有些悶悶的：「但事情證明小花會改變的，他適合留在這裏。」

「我知道，假如他能看清自己的需要，他會比任何人都適合這裏，但是在這之前，他是個不安全的因素，可是我必須要為全隊負責。而且我沒有辦法去引導他教會他這些事，你明白嗎？他把我當成一個討好的對象，他成功路上的障礙，他會把我要的一切都給我，哪怕他沒有。到最後我反而擔心的是，他會因為我去死，在戰場上，分不清貪生與怕死的界線是很可怕的。可是我想要的不是這個，我希望我的士兵都有屬於自己的理想與希望，對這樣戰鬥的生活，充滿了自豪與滿足，因為，只有這樣的生活本身，才是我唯一能給你們的。說到底，一枚勳章，一個烈士的稱號足夠買你們的命嗎？我覺得不能，我們為之驕傲的，是我們的熱血，我們的使命。」

陸臻看著朝陽貼著他的身側往上爬，越過膝蓋，越過衣角，而夏明朗的眼睛在這晨輝中如此閃耀，像另一個太陽，他於是無法言語。

「陸臻，我有沒有跟你說起過，我其實從來沒有把你當成是我的兵？」夏明朗安靜地看著他。

「哦？」陸臻莫名其妙，有些尷尬地笑道：「中校先生您這話說得讓我很傷心啊。」

「你有時會覺得我很冷血，對嗎？只憑個人的喜好去判斷合適的、不合適的。但其實我也沒有辦法，我站在這裏，就要代表最高的利益、任務的成敗，還有所有人的生命，我只有這一個角度，我看不到其他。所以，陸臻，你不是我的兵，士兵應當完全地服從他的長官，可是你沒有這樣的天分，你也不必如此，你可以像以前那樣站在自己的位置，給我提供一個另外的參照。我能夠看見你們所有人，但如果所有人都在跟著我走，我就會找不到自己的位置。我需要你，讓我看到自己。」

夏明朗深邃的眼中藏著期待，那是一種無人可以拒絕的期待。

陸臻很想說完了，這次真的完了，別再看他，但是不行，他掙脫不開。

這個人，先是搶走了他的注意力，後來又騙走了他的信任，然後是他的感情，現在……陸臻覺得早晚有一天自己會把整個人生都交到他手上，連同所有的理想與希望，一切。

「隊長……」陸臻低下頭，他覺得自己現在一定像個傻瓜。

「考慮一下。」夏明朗的聲音很溫和，連同笑容，一樣的溫和。

「哦，當然！當然可以！」陸臻努力讓自己的聲音平靜，其實他太不習慣這樣沒有交鋒感的對話，不習慣一個不再咄咄逼人的夏明朗。可是他覺得感動，他們不再爭吵，不再攻伐，他是他的鏡子，他們是鏡中對峙的兩面，站在不同的角度，看同一個問題。從此以後辯論不是為了反駁，而是求同，這是一種真正意義上的信任。

他居然，給了他這樣的邀請，這種信任讓他豪情萬丈。

2

徐知著迷迷糊糊地醒過來之後驚訝地發現人都不在，站起身找了一圈看到夏明朗和陸臻正站在不遠處，一瞬間心滿意足。

這樣的生活，有夢想，有追求，有兄弟，還有一個好隊長，簡直春暖花開。

陸臻他們趕早殺到食堂吃了頓早飯，回去翻身又睡，一直睡到下午。徐知著滿足地睡醒之後的第一句話是：「臻子啊，隊長他，果然是好人哎！」

陸臻坐在床上愣了一會兒，回味半天，忽然操起枕頭殺了過去：「你這個死沒良心的小白眼狼，老子養了你這麼久，他一根骨頭就把你招走了……」

徐知著被他壓在身下海扁，笑得縮成一團，最後哎喲喂地狂求饒：「哪有……哪有，我對你一直忠貞不二！」

陸臻很帥地停手，吹吹額髮，擺出很Man的Pose說：「親愛的，我最喜歡你了！」

冷鋒過境，兄弟兩忽然齊生生地打了一個寒噤，覺得這天啊，可真冷。

陸臻看著已經有點憋不住想要乾嘔的徐知著，臉上有淡淡的寬容灑脫的微笑，他在想，是的，我是喜歡你的，其實我天然地喜歡所有人，除非他真的讓我太失望。

當然喜歡從來不是愛。

真可惜，喜歡常常不是愛。

小花，我想，我這次是真的愛上了一個人，一個像你這樣的男人，一個……如果聽見我說愛他，會像你現在這樣全身起雞皮疙瘩的那種男人。因為想到了愛，想到這種糾結的情緒，想到了陸臻同學那難以啟齒的少男情懷，他忽然發現雖然只是半天未見，他已經開始想念某個人了。

於是在那個下午，他去別的寢室串了門，聊了天，坐下來鬥了兩把地主，然後跟著徐知著去食堂吃了晚飯，某種可以稱之為無聊的情愫開始像荒煙蔓草那樣在他的心頭滋長。陸臻在沒事之際開始找事做，比如說，把身邊的布類用品都洗一洗，好久沒有整理過了。然後，在陽臺上晾衣服的同時，陸臻看到夏明朗提著電腦拖著懶洋洋的步子走回了寢室樓。陸臻沉默地把剩下的衣服都夾好，沉默地擦乾了手，沉默地決定：那又怎麼樣呢？想他就去看看唄！

他像往常一樣地敲門，聽到自己的呼吸並沒有比原來快了一拍，門內許久未應，於是平靜的心湖裏像是投下了一顆石子，蕩出連綿的波紋。陸臻數著自己的呼吸又敲了幾下，然後轉頭打算走，門裏面乾乾脆脆地傳出來一聲：「進來。」

風乍起，吹皺一湖春水。

陸臻推門進去的時候看到夏明朗洗完澡出來，髮梢上滴著水，落到肩膀打碎，閃著細微的光，赤著腳，迷彩褲的一角被踩在腳底下。

「哎呀！」夏明朗一看到他就做出懊惱的表情，「我把衣服給洗了。」

陸臻無奈：「那我幫你洗明天的。」

夏明朗拿著毛巾擦頭髮，邊擦邊甩，水滴四濺，沿著肌肉的紋理往下滑，陸臻忽然覺得這回真是見識到了，居然連身材都好得這般正中紅心。

「什麼事這麼開心吶，說出來聽聽？」夏明朗抬眼看他。

陸臻摸摸臉，嘴角果然翹得厲害：「沒什麼，我只是在想什麼人養什麼狗，上次給發財洗澡好像也甩得到處都是。」

夏明朗挺誠懇地嘆了口氣：「沒辦法，像我。」

陸臻只能笑噴。

「說吧，什麼事找我？」夏明朗把毛巾擰乾晾上，陸臻看到他抬手，牽動背上的肌肉劃出漂亮的弧線。

「哦，」陸臻咳了一下，三分心虛，「因為徐知著，謝謝你。」

「哎，這叫什麼事啊，他自己倒沒聲，你都跑我這跑好幾回了。」

陸臻想了想：「我覺得小花應該不會為了這事兒感謝你的，他大概覺得這不是一個應該能說聲謝謝的事……就像……」

「我知道，」夏明朗打斷他，「我知道！」

他於是抓抓頭髮眼神狡黠：「不過怎麼說你都要謝我，我不能不認你這個情對吧？你打算怎麼報答我啊……陸臻少校？」

陸臻笑起來，看著桌上的筆記本：「要以身相許嗎？」

「太上道了！小子，我就喜歡你這種的，太上道了。」夏明朗心花怒放，推著陸臻坐到桌邊，開機，輸入密碼，調出文檔，介紹格式和要求。陸臻搶先握住了滑鼠，夏明朗並不以為意，手掌覆在他的手背上移動游標，點擊確定。

剛剛沖完澡的皮膚帶著濕漉漉的水氣，帶著清爽的薄荷味的肥皂味道，陸臻沉醉在這種氣息裏，心情變得很好。

「行了！」夏明朗一手按住陸臻的肩膀，「就這麼寫吧，有問題問我。」

「寫砸了可別怪我。」

「不會砸的，上次那份報告嚴頭兒誇了我很久，說我小學語文終於畢業了，所以不用謙虛，陸臻秀才。」

陸臻嘴角抽動：「隊長，你讓我想到了一句老話。」

夏明朗俯下身去眨眨眼。

「秀才人情紙半張。」

夏明朗支著下巴若有所思：「那我得想法讓你多欠我點情才對，你家那朵小花的事，怎麼著謝我一次不夠吧？」

陸臻心中無言淚雙垂。

房間裏很安靜，只有陸臻敲擊鍵盤的啵啵聲，偶爾，會有紙頁沙沙翻過。

夏明朗坐在窗邊看書，手臂支在膝蓋上，一條腿散漫地擱在地上，長褲沒有軍靴的收束，散開來蓋住腳背。他喜歡學習新東西，不喜歡回顧過去。即使那是值得總結並回味的，他也習慣於只用一兩句話來告訴自己那意味著什麼，而不是長篇大論格式嚴明地寫上好幾千字，當然，就更別說那種充滿了套話的政治性總結報告。

陸臻在寫報告的同時分心往窗邊看，窗外是黃昏暗到最後的顏色，暗金色的霞光落到夏明朗赤裸的肩背上，染出古銅的色澤，明滅勾勒肌肉的紋理，有如雕塑。

菸捲挾在他的指間，他在抽菸，煙霧升騰讓他的表情模糊不清。

其實天氣真的不熱了，雖然地處亞熱帶，可是畢竟已是初冬。但是某人不在乎，想要個帥，卻沒想過這帥要得另一個某人心癢難耐。

陸臻有些出神地停下手，夏明朗轉過頭看著他笑，問道：「怎麼了？」

那眼睛像窗外的星星一樣明亮。

陸臻聽到自己的呼吸聲，如此安靜而綿長，有如沉醉。

「哦，這個……我在想，你為什麼不穿衣服？」陸臻笑眯眯地問道。

「呃……」夏明朗愕然，低頭看了一下自己：「有問題？」

「當然，不，只是好奇，天挺涼了。」

夏明朗笑道：「吹著風比較爽，你要是介意我可以去套一件，但其實我建議你也脫掉吹吹風會比較好，打架的時候很有用。」

「啊？」陸臻莫名其妙，可是看著夏明朗表情又不像是在開玩笑。

「風吹過皮膚的壓力，可以鍛鍊你的靈敏度。」夏隊長一本正經。

「真的假的？」陸臻習慣性地懷疑一切。

「要不要試試？」夏明朗忽然來了興致，站起來舒展筋骨。

「好啊，反正我也僵了。」

夏明朗走到裏間裏找了一條長布條矇到自己眼睛上，然後勾勾手指：「來吧。」

「隊長，這太瞧不起人了，傷自尊了。」陸臻說得很哀怨，揮舞著拳頭凜厲擊出。

夏明朗往後閃了一下，抓他手腕，同時腳下已經追到，踢向陸臻的膝蓋；陸臻偏身躲過去，拍了拍拳頭：

「果然厲害啊。」

特種兵的格鬥大都遵循著一個方針：快、准、狠。

利用身體最硬的關節，擊打對方最薄弱的部位，要求一擊必殺，傷敵必死。陸臻繼續搶攻了幾次，發現在高速出拳時帶出的氣流總是會讓夏明朗提前警覺，而一旦兩個人的較量陷入到貼身纏鬥，那麼看得見與看不見，其實也沒有多少分別。陸臻跳躍著移動自己的腳步，忽然摒住呼吸，停下了所有的動作。

「嗯？」夏明朗偏著頭在聽，「怎麼了？」

陸臻小心翼翼地往前挪，手掌前伸，一點點接近。

「你小子……」夏明朗笑起來。

還有一點點，快要達到了，陸臻決定在還離開三公分的時候扼上去，掐住夏明朗的喉嚨，這麼做雖然有點賴皮，不過，在合理的規則之內，不贏真的是白不贏啊。陸臻摒著氣，看著自己的指尖微顫，向上移動，夏明朗突然抬手，像閃電一樣，捏住陸臻的手腕，連肘托臂一併擰過去，壓上身體的重量，把陸臻壓倒在地。

「這怎麼可能，你出千！！」陸臻用另一隻手拍地板。

「今天天涼，你手心很熱，靠近了就能感覺到。」夏明朗把布條拉下來。

陸臻沉默了一會兒，拍得更響：「你個妖怪！！」

夏明朗得意洋洋地鬆開手，陸臻抓到機會反擊，雙腿交叉絞住夏明朗的一條腿，把他拉倒在地，同時翻身壓上去，膝蓋頂住關節，用手臂絞住夏明朗的上半身。

夏明朗眨了眨眼，讚許：「嗯，這招玩得不錯，方進最近沒偷懶。」

陸臻的體重輕，力量不足，靈活但相對瘦弱，小侯爺為了教導他沒少花心思。反正如果連摸哨突擊這種事都要用上陸臻，那麼他們也離潰敗不遠了，陸臻的學習重點在於如何在強大的對手面前保住自己的小命，所以對他的格鬥訓練除了常規的散打和軍事格鬥，還加入了一些格雷西柔術的招數。實踐證明，大部分真正的打鬥在雙方纏抱扭打後，都會倒向地面，格雷西做為一種扭打的地面技術非常地適合陸臻。

夏明朗本以為打成這樣，就可以收手了，於是他放鬆等著陸臻放開他，沒想到陸臻第一次把夏明朗打倒在地，心中充滿了蕩漾的激情，既然現在他在優勢位置，他就忍不住想要繼續下去，收緊用力，利用關節技巧絞殺，夏明朗一陣血氣上湧，想要翻身已經沒了餘地。

陸臻帶著居高臨下的角度強勢的壓下去，生生逼近，直到呼吸相錯，睫宇相交。

「服不服？」他啞聲問。

夏明朗失笑，嘴角勾起一點點。

陸臻一瞬間心跳如鼓，他看到泛紅的皮膚與濕潤的嘴唇，幾乎有些控制不住力道。

「哎！」夏明朗終於被絞殺得受不了，拍著地面：「投降。」

陸臻驀地站起來，夏明朗鬱悶地活動四肢讓痠痛的關節恢復行血，陸臻側身擦過他的胸口，貼到他耳根吹口氣，很是輕薄的樣子：「怎麼樣，服不服啊？」

夏明朗失笑，指著陸臻的鼻子道：「算了，既然小兔子這麼開心，就讓你再樂一會兒。」

陸臻攤手，走回到桌前去繼續打他的報告。

手指的動作有點亂，陸臻看到螢幕上出現連續的錯別字，按退格倒回去，一個個改過。

果然，他不是。

陸臻腦子裏很有條理地在思考著，雖然長期的軍校與軍隊生活讓他對於混在男人堆裏過日子很習慣，平常摟摟抱抱勾肩搭背完全沒有什麼感覺，但是，對於某些類似於調情的動作，還是會有反應。

不是說喜歡，也不是有感覺，只是一種反應，當然，也可能是彆扭的。就像一般異性戀的男人無論看過多少美女，貿然有個女孩子貼上去拋媚眼，他總會有點反應一樣，即使他知道那個女孩子應該是無意的。那種微妙的反應可能是微微皺眉，可能是不露痕跡退開一步，也可能是不自覺肌肉僵硬，但是夏明朗完全沒反應，大概只當他是在開玩笑，反正他自己也一向喜歡開這種玩笑。

果然啊，陸臻心裏想著，他果然不是。

可是很奇怪地，陸臻發現自己並未覺得失望，至少算不上難過，他的心情類似於小時候喜歡某位明星，而忽然有一天看到他與妻子十指交扣出現在他面前。

那種微妙的，有些釋然、有些遺憾、有些解脫的心情，於是歸到心底湧上心頭的，也不過是淡淡的那麼一句：果然，就是這樣。

因為沒有過期待，所以，也不能說是絕望，一切很平常。

陸臻心想。

一切正常。

陸臻打完一半報告的時候是晚上十點，夏明朗千恩萬謝地把他送出門，並且提醒他不要忘了明天繼續前來賣身。徐知著在隔壁鬥地主未歸，陸臻一人無聊之際開了電腦，意外地看到萬年潛水夫宮海星同學的頭像在閃閃發亮。

小宮一直嚮往大海，一心就是要上艦，終於也讓他如願以償，只是上了艦之後作息時間更無規律，再加上陸臻這邊也是忙，所以這哥兒倆常常是你在三天前留下一句話，我看到回了，三天後，你再回我一句，正所謂的拿ＱＱ當郵箱用。

陸臻點開對話方塊，劈帕打字：漫漫長夜，無心睡眠，我以為只有我睡不著，原來動物兒你也睡不著啊？

宮海星叮咚回覆：乾果兒，你兄弟我陷入無望的愛河裏！

陸臻心裏靠了一聲，不會吧！這麼巧。

暖玉生煙：哪家姑娘倒了這般血黴？

海星海星：我們基地的一個醫生，長得那叫一個清純啊，說話也溫柔……［QQ小人細麵條淚］

暖玉生煙：那就上吧！動物兒你也是一表人才，氣宇不凡，一派英雄氣概！［QQ小人捂嘴偷笑］

海星海星：我倒是想呢，剛剛打聽了，人是我們基地副參謀長的女兒！［QQ小人對手指］［QQ小人細麵條淚］

暖玉生煙：［QQ小人驚恐流汗］［QQ小人黑衰眨眼］

海星海星：乾果兒……你就別刺激我了。

暖玉生煙：如果你成功了，你就會成為CCTV年度軍旅勵志言情偶像大戲的男主角，所以，兄弟加油上吧，在這個時刻，你不是一個人在戰鬥！！［QQ小人紅暈笑］

海星海星：……………………我抽死你。

暖玉生煙：［QQ小人墨鏡亮牙］

海星海星：乾果兒，跟你說正經的，我就算是想上也無從下手啊，我現在又不是喜歡上了隔壁二大爺家的閨女，送個花賣個好什麼的，約個晚飯看場電影，我現在是看上了張曼玉、林青霞啊，你說叫我怎麼辦吧？

陸臻鬼使神差地手一抖，打出一行字：你可以成為他的副官。

海星海星：［QQ小人單純流汗］我倒是想呢，現在去考護校還有人收不？啊，不是，護校收男人不？

陸臻大笑：你TMD不能去考軍醫大啊，你這什麼出息？？

海星海星：我這不是逗個樂子嘛。

陸臻笑了一會兒，鎮定心情打道：兄弟，要不然你就先上，反正渾身解數使盡，她不領情是她沒福氣，咱就當是沒個遺憾。

宮海星沉默了一陣，蹦出幾個字：哥兒們你說得在理。

陸臻笑了滿臉，看著小宮的頭像暗下去，隨手關了電腦，倒在床上，房間裏燈光明亮，天花板很白，白得像一面鏡子，可以映出他的臉。

在陸臻的家鄉，上博的陶瓷館裏有一個粉彩的蝠桃盤子，在陸臻還是個很小很小的小孩子的時候，某一個下午，他對這個盤子一見鍾情。

他稱它為：我的盤子。

他向它傾吐心事，對它含情脈脈。

雖然他知道，很可能終其一生他都無法觸摸更無力佔有，他們之間隔著水晶玻璃做的牆，相望相識不相得，然而這一切都完全不影響他對它的喜愛、他的擁有，他在任何可能的時候去看它，守在它的身邊發呆，在管理員怪異的眼神中，趴在透明的牢籠之上喃喃低語。即使他在它的千年歲月中，只是一段小小的插曲，只是它億萬遊客中悄無聲息的某一位，可是，陸臻仍然堅持著這麼叫：我的盤子。

因為，至少在它陪著他一起的那些時光中，它是他的，是他為它付出的那些感情，讓它看來與眾不同。

14歲的時候，他把藍田介紹給他的盤子，似乎從那個時候起，藍田會開玩笑，說：嗨，我的小男孩。

這個稱呼現在聽起來有些噁心，但其實在當年，在18歲成熟穩重的大三學生藍田與14歲聰明機靈的陸臻之間，年齡的差異其實遠遠不只四年那麼簡單，藍田這麼叫他，他並未覺得突兀。回頭看去，不難發現這個在當時聽來過分文藝而且歐化的稱呼裏，包含了多少隱秘的期待、渴望與自我解嘲式的放棄，好在後來奇妙的機緣讓這一切的期待與無奈開花結果，甜蜜得不可救藥。

15歲的時候陸臻第一次意識到自己的與眾不同，於是整個16歲都在迷茫與焦慮中度過，到了17歲他終於認命，而焦慮與憤怒仍然在胸中翻滾。藍田給了他很多幫助，讓他自信，重新認識自己，學會從容地生活。當然，不可否認在他的幫助中多少混雜了誘惑的成分，然而這也無可厚非，他喜歡他，自然會希望和他在一起，想盡一切辦法，抓住一切機會。

我們都希望與自己喜歡的人在一起，而陸臻卻知道像這樣的期待於他，是可遇而不可求的奢侈。

在這個世界上，可能一百個人裏面只有一個與他是同類。

一千個人裏可能只有一個願意承認這種身分。

十萬個人裏面只有一個會讓他喜歡。

一百萬個人裏只有一個也會喜歡他。

他的愛情，是百萬分之一的機率，他曾經遇到過，卻在現實中無奈凋零，而現在，他已經習慣不做任何期待。

祝你快樂！

藍田說我們的人生只要能開心就好，有一些小小的滿足，快樂到老，而幸福是可望而不可及的彼岸，不要去期待它，得失由命。

陸臻閉上眼，心想，這果然是真理。

那個夜晚，陸臻夢到家鄉的博物館，空曠的展廳裏光線幽暗寂靜無聲，他走過厚厚的地毯，看到他的盤子安靜地躺在明亮的展臺上，穿過千年的歲月照亮他的臉。

陸臻把手掌按在水晶透明的玻璃上輕輕摩挲，懸空撫摸她的臉，他微笑，說：你好。

第二天早上，他隨隊出操，跑過夏明朗身邊的時候開心地向他招手，微笑，說：你好！

你好，我的隊長！

3

生活很平常地繼續，當然，有什麼可能，它會變得不平常？

在境外任務之後的那幾天還算清閒的日子裏，陸臻成功地執行了夏明朗的計畫，用那把鋒利的緬刀從鄭楷老大那裏換回一柄改裝過的56軍刺，那軍刺是鄭楷從倉庫裏千挑萬選出來的好鋼火，重新打磨，重做塗層，是百裏挑一的兇器。鄭老大含淚交給陸臻，那表情跟嫁女兒沒兩樣，最後生怕陸臻養不好他的美人，還一手攬下了養護的工作。

陸臻利器在手，陡然覺得自己帥了十倍不止，閒來沒事就去操場上要找人對兩招，日子過得好不快活。可是一轉眼正式開工，陸臻的命運就開始走向悽慘。

直接原因是因為在最近的演習中，整個基地從大隊到中隊都看出了陸臻做為複合型交叉人才的那種不可替代的突出價值。嚴正之前就盤算好的全面打造計畫正式啟動，資訊中隊的隊長王朝陽親自出馬當著夏明朗的面把陸臻帶回了自己的老窩，夏隊長恨得牙癢，卻又在嚴正的一句話中幡然醒悟。

嚴頭兒說：「老王破自家的口糧給你養兒子，你有什麼好抱怨的！」

夏明朗討好的一笑，極動情的說：「我這不是怕養著養著就成別人家的兒子了嘛。」

嚴正同樣動情地回望他：「你放心！」

放了心的小夏隊長把牙笑到了腦門上。

其實陸臻對資訊中隊那兩棟小灰樓覬覦已久，只是之前沒資格進，只能遠遠看著所謂佳人在水一方，如今由中隊長王朝陽親自領著刷卡進門，那叫一個躊躇滿志志得意滿，深深地感覺到自己人才了，被重視了。

資訊中隊與行動隊是兩重天地，放眼望去那種肌肉勃發的血性脈動變成了斯斯文文幾乎有點冷的靜水深流，王朝陽把馮啟泰叫過來幫助陸臻熟悉環境，阿泰同志還惦記著進行動隊的事，言行間對陸臻很是巴結。

因為基礎學歷高，資訊這邊的人軍銜普遍都比行動隊高一級，相較之下小馮的少尉銜就有點稀奇。後來混熟了才知道，馮啟泰原來是坦克學院學火控的，本行學得一般，卻是個天生的駭客。王朝陽有一次帶人去幫C師下屬的某坦克營升級資料鏈系統，那小子居然當場發現了一個BUG，王朝陽就此驚了。回去上報嚴大頭，一紙調令橫空直下。C師放人的時候都有點惶惑，心說這小子水準不高啊……而且你們那兒怎麼開始玩坦克了？

陸臻聽得張口結舌，心想老子本來以為自己還算特招，可是跟你小子比起來，我算個毛啊？

馮啟泰看著陸臻的神情頗為遺憾地表示，他當初是盤算著應該先去考個與電腦相關的研究生什麼的，這樣再過來學歷比較過關，專業也對口，但是王朝陽不肯。王朝陽在旁邊微微一笑，說他兒子高考的時候忽然想念建築系，但是念建築得有美術專業成績，可是當時來不及了怎麼辦呢？結果他兒子去考了清華。因為清華不用美術成績，因為他們相信只要你有本事能考進來，他們也有本事讓你學會那點子素描與色彩！

陸臻馬上把嘴給閉上了，同時明白，雖然林子大了必然會有很多鳥，但是吃同一種食的鳥總不會相差太多，所以麒麟既然有夏明朗這樣的人，他的同夥，也必然得是王朝陽這號的，而他陸臻，也必然得把自己錘鍊得更紮實。

除了體力勞動少一點，資訊中隊其實與行動隊一樣的忙碌，一樣的事務繁多。麒麟的資訊中隊除了要保證整個大隊的數位化通信系統，還承擔科研任務。而且他們目前使用的資訊系統是全軍最高端的，整個戰場偵察網路包括了一整套的微機自動化指揮系統、由20輛越野車與3架直升飛機組成的移動指揮部、三台大型野戰戰場監視雷達（監視半徑85千公尺）和一套戰區無人偵察機系統，並且還能隨時聯網各種單兵手持型的紅外監視器與小型雷達所收集的資料。全局通信使用高速資料鏈，前線即時戰況資訊能直接發回到總指揮、全局通信加密、數位化的戰場管理可以讓資料鏈最基層終端直接到人。

換句話說，只要嚴頭兒有需要，他就能看到千里之外的方進在幹嘛。這種精確控制型的野戰系統陸臻在之前的演習中就使用過，只不過當時他是網路最終端的那個點，而現在他擁有一個新的角度——網路管理者。

這種身分的轉換與親身參與感讓陸臻心情激動，雖然要學要用的東西多了好幾倍，可是陸臻仍然亢奮不已熱血沸騰。但是夏明朗很不爽，因為陸臻自從在老王手下討百家飯，想法開始變得特別多。其實他那個小腦袋瓜子本來就夠能想的了，如今簡直沒救了。今天纏著他說這個，明天纏著他說那個；一會兒說我覺得應該這樣BLABLA，一會兒說我覺得那樣其實BLABLA……

夏明朗煩不勝煩仰天長嘆，他覺得就差那麼一點點，就差那麼一點點他就得讓這小子給煩死了！超煩的，為啥這娃誰都不折騰就趕著折騰他呢？夏明朗百思不解，基礎訓練明明是由鄭楷管的，偏偏那小子一聲楷哥叫得那叫一個親切可人溫柔乖順；可是輪到自己頭上就拉著個小臉一本正經地裝中央首長，那高屋建瓴式的「隊長，我認為……」每每聽得他後背一寒，雞皮疙瘩一身。

夏明朗心想我容易嗎我？我不光要保家衛國，刻苦訓練，我還得為了不掐死未來的軍事學家壓抑天性！

到最後夏明朗實在是受不了，揣上兩包好菸去找領導。他哭喪著臉拽著嚴正的常服說：「頭兒啊，這事您管不管，這事您不管我就得出手啦！我知道打壓科學工作者的積極性是我不對，可是他要是再不收斂點，我真怕我啥時候一個失手把您的心肝寶貝給掐死嘍！」

嚴正略一沉思，淡然說道：「那我們在一中隊的分支下成立一個資訊行動支隊吧！」

夏明朗一愣，心想這他媽的風馬牛及不及啊？再說了，資訊行動支隊從哪裏抽人進去啊，總不能讓陸臻一個人……夏明朗眼角一瞥看到嚴正笑得高深莫測。

嚴頭修長的手指間挾著菸，隨手撣了撣夏明朗皺巴巴的作訓服，俯耳過去低語：「他不是有想法嗎，給他點空間，給他個位置，讓他自己去折騰折騰，他自己就知道差在哪兒了。而且，反正這小子銜夠，水準也有，等明年攢點軍功把他提個副隊，哎，這麼一來，他大小也是個領導了，那他現在批判你的很多問題，就成了自我批判了，你讓他先解決自己去。」

夏明朗恍然大悟，心道，真他媽的，這薑到底還是老的辣，老狐狸就是老狐狸，千年的道行成精了都！嚴正緩緩直起腰，劍眉一揚，笑出幾分清峻、幾分崢嶸並一脈盡在掌握的從容。夏明朗腦子裏電光石火的一閃，忽然遲疑問道：「那個……我當年，您提拔我當副隊長……那時候！」

嚴正看著夏明朗但笑不語，示意：可以滾了！

夏明朗灰頭土臉地退走，一路心情抑鬱，本以為世有伯樂識他這匹千里馬，沒想到是觀世音的緊箍咒專套他這天不怕地不怕的孫猴子……夏隊長強悍的自尊心受到了變態的打擊。

不多久由陸臻領銜的電子行動支隊正式掛牌，雖然目前名下的正式隊員只有陸臻一名。這一招不光唬了陸臻還唬了另一位積極要求進步的好孩子——馮啟泰！這小孩子自從陸臻誇下海口答應讓他進隊就上了心，而且陸臻喜歡他，當然狂支招，反正中心思想就是趁現在還沒有開始選拔先練巴起來，怎麼著也能贏在起跑線上，所以阿泰有機會也會去行動隊跟訓。結果五十公里越野跑到四十公里就開始哭，哭得昏天黑地，哭到小侯爺只想踹死他，可是終究還是讓他跑成了最後一名過及格線。

方進站在終點線上仰望蒼天，迎風流淚，心想這是怎樣的一個炯炯有神的世界。然而此刻的方進不會想到，這才是他與泰星寶寶那廝打不休的互掐人生的剛剛開始，當然，這是後話，先壓下不表。

可憐的陸臻完全沒有意識到這是夏明朗夥同嚴正的一個陰謀，與當年的夏明朗一樣陷入了千里馬陷阱中，就差叉著腰站在麒麟山峰頂高喊一句：這地界，比我聰明的沒我能打，比我能打的沒我聰明。

可惜……可惜的是，比他聰明的想讓他更聰明，比他能打的想讓他更能打。

通常鷸蚌相爭，總有人會得利，但陸臻比較慘，他不是漁翁，他是魚。

但是再牛掰的黃豆也有被榨乾油的時候，大強度的腦力勞動必然帶來體力上的退步。以致於某天在訓練中，陸臻黯然地看到了自己與徐知著之間越來越大的差距之後不無哀怨地抱怨了一聲：「再這麼下去，以後上戰場該要你們來保護我了。」

「放心，我會用生命來保護你。」夏明朗在旁邊搭話，笑容意味深長。

陸臻臉上一肅：「公子言重了，小生身無長物，救命之恩何以為報。」

廣大隊員對這兩位校官大人手臂上跑得馬、嘴巴裏放得船的剽悍姿態早就習慣成了自然，方進幫著答了一句：「沒事，榛子你以身相許就行了。」

陸臻目不斜視地往身後踹出一腳，被方進以一個超級格鬥手的俐落身姿毫無懸念地躲開，站到安全地帶並嘲笑道：「你這手藝，唉，出去別說是我教的啊，小爺我丟不起這個人。」

被他這麼一說陸臻倒又坦然了：「術業有專攻嘛，侯爺，有種你陪我玩點別的？」

夏明朗聞言皺眉，一臉的慘痛：「我強烈地預感到，早晚有一天我會讓你拖死。」

陸臻故作詫異：「夏明朗同志，您不是腿粗嗎？」

夏明朗迥然。

陸臻鄭重地拍了拍夏明朗的肩膀，一臉的崇高：「當然，腿不夠粗也沒關係，我保證為了國家的榮譽，你的犧牲是有價值的，我會幫你把撫恤金領回來。」

夏明朗恨恨然，隨即全面插手切入他的整個訓練日程，理由自然非常的充分：你的命比我重要。

這句話簡直就像個咒語，每當陸臻心頭升起那麼一丁點偷懶的意思，腦海裏就會自然而然地啪啪亂閃，浮現出夏明朗被他連累中槍倒地的血腥畫面。

於是……OMG，陸臻在心中問候了一下上帝。

通常人在被逼瘋的時候總是會有點離奇的念頭，以致於陸臻現在看到夏明朗，眼睛裏都會放綠光逐行掃描，吃飯時一邊掃描一邊惡狠狠地啃著雞腿，夏明朗為人再兇悍也擋不住這樣邪行的眼神，後頸莫名其妙地一陣發涼，終於忍不住討饒：「怎麼了，你這是？」

「想咬你！」陸臻一本正經的。

「你就這麼恨我？」夏明朗露出無辜而哀怨的神情。

「你怕痛啊，那算了。」陸臻殺氣不減。

「好！隨你。」夏明朗忽然豪邁起來，一挽袖子送到陸臻嘴邊：「要不要先洗洗再褪個毛？」

「不用了。」陸臻嚴肅地搖了一下頭，居然真的舔了下嘴唇。

「哎，你不會是真的……」夏明朗忽然有點發毛了。

同桌的眾人顯然發現了這場好戲，對這群蠢蠢欲動的熱血青年們而言，任何一點風波都是美妙的，任何一次欺負隊長的行為都是令人振奮的，於是歡聲雷動。

「陸臻，別客氣，隊長都說了隨你了。」

「就是！陸臻狠點，連我的仇也報了。」

「要見血，要見血！」

「見血小意思啊，索性咬他一塊下來……」

……

夏明朗因此沉痛地發現：他的人緣還真是不怎麼樣。

「快點啊，殺人也不過頭點地，你還要抄個地圖，標上火力點再下嘴嗎？」人為刀俎我為魚肉的感覺實在是太壞，夏明朗開始後悔了。

他話音剛落，陸臻便一口咬下去了，他其實是真想咬來著，可是不知怎麼的，在牙齒落到結實緊繃的皮膚上之前嘴唇先碰到了，濡濕的柔軟的唇貼到乾燥的皮膚上幾乎是驚顫的感覺，牙齒頓時打滑幾乎碰到舌尖上，而夏明朗猛然收手，笑得有些尷尬：「你還真咬啊。」

「君子無悔！」陸臻綳著臉。

「是無悔啊，落子無悔。」夏明朗笑嘻嘻地把袖子放下來。

切……眾隊員齊齊失望。

「怎麼了？牙都癢了是吧，不如下午一起來加個餐？」夏明朗用無比純潔的目光緩緩地掃過去，各種吱哇亂叫瞬間歸於沉寂。

一個妖怪！

陸臻抱肩看著，在自己都不知道的時候，表情已經變得很柔軟，為什麼會喜歡他呢？這個耍奸作詐的傢伙……如果是他的就好了！

陸臻眨著眼，真想擁有他，想把他吞掉，牢牢抱緊，真恨不能食其肉寢其皮！

他於是想像了一下把夏明朗剝了皮趴著睡的情境，頓時又笑了，覺得這日子還是蠻爽的，簡直心曠神怡！行了，就這麼著吧，想他陸臻年方二十四，青春年少風華正茂，道德高尚思想端正，吃苦耐勞軍事過人，不過就是私底下暗戀個隊長，那又怎麼了？

所以就這樣吃吃豆腐，看看真人秀，沒事吵吵架，咬咬人，也是快樂的人生。

——第一部 與子同袍・完——

後記

一直以來，我都想嘗試沒有爭議的感情，強烈，非你不可，於千萬人之中遇見你，除了你。

可是「慧極必傷，強極必辱，情深不壽」這句話就像一個咒語束縛著我，我相信它，又想打破它！

是的，我一直在期待這樣的感情，配得上這種感情的故事，能夠承受這種感情的人物，於是我一直在等待，我不相信一見鍾情，我不相信人只靠熱情如火就可以維繫這樣的愛，我不相信說一千遍的我愛你，霸道與蠻橫的佔有可以構成這種愛。

我不相信的事有太多，我看過很多人，我總是在想，啊，這個，他們不可以。

我要感謝《士兵突擊》，那部我深愛的電視劇，感謝段奕宏的袁朗和李晨的吳哲給了我最初的靈感。可能沒有他們，《麒麟》的故事將來也會出現，或者，夏明朗是一個保險推銷員，而陸臻是一個醫生，當然麒麟也就不會是現在的樣子。可是當時，正是他們讓我忽然感覺到：對，就是這個！這就是我想要的感覺，我喜歡的男人。

感謝那麼多的朋友陪著我一路走來，熟悉這個故事的朋友們都知道，無論是夏明朗、陸臻與整個麒麟，他們都不是忽然間出現的，他們慢慢的長大，慢慢變化，最後成熟，有如生命一般成長。

最後的最後，我終於遇到了我心目中的夏明朗和陸臻，他們讓我心中安定。

他們有足夠的強大、成熟、理智，有能力養大他們愛情的小嬰兒，給他磨礪讓他成長，他會成為像夏明朗和陸臻那樣偉岸的男子，於是，終於有一天，他開始保護他們。

只有強大的人，才可以嘗試深愛。

而只有彼此深愛的兩個人，才足夠強大。

這會是一個很長很長的故事，他們的路也會走很久，我希望這是一段人生一段旅程。這不僅僅是一個愛情故事，他們不會一見鍾情，再見傾心，滾滾床單，吵吵小架，分分合合，這，當然也很美好，但不是我想寫的麒麟。

這是兩個人交錯在一起的一生。

愛情，當然，多麼美妙的東西，它會存在，非常重要，但，它也不會是這個故事唯一的重點。

我堅持要把它寫出來，因為，這是一個會讓我覺得幸福而有力量的故事。

這個世界已經沒有多少信仰，我想給自己找一點寄託一些永恆不變的信任。

我希望當我痛苦而絕望的時候，我相信還有那樣一個地方，那樣一群人，他們意志堅定，品格純正，他們是真正意義上的好人，而不是那種軟弱的所謂的善良人。

他們與我們，面對著同樣殘缺而不完美的世界，甚至更加的危險有更多阻礙，可是他們會攜手前行，他們驕傲而謙卑，他們渴望幸福卻能寬容苦痛，他們彼此信任不離不棄，他們給我力量。

當這個世界已經沒有太多信仰，於是我為什麼不能相信隊長？

至少，相信他，我不會後悔。

麒麟，是我深愛的兩個男人之間的故事，我會努力生動地記錄他們的經歷，我試圖想要回歸同性之戀最初的隱秘、禁忌與感動，以及愛情本身的激情與滿足。

謝謝，希望你們會喜歡。

國家圖書館出版品預行編目資料

麒麟之與子同袍／桔子樹著.
－－第一版－－臺北市：字阿文化出版；
紅螞蟻圖書發行，2011.6
面　公分－－(Homogeneous novel; 1)
ISBN 978-957-659-849-4（平裝）

857.7　　100010903

Homogeneous novel 01

麒麟之與子同袍

作　　者／桔子樹
美術構成／Chris' office
校　　對／楊安妮、朱慧倩、桔子樹
發 行 人／賴秀珍
榮譽總監／張錦基
總 編 輯／何南輝
出　　版／字阿文化出版有限公司
發　　行／紅螞蟻圖書有限公司
地　　址／台北市內湖區舊宗路二段121巷28號4F
網　　站／www.e-redant.com
郵撥帳號／1604621-1　紅螞蟻圖書有限公司
電　　話／(02)2795-3656（代表號）
傳　　真／(02)2795-4100
登 記 證／局版北市業字第1446號
港澳總經銷／和平圖書有限公司
地　　址／香港柴灣嘉業街12號百樂門大廈17F
電　　話／(852)2804-6687
法律顧問／許晏賓律師
印 刷 廠／鴻運彩色印刷有限公司
出版日期／2011年6月　第一版第一刷
2011年8月　　第二刷

定價 280 元　港幣 93 元

ISBN 978-957-659-849-4　　Printed in Taiwan